2nd Edition

現代新詩讀本

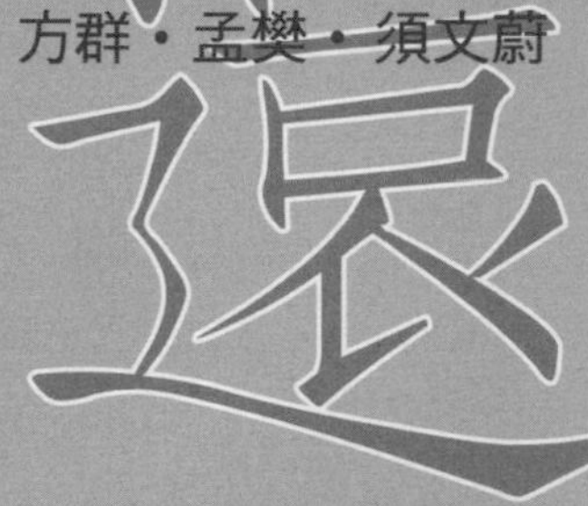

方群・孟樊・須文蔚　主編

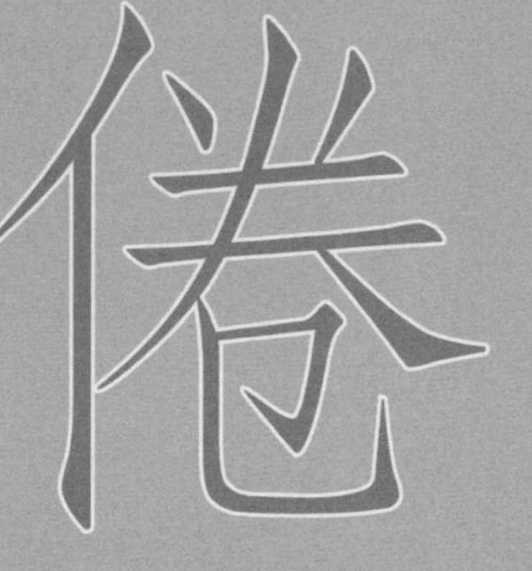

序

詩選集之編選熱潮非自今日起，如按詩人張默的統計，自一九六〇年代迄今，各類詩選集之編纂出版已不下百部之多，光是一部「台灣詩選集發展史」便足以成爲皇皇巨著。近幾年更有所謂的「讀本」風的盛行，新詩的「讀本」當然也是新詩的一種「選集」，只是冠上的名稱不同罷了。

然而，既稱之爲「讀本」而不稱爲「選集」，在出版上仍有與後者不同的考慮與著眼點。不同的考慮是市場及讀者對象的差異，即讀本著重的是大專院校內修讀相關課程的學生，而學生對象不見得和一般讀者或社會大眾一致——雖然這二者的同質性很高，所以出版市場亦因之側重在他們身上，連帶地也影響了書籍本身的編製（例如十八開本及封面的設計）。不同的著眼點是，讀本係作爲教師上課使用的教材而編纂，所以除了選文（詩）之外，在內容的設計與編排上也會有不同的要求，例如對選詩不做解說（這個工作留給上課的教師，也可兼之作爲學生課後的作業），以及對於「延伸閱讀」的建議。揚智版的《現代新詩讀本》即基於上述的考慮與出發點。

由於教學的需要，本書三位主編基於他們共同的經驗，認爲有必要讓學生在修習新詩或現代詩的課程時，對於中國/台灣新詩的演變或發展獲得一個整體的了解，所以在結構編排上出以編年體的方式，而未像一般選集或讀本採行紀傳體的方式編排；蓋這樣的編排方式較能顯示歷史的演變情況（譬如一個

詩人創作興衰狀況的眞實反映），使得教師在爲學生解讀詩文本及詩人創作風格與特色的同時，也能藉此順帶爲他們交代詩史各個階段的發展，可謂一舉兩得。

但是年代如何劃分，的確煞費苦心，本書主要以一九四九年爲分水嶺，區分出之前與之後的兩大塊，但更側重當代台灣發展的部分（以每十年紀年權充標準），畢竟新詩發展至當代以來始成爲一成熟的文類，在質在量均較以往有更佳之成績。以十年分期，乃是一般的通例，雖則此通例也是通病，但也是一種「不得不」的權宜分法。在每一年代內則兼採詩人紀傳體的方式編排詩作次序。原來如按作品編年排列，則分別有寫作、發表以及出版三種不同的時間，但這三種不同的時間標準於同一首詩作中不盡齊備，以其中任何一種爲標準做編排依據，難免顧此失彼，有鑑於此，選入各時期內的詩作只好依慣例以詩人的生平依序排列。至於詩末括號的紀年，則是詩作的寫作時間——如果查得到詩人的記載日期的話。

本讀本三位主編分配的任務爲：「五四以後至一九四九年大陸時期」、「一九五〇年代台灣時期」、「一九七〇年代台灣時期」，由林于弘（方群）負責主選；「一九二〇至一九四〇年代台灣日據時期」、「一九六〇年代台灣時期」、「一九九〇年代迄今台灣時期」，由須文蔚擔綱主選；「一九八〇年代台灣時期」以及導論部分，則由陳俊榮（孟樊）主選與執筆。從不同年代所選入的詩人及其詩作中，約略可見三位主編稍有差異的考量標準與個人偏好，關於這一部分，爲尊重主編各自的意見，彼此並不冀求統一，惟共同的原則是——自己的詩作不選，以免瓜田李下。

爲了幫助學生方便閱讀，本書在編輯體例上如上所述，除附上延伸閱讀的建議，以及每位入選詩人

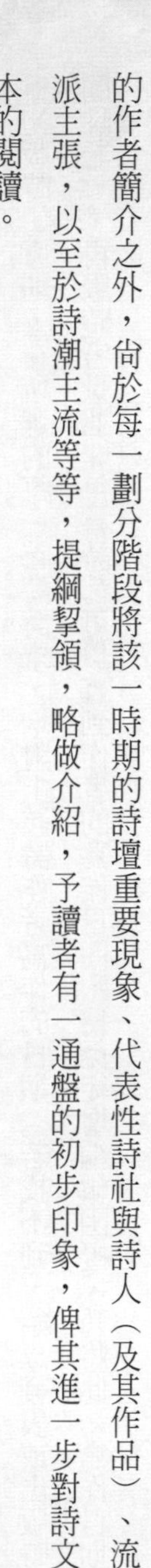

的作者簡介之外，尚於每一劃分階段將該一時期的詩壇重要現象、代表性詩社與詩人（及其作品）、流派主張，以至於詩潮主流等等，提綱挈領，略做介紹，予讀者有一通盤的初步印象，俾其進一步對詩文本的閱讀。

本書在編輯過程中，遭到最大困難的地方在於作者的授權問題，少數詩人或因其不同的考慮與理念的堅持，婉拒詩作入選讀本，也有部分詩人對我們寄出之授權同意書未予回應。對於這些詩人及其詩作，本讀本以存目方式處理，所幸其作品坊間上並不難於尋得，對於教學不至於構成太大的困難。比較麻煩的部分是，關於一九四九年以前中國大陸詩人作品授權的取得，由於不少詩人已過世，其後裔地址又難找，爲了取得這些人的聯絡地址以徵求其授權，主編之一孟樊且曾赴北京求教於首都師範大學中國詩歌研究中心的吳思敬教授，也請教中國社會科學院文學所的劉福春教授，提供了若干人的聯絡電話，盡其所能以解決授權問題，惟迄至本書付梓之前仍有一些人難以尋覓。出於教學上的需要，無法對這些詩人的詩作予以割愛，且這些作品亦不易於坊間上覓得，基於這樣的考慮，本讀本仍將之選入，企盼這些詩人或其後裔在書出版之後能主動與我們或出版公司聯繫，讓我們致贈稿酬，彌補遺憾。

讀本如何編纂，包括教學如何實施，課程如何設計，仁者見仁，智者見智；惟吾人仍冀望本書亦能適合於多數教師、學生，以至於一般讀者的需要，廣爲普及，這當然也是出版者最樂見的事。至於本書有錯漏、不盡妥善之處，概由主編承擔，並盼先進不吝指教。是爲序。

再版序

《現代新詩讀本》自二〇〇四年出版以來，迄今已逾十年。本書之編排方式有異於當時（及後來）市面上一般的選本，以編年體（詩作出現時間）方式呈現，本著「以詩選撰寫詩史」的出發點，希冀能讓讀者在品賞各個詩家的代表性或重要性作品之餘，也能通覽整個新詩演變的歷史。

如此的編輯方式，無庸諱言，主要也是出於教學上的考量，試圖讓學生在閱讀詩人及其詩作的同時亦能了解新詩的歷史，可謂一舉兩得。或有此教學上的便利之處，本書自出版後即獲不少大學相關科目的教師選用，做為教科書。然而，由於一來本書之編輯校對不盡完善，錯漏之處必須改正；二來新世紀以來，台灣詩人及其詩作的表現，老中青世代均有異於之前的風貌，詩史也走到新的一章，而這一部分，先前初版的本書所選者並未涵蓋在內，有鑑於此，本書遂有修訂再版的必要。

本書初版之時，其中所選若干詩作未獲作者同意授權（原因不盡相同），出於使詩史之面貌能完整重現之初衷，因而在編排時以存目示之，此乃不得已之作法。再版之際，經主編再三考慮後，決定不獲授權同意收入讀本之台灣詩人詩作，亦不再以存目表示，雖然此舉難免有遺珠之憾。此其一。再者，本書初版時，原則上在所選的每一首詩詩末，均附上該詩作者寫作的日期（若找不到，始以發表或出版時間註記），再版時考量並非每首詩都可以查到作者的寫作日期，為免徒增編輯困擾，乃將此一寫作日期附記刪除。此其二。此外，儘管我們主編三人寫詩多年，也都有多部詩集出版，更在大學開設新詩創作相關的科目，但爲免瓜田李下，此次再版仍維持初衷，不將三人自己詩作選入——即便此一作法有違國內編纂詩選的常態。此其三。

此次再版新書，新增的新世紀以來的詩作，係由三位主編共同商議後一起編選；而此一新世紀篇的概論則由須文蔚撰述，重寫的導論仍由孟樊執筆。最後，至盼先進不吝再予指正。

目錄

目錄

一九五〇年代台灣詩選 81

一九六〇年代台灣詩選 103

一九八〇年代台灣詩選　191

一九九〇年代台灣詩選 237

目錄

導論

◇孟樊

◎新詩的正名

新詩從最早的二十世紀初五四時期出現迄至於今，幾乎有一個世紀的歷史，這一個世紀的演變與發展，足以建立自己的傳統了。嚴格而言，所謂的「新詩」，如今已不算「新」了。當初以「新詩」為最早（五四時期）用白話寫詩的詩歌命名（可參見胡適〈談新詩〉一文），乃出於要與舊詩（或古詩、古典詩）做出區別所致，即取其「新」與「舊」相對之稱。雖然新舊之稱易造成錯覺，令人誤以為「新」比「舊」好（羅青，1978：9），但台灣從一九二〇年代首揭新文學大纛的張我軍使用新詩名稱開始迄今（如張默、蕭蕭合編之《新詩三百首》仍用新詩名稱），大致已相沿成習。

然而，除了「新詩」之稱謂外，台灣詩壇乃至學界前後也出現過底下各種稱呼：

- ．白話詩
- ．現代詩
- ．現代新詩

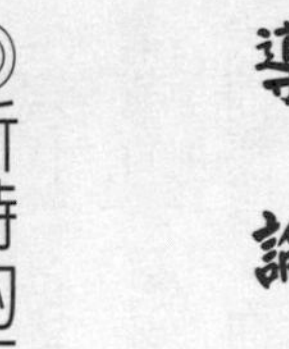

·現代漢詩

大體上，白話詩主要出現並流行在一九二〇年代新詩初起之草創時期，胡適、劉大白、沈尹默、劉半農、汪靜之、周作人、俞平伯、康白情……都是當時白話詩的代表性詩人。一九四九年國民政府遷台後，大陸來台詩人紀弦（原來的筆名叫路易士）於一九五三年創辦《現代詩》，更於三年後成立現代派，揭櫫現代主義，從此白話詩一詞不再流行，取而代之的是「現代詩」此一稱謂；一九六〇年代取得勢頭的現代主義如火如荼地進行，現代詩一詞遂亦不脛而走。具體例證之一即是一九七〇年代末張漢良與蕭蕭編著的五大冊《現代詩導讀》，書名逕自冠稱「現代詩」。

現代詩成了新詩的通稱後，迄至一九九〇年代晚期，當台灣文學與現代文學被大學的中文系和國文系接受後，開始出現「現代詩創作」（以及「現代小說創作」、「現代散文創作」等）課程，乃至於二十一世紀初如雨後春筍般先後設立的台灣文學系所，更紛紛開設類如上述這些現代文學課程，「現代詩」在新開設的課程名稱中似已被正式定名。

但是現代詩作爲一個新文學類別的稱呼，總讓人覺得未甚妥善。如同詩人羅青所指出的，現代詩之「現代」（modern）涵意，就難以確定，即其時間起自何時？是自西洋的文藝復興後期抑或十八世紀工業革命（1978：6-7），甚或是在第一次世界大戰之後開始？若是指前者，則台灣現代詩涵蓋之時間未免大而無當。而若是指後者，應該與西洋現代主義之嚆矢若合符節；可當時主張現代主義的中國李金髮等人之象徵派以及台灣水蔭萍等人的風車詩社，則只是新詩潮裡的一個浪頭而已，無法涵蓋所有的詩派。

這也是羅青反對以現代詩命名的主要理由之一，亦即「現代詩」一詞易於讓人聯想到現代主義，換言之，「現代詩」只是奉行現代主義的詩（1978：8）；但倘以它作爲通稱，類推之下，則浪漫主義的詩是否要稱爲「浪漫詩」？而後現代主義的詩是否就稱爲「後現代詩」？以此而論，則現代詩應該只能成爲新詩發展出來的其中一支。或因此故，邇來遂有其他學者及詩論家提出「現代新詩」（如李瑞騰）、「現代漢詩」（如奚密、唐捐）的名稱①，雖未必意在取而代之，惟現代詩一詞本身之適切性與否已值得有識者深思了。

與此同時，「新詩」一詞則是自民初迄今一直以來之稱呼，無論是白話詩或現代詩兩詞盛行的年代，詩人或詩學家都有人這樣稱之。白話詩的時代，胡適最早即使用新詩稱詞固不必言，即便到了現代詩發皇的時期，當時與紀弦齊名的覃子豪亦仍沿用新詩名稱；台灣詩人則或謂新詩或謂現代詩者不一。然而越到晚近，以新詩稱之者越多，譬如前所提及的蕭蕭，在一九七〇年代他與張漢良編著的詩選（與詩論選）名爲《現代詩導讀》，到了一九九〇年代與張默合編的詩選，書名則成爲《新詩三百首》了。固然新舊之分只有相對的標準，今天之新到了明天即成爲舊了，但今日新詩之與舊詩（古詩）有別，自不能籠統一概皆稱之爲「詩歌」；而從民初新詩肇始至今，作爲一個文類的通稱，它是大多數人共認的最大公約數，本書亦持此立場，以「新詩」爲名。

然而，本書卻名爲《現代新詩讀本》，豈不接受上述「現代新詩」之命名？於此，需特加說明以免誤解。此一「現代新詩」書名之由來，緣由於出版公司原來的「現代文學讀本」出版企畫案，爲配合大學開課課目（如上述），該出版案計畫出版三書：《現代小說讀本》、《現代散文讀本》以及《現代詩

讀本》，但由於上述原因，本讀本（詩選）不使用「現代詩」稱謂，權宜之計遂用了此一折衷之詞「現代新詩」，以符合同一系列書籍之命名（否則逕稱「新詩讀本」便與其他二書書名有所扞格了）。

欲初窺新詩堂奧者，自須先認識何謂新詩——也就是新詩的特質，而這就須先從新詩的界義開始了解。此外，了解了新詩的特質，若能對新詩的演變有更進一步的認識，那麼之後再欣賞新詩乃至寫作新詩，便有很好的起步。底下先敘新詩的定義，再簡介新詩史的演變。

◎新詩的定義

什麼是新詩？既同爲詩的文類，新詩與古詩有何相異之處？從文學史的觀點看，新詩之所謂「新」，在時間上必然在古詩之後出現；而此所謂「新」未必就比「古」或「舊」的來得好（比如，宋詩就會比唐詩好嗎？）——除非你秉持的是文學進化觀。然而，新舊之不同卻必然與時代與環境的演變息息相關，換言之，到了二十世紀新時代的來臨，舊之封建王朝已杳，時代環境丕變，文學自不外於其時空背景的影響，新詩之出現勢所必然。但於民初出現的這一新的文類究竟要如何來看待？亦即新詩到底要如何界定？

對於新起文類（或文體）的界義，始終是一件吃力不討好的事，我們可以仿效詩人洛夫的話說，給新詩下定義是樁不可能之事，「新詩的定義就是新詩本身」②，因爲我們不能把所有的新詩都拿來研究，而後給它一個放諸四海而皆準的定義，所以「除了它本身外，誰下的定義都是片面的，甚至錯誤

的」，也因此新詩定義的歷史是一部錯誤的歷史（4-7）。話雖如此，作爲一種獨立的文類，新詩必然有其屬於文類本身所須具有的特質，否則新詩也就不能是新詩。既是如此，儘管界義本身不易，做爲一個文類乃至一門學科，在此仍有必要定義新詩，這就如同洛夫仍得爲「詩」界定一樣，雖然如上所述，他認爲詩難以定義。

詩人覃子豪認爲，詩的定義是隨著時代以及詩的演進而變動的，就是說任何定義都是有時間性的（2）。以此觀之，由於時代背景的不同，今日關於新詩之界定，自然不同於古詩，雖然它們都是詩。新詩與古詩既皆爲詩，其屬詩者當不必多言，且新詩係源自古詩而來，二者之別，厥在新舊之不同而已。然則新舊之別何在？新詩之定義即是立基於此。

做爲獨立文類或文體的新詩，與古詩主要的差別在於它的形式與語言。就形式上說，新詩基本上都是自由詩（free verse），如同詩學家黃維樑所言：「自由詩沒有固定的形式，每一首自由詩本身就是一個新的形式。」（13）此自由詩之形式，係來自西洋現代自由詩的影響③，從民初白話詩肇始之際，即可看出當時詩人有意效顰，儘管其詩仍被批評爲「小腳的放大」，未完全脫離傳統形式的桎梏。此一影響，直至台灣光復後來台詩人覃子豪提出「詩沒有一定的形式」的詩論主張（13），仍可以感受到它的深植人心。黃維樑說：「形式上，新詩非如此不可，因爲新詩一旦嚴謹地格律化，就與律詩、絕句、或可以長短但有定格應循的詞、曲沒有分別了。」（12）再就語言上說，新詩主要以現代漢語——也就是白話爲其用語，且因爲以白話爲主，所以用語往往不避雅俗（如管管的一些詩句）。雖以白話爲主，仍可見若干的文言乃至西化語（前者如周夢蝶、後者如紀弦的若干詩句），可以說，新詩使用的是多元化

的語言，而這與古詩清一色皆使用文言就大大的不同了。總之，新詩是主要以現代漢語寫作而形式上自由的詩歌。

其實，新詩在界義上的此一特質，上世紀初的胡適早已經提過，他在〈談新詩〉一文中即強調，新文學運動主要係從「文的形式」的解放下手，而所謂「文的形式」則包括語言文字與文體，正如他所言：

> 近幾十年來西洋詩界的革命，是語言文字和文體的解放。這一次中國文學的革命運動，也是先要求語言文字和文體的解放。新文學的語言是白話的，新文學的文體是自由的，是不拘格律的。初看起來，這都是「文的形式」一方面的問題，算不得重要。卻不知道形式和內容有密切的關係。形式上的束縛，使精神不能自由發展，使良好的內容不能充分表現。若想有一種新內容和新精神，不能不先打破那些束縛精神的枷鎖鐐銬。因此，中國今年的新詩運動可算得是一種「詩體的大解放」。④

這也是晚清詩界革命之所以失敗而民初新文學運動卻能一蹴而就最主要的原因，蓋詩界革命領袖如梁啓超等主張文學革命「當革其精神，非革其形式」，殊不知若不自語言與形式著手，所謂精神、內容皆屬空泛之詞，詩歌本身也就無以為新。而今日新詩之「新」，正因為「打破了那些束縛精神的枷鎖鐐銬」。

◎新詩史的演變

新詩始自民初的新文學運動，扛鼎之人胡適最早於一九一七年發表〈文學改良芻議〉與〈建設的文學革命論〉，提出「詩須廢律」與「白話文學」的主張；之後於一九一九年再發表一篇〈談新詩〉，倡言「詩體大解放」，並於同年秋出版有史以來的第一部新詩集《嘗試集》。值此時期，劉半農、康白情、沈尹默、俞平伯……紛紛創作白話新詩，新詩時代於焉來臨。

從一九二〇年代至四〇年代，蓬勃發展之新詩，形成詩派蠭起的熱鬧場面。以小詩聞名的冰心、宗白華，清新、質樸、自然的詩風，曾打動不少讀者的心。而湖畔派詩人汪靜之、應修人、馮雪峰等人歌詠純眞的愛情，大膽率眞，亦取得一席之地。其中最重要的當屬於二〇年代中期出現的新月派與象徵派，前者有徐志摩、聞一多、朱湘、饒孟侃、卞之琳、孫大雨、邵洵美、林徽因等人，擬突破古詩格律，制定新格律，講究形式完整，要求音樂美、繪畫美、與建築美；而後者以李金髮、穆木天、王獨清、馮乃超爲代表，其表現手法詭譎怪異，尤其是將法國象徵主義引進詩壇的李金髮。之後繼象徵派出現的有現代派的戴望舒、何其芳、施蟄存、廢名、路易士、金克木等人，其詩風也受到法國象徵派的影響，著重暗示、象徵，語言多爲含蓄、朦朧。到了一九三〇與四〇年代，由於當時環境丕變，日漸險惡，特別是對日戰爭事起，寫實詩派陸續出現，諸如革命派（蔣光慈、殷夫）、七月詩派（綠原、牛漢）、新寫實派（辛笛、穆旦）、朗誦詩派（田間、高蘭）等，詩人的詩風開始轉向，逐漸走向現實，

譬如田間與高蘭的朗誦詩便強調明朗易懂、朗朗上口的朗誦效果，雖然也流於白描，缺少錘鍊。

中國白話詩興起不久，新詩風氣也在一九二〇年代中吹進了日據時期的台灣文學界，如上所述，首揭新詩大旗的是曾赴北京就學的張我軍。事實上，在張我軍一九二五年出版台灣第一部新詩集《亂都之戀》之前，施文杞於一九二三年十二月一日的《台灣民報》即率先發表了新詩〈送林耕餘君隨江校長渡南洋〉⑤——據查，這是台灣人最早寫的新詩。在台灣從一九二〇至三〇年代初的新詩草創期中，楊華、陳奇雲、賴和、虛谷、楊守愚、王白淵等人，或以中文或以日文寫作，開創了台灣新詩史的道路。一九三〇年代（約莫從一九三二至三七年）則是日據時期新詩表現最爲輝煌的年代，蓋因此時期出版的各類文化與文學刊物最爲興盛，無形之中爲詩人提供了衆多發表的管道。著重社會寫實的「鹽分地帶詩人群」包括郭水潭、吳新榮、王登山、林芳年、王碧蕉、莊培初，即崛起於此一階段。同一時期的一九三三年，水蔭萍（楊熾昌）、李張瑞、林修二、張良典，以及日人戶田房子、岸麗子等人成立風車詩社，「鼓吹主知的現代詩的敘情」，藉由日本引進法國的超現實主義（surrealism）（羊子喬，21）。然而，到了日本殖民政府禁用中文的日據最末時期（一九三七至四五年），台灣新詩的創作開始走下坡，此前的社會寫實詩作已不復見，留下的多爲個人的抒情之作，如吳瀛濤、陳遜仁、楊雲萍、張冬芳等人的作品。

台灣光復後，由於政府自一九四六年起「推行國語，禁用日語」，致使多半的本省籍詩人噤聲或封筆，幾使台灣新詩創作形成眞空狀態。此時期於一九四二年出現由張彥勳、朱實、許世清創辦的銀鈴會（後有詹冰、林亨泰、蕭金堆、錦連等人的加入），出刊《緣草》（後易名爲《潮流》），直至

一九四九年解散為止，於此一青黃不接的階段賡續了台灣新詩史的命脈。

一九五〇年代伊始，來台詩人紀弦首先於一九五三年創辦《現代詩》，打響新詩於台灣重新開展的第一炮；接著是翌年由覃子豪、鍾鼎文、余光中、鄧禹平、夏菁等人成立藍星詩社，出版《藍星週刊》與《藍星季刊》等刊物，之後加入詩社的主要同仁有羅門、蓉子、黃用、吳望堯、周夢蝶、張健、夐虹、向明。同年十月在高雄左營，洛夫、張默、瘂弦成立創世紀詩社，出刊《創世紀》詩刊，同仁有葉維廉、管管、辛鬱、碧果、周鼎、彩羽、楚戈、大荒、商禽、朵思、季紅等。藍星採取自由的創作路線，詩人個人風格較為明顯；創世紀詩人多出自軍旅，較具集團性格。一九五六年在紀弦主導之下，現代派成立，先後加入的詩人包括：葉泥、林亨泰、鄭愁予、林泠、白萩、方思、辛鬱、梅新、黃荷生、麥穗、張拓蕪、羅門、蓉子、羅行、錦連、張秀亞、楊允達、楓堤……共一〇二人，幾乎將當時詩壇叫得出名號的詩人「一網成擒」；同時，他們揭櫫六大信條，提倡現代主義（modernism），掌門人紀弦更宣告新詩「是橫的移植，而非縱的繼承」。但如此宣示，引來覃子豪以〈新詩向何處去？〉一文予以質疑，掀起紀、覃二人的現代派論戰。

到了一九六〇年代，「大而無當」的現代派由於參加者眾，詩人之間的理念與風格不盡相同，其中不少詩人又橫跨不同的詩社集團，導致一九六二年終於宣告解散。而發展至一九六四年的藍星，雖然個別詩人的成就有目共睹，由於值此時期，重要同仁如：鍾鼎文極早即退社、覃子豪逝世，而余光中、黃用、夏菁、吳望堯等人相繼出國，終至和現代派一樣淪為星散的下場。然而同年六月，由吳瀛濤、陳千武、黃荷生、薛柏谷、趙天儀、白萩、杜國清、王憲陽、林亨泰、詹冰、錦連、古貝等十二位省籍詩

人組成的笠詩社誕生了。笠詩社以「台灣斗笠純樸、篤實」的精神自許，極具本土意識，提倡寫實主義（realism），其出版的《笠詩刊》已逾半世紀，從不間斷，在新詩史上可謂爲奇蹟。儘管這一時期已出現寫實主義的曙光，但一九六〇年代無疑是現代主義發展的黃金時期，而其領頭羊即是大力發展超現實主義的創世紀詩社，洛夫、瘂弦、商禽、葉維廉、管管……的超現實主義代表性詩作都於此時期面世。

然而過猶不及，發皇的現代主義逐漸有走火入魔的跡象。一九七二年先是有來自詩壇之外的關傑明以〈中國現代詩的幻境〉等三篇文章向台灣詩壇開砲，抨擊台灣新詩都在抄襲、模仿西洋現代詩，簡直成了一種文學殖民主義。緊接著七三年發生唐文標事件，唐文標也發表〈詩的沒落〉等三文，對現代詩、藍星、創世紀，以及洛夫、周夢蝶、余光中、葉珊等人點名批判，引發多位詩人與評論家的回擊。值此一社會漸趨開放，工商業日益繁榮之際，亦不乏來自詩壇內部的反省之聲，由年輕詩人籌組的詩社及詩刊一一出現，包括：龍族（1971）、主流（1971）、大地（1971）、秋水（1974）、詩人（1974）、神州（1974）、草根（1975）、綠地（1975）、詩脈（1976）、詩潮（1977）、掌門（1978）、陽光小集（1979），這些新起的年輕詩社擬走自己的道路，不再附和之前老詩社的步調，如龍族便以「我們敲我們自己的鑼，打我們自己的鼓，舞我們自己的龍」做爲號召，同時亦肯定中國風格，正視社會現實。

時序走到一九八〇年代中期。七〇年代末成立的陽光小集在一九八四年解散，在解散之前推出的「政治詩專輯」，則標示著新詩的演變來到新的階段。同年出刊的《春風》似也應和著前者的訴求推出「獄中詩專輯」，而此則證諸後來一九八八年的政治解嚴乃係大勢所趨。政治緊箍咒的釋放，牽一髮而

動全身，台灣社會於此充滿沸騰的活力，文學界與詩壇自亦不免於外。此時期更為年輕的詩社紛紛成立，從八〇年代初的腳印（1981）、漢廣（1982）、掌握（1982）、心臟（1983），到中期的四度空間（1985）、地平線（1985）、象群（1986），以至於晚期出現的新陸（1987）、薪火（1987）、曼陀羅（1987）、長城（1988）等，蓬勃發展的詩社與詩刊，並不亞於之前七〇年代的盛況；甚至資深詩刊如《現代詩》（1982）、《藍星》（1984）與《草根》（1985）也都選在此時復刊。此一階段如上所述，由於政治解嚴，社會發展漸趨多元，詩潮亦隨多元化發展，如新世代林燿德等人提倡都市詩，以別於政治詩的主張；中生代羅青打著後現代大旗，後現代詩作也於此時現身詩壇。然而同一時期，承襲七〇年代出現的方言詩的台語詩創作也壯大起來，向陽、林宗源、黃樹根、林央敏等都有代表性的台語詩作。

一九九〇年代的台灣社會更是日趨多元化的發展，全球化與數位化時代來臨，詩壇也受此潮流的影響與衝擊。首先是各類型詩活動蓬勃地展開，如結合演講、朗誦、與座談的「詩的星期五」的推出；公視播出「現代詩情」節目；北市府舉辦「台北公車詩」活動……。其次是各種詩選集的編纂與出版蔚然成風；再者，新詩研究風氣於此時萌發，例如各類新詩研討會相繼舉辦、大學成立詩學研究中心等。由於政治解嚴以及開放人民赴大陸探親，兩岸詩人與詩學的交流日益頻繁，大陸詩人的作品不僅刊登在台灣的詩刊上，乃至在幾個重要的文學獎「攻城掠地」；而台灣詩人之前寫的懷鄉詩現在則變成了返鄉詩。也因為社會日趨開放，言論幾乎百無禁忌，除了情色詩抬頭挺胸昂然現身外，一九九八年十一月，一個別開生面，首度由女詩人組成的女鯨詩社終於誕生了。除了回應此時盛行的女性主義外，女鯨的成立也標示著女性詩的興起，而這在九〇年代詩社開始走下坡的情形下，乃是難得一見的「詩壇女高

音」，令人側目。

詩社走下坡，與之形影不離的詩刊自然跟著萎縮，如當初復刊的《現代詩》與《藍星》都再度休刊（後者搖身一變爲《藍星詩學》），一九九四年成立的植物園現代詩社（出版《植物園詩刊》），可說是此一時期最後的一個實體詩社。何以強調它是個實體詩社呢？那是因爲數位化時代來臨，更年輕的世代已經和電腦與網路結合，他們不再像前輩詩人那樣成群結黨組詩社，直接將作品PO在BBS網站上，不用再青睞於紙本詩刊，如中山大學的山抹微雲、海洋大學的田寮別業、政治大學的貓空行館等，異軍突起，反攫住新世代的眼光。影響所及，九七年出現第一個新詩專業網站台灣現代詩網路聯盟，此風並擴及資深詩刊如《創世紀》，以及九二年甫創刊的《台灣詩學季刊》，讓這些代表性的詩刊也跟著掛網。在此風潮之下，蘇紹連（米羅・卡索）、向陽、陳黎、須文蔚、代橘等亦紛紛設立個人詩網站；而楊佳嫻、鯨向海等年輕世代更從網路詩人起家。

二〇〇〇年以後，新世紀來臨，一開始詩人個人網站與部落格大行其道，網路成了詩人——尤其是年輕世代主要的發表管道。然而，弔詭的是，二十一世紀卻也是「詩社重返」的年代！更確切地說是「詩刊回歸」的時代。越過千禧年的頭一年，由夏宇、零雨、鴻鴻、翁文嫻、廖偉棠等人創辦的《現在詩》首先出現台灣詩壇，《現在詩》不按理出牌的專題企畫與編輯方式，一洗之前詩刊正經八百莊重嚴肅的形象，令人耳目一新。二〇〇三年接著有集結兩岸年輕詩人號稱「六年級最強自選集」的《壹詩歌》面世（可惜只辦了兩期）；之後還有《歪仔歪詩刊》（2005）、《吹鼓吹詩論壇》（2005）、《林家詩叢》（2006）、《衛生紙+》（2008）、《風球詩雜誌》（2008）、《詩評力》（2010）、《好燙詩刊》（2011）、《野薑花詩集》（2012）、《兩岸詩》（2015）等詩刊陸續出刊，其中二〇一四年更出現結合台灣九個大學校園詩社合出的《煉詩刊》（有向九〇年代的《植物園詩刊》和《晨曦詩刊》看齊的味道）。然而，和以往不同的是，新世紀出現的詩刊，首先，除了極少數（如《風球》）詩刊仍強調是屬於詩社集團的刊物，多半的詩刊卻與詩社組織無涉，譬如《現在詩》，從不主張它是一個詩社，而《衛生紙+》更只是鴻鴻主辦的一份刊物。其次，這些新出的詩刊風格五花八門，上所舉《現在詩》即爲顯例，各自推陳出新的專題製作令人眼花撩亂，迥異於老牌詩刊的表現。

在台灣整體出版環境日益惡化的情況之下，新世紀以來詩集出版卻反其道而行，新世代詩人紛紛出版個人的詩集，更形成百花齊放、多采多姿的風貌。雖然老一輩詩人多在此一階段老成凋謝，但中生代詩人在台灣文學與現代文學於學院黌宮取得一席之地後，不少人如蕭蕭、向陽、陳義芝、焦桐、孟樊、須文蔚……則先後轉進大學，成了學者詩人，而這也直接促進新世紀新詩詩學的學術化，使得有關新詩研究的成績蒸蒸日上。

江山代有才人出，展望下一個年代的新詩史，咸信將會是另一番風貌。

◎新詩的欣賞與創作

⊙新詩的欣賞

如何踏入新詩的堂奧？這第一步自然是從新詩的欣賞開始。然則新詩的欣賞又如何起步呢？欣賞新

詩就是讀新詩，要讀新詩可先從自己喜歡的詩人或詩作著手。羅青說：「喜歡讀詩的人，應該細讀自己衷心喜歡的詩，或自己認為重要的詩；對那些自己不喜歡又不重視的，實在可以拋在一邊，不去管他。因為讀者只是讀者，不必去替那些批評家或文學史家傷腦筋。」（1988：1-2）自己不喜歡的詩，閱讀起來很可能味如嚼蠟；何況新詩不如敘事作品如小說、電影或戲劇那樣具有故事性，也不如散文那樣透明，明白易懂，面對自己不喜歡的詩終究無法卒睹。

第一步讀自己喜歡者，那麼第二步就可以越讀越多，從當中找出自己喜歡的詩人，也就是幽默大師林語堂所說的「文學情人」。這位文學情人可以是與自己氣質相近但也可倆不相侔者，總之，他或她是自己在新詩裡鍾愛的詩人，而既為自己所愛，自必要多與之「親近」——所謂「親近」，就是指要多多閱讀其作品。

除了閱讀自己喜歡的詩人與作品外，進一步更要多讀所謂的「好詩」，如羅青所言：「儘量忘記壞詩，而多讀多討論自己認為好的詩。」注意這裡他所說的「多讀多討論」，「因為有些好詩，不經細心探索品味，是不易探得其中妙處的；而有些所謂的『好詩』，在細密討論之後，反而變成了壞詩。」（1988：1）雖說好壞詩要從細讀中去判別，但是對一般欣賞的讀者或新詩的初學者而言，仍是一件不易為之的事。要判別一首詩是否為好詩，讀詩者必然要有一套分判好詩的標準。然而，此一分判的準則並非初入門者即能立即擁有的，除非這所謂的好詩是經由專家幫你挑選決定的。

欣賞詩作就如同一般欣賞其他藝術品（譬如繪畫、雕刻等）一樣，最初全然訴諸個人的直覺感受——這也就是為何一開始欣賞新詩要挑選自己喜歡的入手，在與作品接觸的過程裡，可任憑自己想像力

自由的馳騁，毋須經由腦袋瓜的條分縷析。然而如上所述，若須分辨詩的好壞，進一步便得經由知性的分析始克爲功；而自身擁有的這一套評判標準，則是透過長久累積的閱讀經驗，同時參照詩學家或批評家提供的意見而得。此時，自一開始直覺感受的「欣賞」，便進入經由進一步知性分析而來的「賞析」；若再對作品予以月旦、評價，那就是在做批評工作了。

無論是對新詩加以賞析或批評，若有方便之門，提供入門的讀者經由直覺地欣賞而臻至此一知性分析的階段，那當是新詩的讀者之福；而這也是新詩教學之必要。基於此，新詩的讀者有必要先從認識新詩的特質——亦即新詩的定義開始，進而了解新詩歷史的演變，並閱讀、欣賞詩史裡各個階段代表性或重要性的詩人及其詩作，累積自身的讀解經驗，然後自己的賞析或批評庶幾可以獲致；此一認識與閱讀乃至評析的過程，即便是對於擬欲創作新詩的學生以及初初寫詩者皆同樣適用。以上也是本新詩讀本編纂與出版之初衷。

⊙新詩的創作

創作是「無中生有」，但它卻不是「憑空而來」，雖然不必非得「不經一番寒徹骨，哪得梅花撲鼻香」那般堅苦卓絕才能成爲詩人，但是學習的過程則是不可免的。我們以爲，新詩創作仍須自欣賞（乃至賞析）詩作開始，特別是如前所述，新詩形式上是自由詩，雖剝掉格律的束縛，卻也讓賦詩者難以適從，你也就得從前輩詩人的作品中去尋繹新詩的形貌乃至作詩的訣竅。所以作詩的第一步須從欣賞開始。作詩自然是比讀詩更爲精進之事，誠如詩人白靈所說：

讀詩是讀別人的夢，即使有共鳴和洗滌，觸及的只是自身心靈的一部份，是間接的，是痛點的外敷。寫詩則不然，抱的總是自個兒的夢，是當下的、切身的、全力以赴的，是從內在出發的，是直接的、是痛點的自我內療。也因此，樂趣全在「參與」的行為。(3)

看來寫詩比讀詩更能讓人樂在其中；而且如同「作夢的樂趣在作不在夢，寫詩的樂趣也多半在寫不在詩」（3）。然後呢？顯然接下來的答案才是重點。

這就是「怎麼寫？」的問題了。如何寫詩，自然有各種不同的方法，每一位詩人亦皆有其獨步的妙方，況且不同時代盛行的作詩方式也不盡相同，在此，很難一概而論。譬如覃子豪在《論現代詩》裡就分成十九項藝術手法詳加介紹（5-85）；楊昌年在《新詩品賞》中亦以七大項分說創作之要領（5-25）；而蕭蕭的《現代詩創作演練》乃以九項演練方式讓初學者習作（3-142）。白靈則在《一首詩的誕生》裡別出心裁，主張以一句（好）詩開始寫起，也就是一首好詩多是從作者的一句詩或幾句詩而來的，先把一句詩或幾句詩寫好，繼而再寫好一段詩，然後一首好詩便慢慢誕生了（4）。

怎麼寫詩雖然不能一概而論，惟基於教學需要，在此，試以塞琪．柯恩（Sage Cohen）在《寫我人生詩》（*Writing the Life Poetic: An Invitation to Read & Write Poetry*）一書中所提出的「什麼讓詩成爲詩」的主張做一扼要說明。塞琪．柯恩認爲可以透過底下四個途徑讓你的寫作成爲新詩（6-8）：

．將文字濃縮——新詩和古詩一樣，都是以精簡的文字表達出豐富的涵義；尤其是用白話寫作的新詩，一不小心很容易寫成散文。「當小說可以用幾百頁淋漓盡致地展現敘述之美的時候，詩的特色恰恰在於，用幾行或者寥寥數頁來實現同樣的效果。這意味著詩中的每一個詞都非常重要，既要精簡，又要傳神。」

- 分行與分節的安排——除了較為特別的散文詩之外，分行與分節（段）乃是把詩和散文區別開來兩個最為簡單的方法。「在詩中，分行是界定敘述語勢的基本單元……詩人在何處、以何種方式斷行和分節，都會影響讀者閱讀的速度和節奏。」
- 音樂感的表現——一首詩給予讀者留下何種印象，詞語的聲音與韻律同它所傳達出的字面意義一樣重要。以往的詩作（中西方皆同）著重音樂性的表達，有著特定格式的要求，比如中國古詩的平仄與押韻等，自不必言。現在的自由詩形式，雖然沒有嚴格的格律規制，強調語言本身的自然節奏，詩人可以更隨心所欲地駕馭詞語，卻更須講究音樂性的表現，諸如聲調、語氣/口吻、旋律……等有助於音樂感的展現仍不應被忽略。
- 意象的呈現——意象是一首詩的靈魂，新詩藉由意象「以令人驚異的嶄新方式來表達我們的生活和世界」。「一首詩也許只是在簡單地『呈現』正在發生的事情，而不需『陳述』給我們什麼」；透過意象的展現，「詩行的陳列看似不像事實本身，卻有助於我們以新的方式再次打量它」。

上述四個新詩寫作的途徑中，最重要的毋寧是第四項，所以才說它是新詩寫作的靈魂，因此塞琪．柯恩進而強調說：「在為讀者營造一種詩意的情境或一個真實可感的敘事氛圍方面，描述性的意象比

直白的陳述有用得多。」她所提煉出的一個黃金法則是：「要展示，不要陳述」。展示以意象說話，表演給你看；陳述只是用概念說明，直接講白——前者是詩話，而後者則是日常說話。譬如底下此一例子：「我感到虛弱」——這是敘述的表達；而「我幾乎不能把湯匙送到嘴裡了」——這是展示的表達（13）。於是，寫詩切記：「要展示，不要陳述」。當然，此乃寫詩的一個基本原則，一首詩不可能完全沒有敘述，但最重要者，必須將意象寫活，詩才會有聲有色。

上述給初學者的建議，雖非金科玉律，卻是極爲肯綮的意見，而這也只是寫詩的起手式罷了，如上所述，詩作方式成千上百，各有巧妙不同，端賴詩人如何運用，此則無法在此一一詳述了。

◎本書編選的立場

一般詩選多按年代順序（詩人出生年次）採紀傳體之方式編排，這種紀傳體詩選（讀本）係以人爲主編輯，較難看出時代整體的創作走向，時間的演變被切割爲個個獨立的詩人作品。相形之下，本書以編年體（詩作年代）爲主的編排方式，使詩史各個階段的演變及走向更爲清楚，較能反映歷史的實況，比如同一位詩人的不同作品，出現在不同的年代，可以顯示他或她在各個時期創作的盛衰，以及其所居位置與扮演角色的不同分量；除此之外，這種編年體還可以顯示出一個詩人崛起以至沒落的創作起伏，扣緊了歷史的脈絡，而由此顯示出其於詩史中的地位。

雖然以編年體方式編纂詩人作品，但本書以一九四九年爲界，之前的年代分成中國大陸與台灣日據

時期，分別從「五四」及一九二〇年代開始編選，這期間不再按不同階段劃分；之後從一九五〇年代至目前為止，則進一步分別再以十年紀年，即每十年再劃分為一個年代——這也是台灣當代詩壇通常的劃分方式。本書編者當然知道，如此的分期方式並非妥善，詩史的進程其實無法以每十年切割的方式來分期；從某一角度考慮，這是出於教學的方便，是不得不然的一種「權宜之計」。而從上述這樣的分期方式可以得知，本詩選之側重當代（指一九四九年以後的時期）詩人及其詩作再明顯不過。這又和詩人及其詩藝本身之成熟與進展有關。不論是在中國大陸或台灣本地，新詩肇興之初，才剛剛從格律詩與文言文的桎梏中脫離，生澀自是難免，佳詩雖仍不少，但以成就論，在質與量上均遜於一九五〇年代以來之表現，並非當代人就一定側重當代詩。

本書本著「以詩選撰寫詩史」的立場來編排詩作，目的無非是希望藉由如此的編選，讓新詩的愛好者與初學者能在徜徉於詩作的美感之餘，也能同時讀遍一部新詩簡史，儘管這部讀本（其實包括每一部詩選）提供的只是一個「摘要式的新詩檔案」。

註釋

①譬如：李瑞騰在〈與時潮相呼應——台灣詩學季刊社十五周年慶〉一文使用台灣「現代新詩」；唐捐（劉正忠）的《現代漢詩的魔怪書寫》，書名即逕用「現代漢詩」；奚密主編一本《現代漢詩選》，另外在《現當代詩文錄》一書中也多用「現代漢詩」一詞。

②洛夫的〈詩的欣賞方法〉原文是說：「詩的定義就是詩本身。」他主要在針對「詩」之界義予以辨析（4）。

③西洋的浪漫派與象徵派皆力主自由詩，其中法國象徵派詩人魏爾崙（Paul Verlaine）即以提倡自由詩聞名，他反對格律，創立了「不定形詩體」。而美國的自由詩之父惠特曼（Walt Whitman）的《草葉集》，更是影響後人無數（覃子豪，16）。

④本文收入胡適編選，《中國新文學大系．建設理論集》影印本（上海：上海文藝出版社，1980）。此處引自http://course.shufe.edu.cn/course/yuwen/xdsg27/kwfx/sg3.htm；瀏覽日期2016年8月25日。

⑤據查最早刊載新詩的是《台灣民報》於1923年8月15日轉載的胡適兩首白話詩〈相思〉、〈小詩〉，以及其譯自美國女詩人蒂絲黛兒（Sara Teasdale）的〈關不住了〉（"Over the Roofs"）中譯詩。同年的10月15日《台灣民報》也發表了湖南人各丁的一首新詩〈莫愁〉。

引用書目

白靈。《一首詩的誕生》。台北：九歌，1991。

羊子喬。〈光復前台灣新詩論〉。收入楊雲萍等著。《亂都之戀》。台北：遠景，1982。

洛夫。《洛夫詩論選集》。台南：金川，1978。

覃子豪。《論現代詩》。台中：普天，1976。
黃維樑編著。《火浴的鳳凰——余光中作品評論集》。台北：純文學，1979。
楊昌年。《新詩品賞》。台北：牧童，1978。
塞琪・柯恩（Sage Cohen）著。劉聰譯。《寫我人生詩》。北京：中國人民大學，2014。
羅青。《詩人之燈》。台北：春暉，1988。
——。《從徐志摩到余光中》。台北：爾雅，1978。
蕭蕭。《現代詩創作演練》。台北：爾雅，1991。

大陸詩選

「五四」～一九四九年

「五四」～一九四九年中國新詩概論

因應著清末風起雲湧的政治革新，以文學作爲呼應的潮流也隨之響應。當時由黃遵憲、夏曾佑、譚嗣同、蔣智由、梁啓超等倡議的「詩界革命」，也以口語寫作及融入新名詞的手法，積極展現其有別於前的寫作方式。

民國以後，新文學革命的條件也因主客觀因素的遞嬗而日趨成熟。一九一七年一月，胡適在《新青年》發表〈文學改良芻議〉提出「八不主義」，強調白話文不避俗字俗語，主張「詩須廢律」的具體主張。同年二月，陳獨秀的〈文學革命論〉，也力倡建立白話新文學的特色。到了一九一八年一月十五日，《新青年》四卷一號刊載了胡適〈鴿子〉、〈人力車伕〉、〈一念〉、〈景不徙〉，沈尹默〈鴿子〉、〈人力車伕〉、〈月夜〉，劉半農〈相隔一層紙〉、〈題女兒小蕙周歲造像〉等九首詩，這也是中國文學史上最早公開發表的新詩作品。

胡適等打破舊詩在格律韻腳的嚴謹規範，表現個人自由書寫意志，嘗試追求一種不受拘束的嶄新體裁。隨著五四運動如火如荼地展開，西方文學作品與思想理論被大量引進，於是一場劃時代的詩歌革命，便在多重衝擊動盪的狂潮裏澎湃激昂。

在這場詩歌革命運動中，胡適首開風氣之先，他不僅以詳盡的理論倡導詩體解放，更將理論付諸創

作，並於一九二〇年九月，出版中國第一本新詩集——《嘗試集》。在此同時，沈尹默〈三弦〉以新巧的散文詩形式備受推崇，至於劉半農也多有揭露現實的佳篇。此外，同樣是描寫生活見聞、表達人生哲思、崇尚自由風氣的早期詩人，尚有劉大白、康白情和冰心等名家。其中冰心深受印度詩哲泰戈爾影響，以雋永清秀的小品聞名。此外，如「文學研究會」的王統照和「創造社」的郭沫若、王獨清、穆木天等人，他們使用平白的措辭宣洩情感，帶給讀者更強烈的感染力量，至於誠摯樸實的文字表現，也成為代替大衆抒發內心不平的最佳管道。

然而過度崇尚自由、放縱不羈，也可能使詩歌的意涵流於淺薄空泛。因此「新月派」的徐志摩、聞一多、朱湘、陳夢家等人，便側重詩歌藝術的殊有特質，意圖建立專屬於新詩的美學典範。他們強調詩作形式必須齊整，音韻節拍必須鏗鏘有力，抑揚頓挫也宜用心經營。如徐志摩深受西方格律詩影響，講究章句的勻稱和諧；而聞一多則追求工整格律，形式精嚴至極，典型的作品甚至被戲稱為「豆腐乾體」。

另外，在宗派紛呈的早期中國詩壇，亦有深受法國象徵詩風影響的一群，此派詩人以李金髮、戴望舒為首。他們希望經由運用意象以營造詩歌豐富的層次感，但其刻意模仿歐化句法，使用晦澀難懂的語言，也陷入另一種劃地自限的困境。

一九三二年《現代》於上海創刊，以施蟄存、戴望舒為首。他們的詩仍以象徵派為主，並結合新月派的風格，於是「現代派」之名不脛而走，蔚為一時的風行。

隨著中日局勢趨向緊張，抵禦外侮的共識逐漸形成，平白眞切的風格也因符合現實需求而成為主

流。臧克家延續以農村生活為主要的取材對象，艾青的詩亦能貼近當時的社會現狀，表達對土地的忠愛之情。此外，乘著抗戰宣傳之便而順勢竄升的朗誦詩人，如田間、高蘭等，則多以情感濃烈、形式簡要的詩歌激勵士氣，達成鼓舞民衆同仇敵愾的社會作用。

到了一九四〇年代前後，整體新詩的表現再次趨向多元。馮至努力經營「十四行體」，展現出結合內容與格律的互動結構。而「七月派」的胡風、綠原等人，以現實的風格，反映大衆生活。至於辛笛、陳敬容、鄭敏、杜運燮等青年作家，也繼續借鑑現代西方詩歌的表現技巧，流露主知，甚至是偏向玄想的風格。

總的來看，三十年來的中國新詩經驗，因應著現實環境的改變與思想理念的實踐，產生宗派紛呈的多樣結果，這些既有的成就，不但啓示了繼起者的承擔與開拓，同時也孕育出更芬芳馥郁的繁盛花朵。

延伸閱讀

◆朱自清編，1977。《中國新文藝大系》（二冊），台北：大漢出版社。

◆辛笛主編，1997。《二十世紀中國新詩辭典》，上海：漢語大辭典出版社。

◆周伯乃，1969。《中國新詩之回顧》，台北：廣文出版社。

◆舒蘭，1980。《五四時代的新詩作家與作品》，台北：成文出版社。

◆葛賢寧、上官予編，1965。《五十年來的中國詩歌》，台北：正中書局。

◆瘂弦，1981。《中國新詩研究》，台北：洪範書店。

秋晚的江上

◇劉大白

歸巢的鳥兒，
儘管是倦了，
還馱著斜陽回去。

雙翅一翻，
把斜陽掉在江上；
頭白的蘆葦，
也妝成一瞬的紅顏了。

三　弦

◇沈尹默

中午時候，火一樣的太陽，沒法去遮攔，讓他直曬著長街上。靜悄悄少人行路；只有悠悠風來，吹動路旁楊樹。

誰家破大門裏，半院子綠茸茸細草，都浮著閃閃的金光。旁邊有一段低低土牆，擋住了個彈三弦的人，卻不能隔斷那三弦鼓盪的聲浪。

門外坐著一個穿破衣裳的老年人，雙手抱著頭，他不聲不響。

相隔一層紙

◇劉半農

屋子裏攏著爐火，
老爺吩咐開窗買水果，
說「天氣不冷火太熱，別任它烤壞了我。」
屋子外躺著一個叫化子，
咬緊了牙齒對著北風喊「要死」！
可憐屋外與屋裏，
相隔只有一層薄紙。

老　鴉

◇胡適

一

我大清早起，
站在人家屋角上啞啞的啼。
人家討厭我，說我不吉利。——
我不能呢呢喃喃討人家的歡喜！

二

天寒風緊，無枝可棲。
我整日裏飛去飛回，整日裏挨饑。——
我不能替人家帶著鞘兒翁翁央央的飛，
也不能叫人家繫在竹竿頭，賺一撮黃小米！

筆立山頭展望

◇郭沫若

大都會的脈搏呀！
生的鼓動呀！
打著在，吹著在，叫著在，……
噴著在，飛著在，跳著在，……
四面的天郊煙幕朦朧了！
我的心臟呀，快要跳出口來了！
哦哦！山岳的波濤，瓦屋的波濤，
湧著在，湧著在，湧著在，湧著在呀！
萬籟共鳴的Symphony，
自然與人生的婚禮呀！
彎彎的海岸好像Cupid的弓弩呀！
人的生命便是箭，正在海上放射呀！
黑沉沉的海灣，停泊著的輪船，進行著的輪船，數不盡的輪船，
一枝枝的烟筒都開著了朵黑色的牡丹呀！
哦哦，二十世紀的名花！
近代文明的嚴母呀！

窗外

◇康白情

窗外的閒月，
　緊戀著窗內蜜也似的相思。
相思都惱了，
　她還涎著臉兒在牆上相窺。
回頭月也惱了，
　一抽身兒就沒了。
月倒沒了，

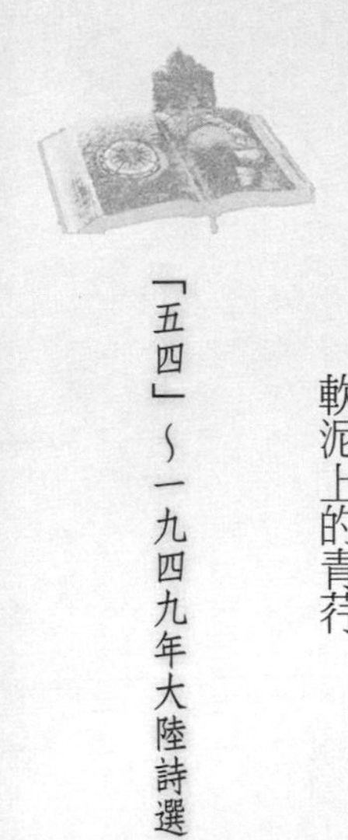

相思倒覺著捨不得了。

再別康橋

◇徐志摩

輕輕的我走了，
　正如我輕輕的來；
我輕輕的招手，
　作別西天的雲彩。

那河畔的金柳
　是夕陽中的新娘；
波光裏的豔影，
　在我的心頭蕩漾。

軟泥上的青荇
　油油的在水底招搖；
在康河的柔波裏
　我甘心做一條水草！

那榆蔭下的一潭
　不是清泉，
是天上虹揉碎在浮藻間，
　沉澱著彩虹似的夢。

尋夢？撐一支長篙
　向青草更青處漫溯，
滿載一船星輝，
　在星輝斑斕裏放歌。

但我不能放歌，
　悄悄是別離的笙簫；
夏蟲也爲我沉默，

沉默是今晚的康橋！

悄悄的我走了，
正如我悄悄的來；
我揮一揮衣袖，
不帶走一片雲彩。

微雨中的山游

◇王統照

當我們正下山來；
槭槭的樹聲，已在靜中響了，
迷濛如飛絲的細雨，也織在淡雲之下。
羊聲曼長地在山頭叫著，
拾松子的婦人，也疲倦的回來。
我們行著，只是慢慢地走在碎石的斜坡上面。

看啊！
疏林中春末的翠影，
爲將落的日光微耀。
紛披的葉子，被雨絲洗濯著，更見清麗。
四圍的大氣，都似在雪中浴過。
向回望高塔的鐸鈴，似乎輕鬆的搖動，
但是聲太弱了，
我們卻再聲不見牠說的甚麼。

漫空中如畫成的奇麗的景色，
越顯得出自然的微妙。
斜飛襌翼的燕子斜飛地從雨中掠過。
他們也知道春去了嗎？

下望呀！
煙霧瀰漫的都城已經都埋在暗光布滿的雲幕裏。
羊群已歸去了，

拾松子的婦人大約是已回了她的茅屋。
我們也來在山前的平坡裏，
聽了音樂般的雨中的流泉聲，
祇戀戀地不忍走去！

死水

◇聞一多

這是一溝絕望的死水，
清風吹不起半點漪淪。
不如多扔些破銅爛鐵，
爽性潑你的賸菜殘羹。

也許銅的要綠成翡翠，
鐵罐上銹出幾瓣桃花，
再讓油膩織一層羅綺，
黴菌給他蒸出些雲霞。

讓死水酵成一溝綠酒，
飄滿了珍珠似的白沫；
小珠們笑聲變成大珠，
又被偷酒的花蚊咬破。

那麼一溝絕望的死水，
也就誇得上幾分鮮明。
如果青蛙耐不住寂寞，
又算死水叫出了歌聲。

這是一溝絕望的死水，
這裏斷不是美的所在，
不如讓給醜惡來開墾，
看他造出個什麼世界。

我願

◇穆木天

我願奔著遠遠的點點的星散的蜿蜒的燈光
獨獨的　寂寂的　慢走在海濱的灰白的道上
我願飽嘗著淡淡消散的一口一口的芳腥的稻香
我願靜靜的聽著刷在金沙的岸上一聲一聲的輕輕的打浪

我願坐在那裏的路旁　那一片松原裏的橫臥的石上
我願寂對著一渦一渦的回浪滾在那裏的岩石的窩上
我願細細的思維著掠在石面上的介殼的不住的滄桑
朦朧的憧憬著那裏　那裏　那裏　那裏的虛無的家鄉

我願寂對著那裏古樹底下枯葉掩著的千年的石像
我願凝視著掩住了柴扉的茶屋前的虛設的空床
我願笑對著微動的泊舟吐不出烟絲不能歌唱
默默的夢想著那裏的天邊的孤島　散散的牛羊

啊　到底哪裏是我的故鄉　哪裏的山頭　哪裏的角上
哪裏的風中　哪裏的雲鄉　還是呱呱波動的青蛙的聲聲聲浪
啊　我願寂寂的獨獨的慢步在夜半後的海濱的道上
我願熱熱的熱熱的奔著到那遠遠的燈光而越奔越奔不上

棄婦

◇李金髮

長髮披遍我兩眼之前，
遂隔斷了一切羞惡之疾視，
與鮮血之急流，枯骨之沉睡。
黑夜與蟻蟲聯步徐來，
越此短牆之角，
狂呼在我清白之耳後，
如荒野狂風怒號：
戰慄了無數游牧。

靠一根草兒，與上帝之靈往返在空谷裏，
我的哀戚惟游蜂之腦能深印著；
或與山泉長瀉在懸崖，
然後隨紅葉而俱去。

棄婦之隱憂堆積在動作上，
夕陽之火不能把時間之煩悶
化成灰燼，從煙突裏飛去，
長染在游鴉之羽，
將同棲止於海嘯之石上，
靜聽舟子之歌。

衰老的裙裾發出哀吟，
徜徉之邱墓之側，
永無熱淚，
點滴在草地
爲世界之裝飾。

繁星

◇冰心

1

繁星閃爍著——
深藍的太空，
何曾聽得見他們對語？
沉默中，
微光裏，
他們深深的互相頌讚了。

49

零碎的詩句，
是學海中的一點浪花罷；
然而他們是光明閃爍的，
繁星般嵌在心靈的天空裏。

燈

◇廢名

深夜讀書
釋手一本老子道德經之後，
若拋卻吉凶悔吝
相晤一室。
太疏遠莫若拈花一笑了，
有魚之與水，
貓不捕魚，
又記起去年冬夜裏地席上看見一隻小耗子走
路，
夜販的叫賣聲又做了宇宙的言語，
又想起一個年青人的詩句
魚乃水之花。
燈光好像寫了一首詩，

他寂寞我不讀他。
我笑曰，我敬重你的光明。
我的燈又叫我聽街上敲梆人。

葬我

◇朱湘

葬我在荷花池內，
耳邊有水蚓拖聲，
在綠荷葉的燈上
螢火蟲時暗時明——

葬我在馬纓花下，
永作著芬芳的夢——
葬我在泰山之巔，
風聲嗚咽過孤松——
不然，就燒我成灰，
投入氾濫的春江，
與落花一同漂去
無人知道的地方。

雨巷

◇戴望舒

撐著油紙傘，獨自
彷徨在悠長，悠長
又寂寥的雨巷，
我希望逢著
一個丁香一樣地
結著愁怨的姑娘。
她是有

丁香一樣的顏色，
丁香一樣的芬芳，
丁香一樣的憂愁，
在雨中哀怨，
哀怨又彷徨。

她彷徨在這寂寥的雨巷，
撐著油紙傘
像我一樣，
像我一樣地
默默彳亍著，
冷漠，淒清，又惆悵。

她靜默地走近
走近，又投出
太息一般的眼光，
她飄過

像夢一般地，
像夢一般地淒婉迷茫。

像夢中飄過
一支丁香地，
我身旁飄過這女郎；
她靜默地遠了，遠了，
到了頹圮的籬牆，
走盡這雨巷。

在雨的哀曲里，
消了她的顏色。
散了她的芬芳，
消散了，甚至她的
太息般的眼光，
她丁香般的惆悵。

撐著油紙傘，獨自
彷徨在悠長，悠長
又寂寥的雨巷，
我希望飄過
一個丁香一樣地
結著愁怨的姑娘。

十四行集

◇馮至

九〈給一個戰士〉

你長年在生死的邊緣生長，
一旦你回到這墮落的城中，
聽著這市上的愚蠢的歌唱，
你會像是一個古代的英雄。

在千百年後他忽然回來，
從些變質的墮落的子孫
尋不出一些盛年的姿態，
他會出乎意外，感到眩昏。

你在戰場上，像不朽的英雄
在另一個世界永向蒼穹，
歸終成為一隻斷線的紙鳶。

但是這個命運你不要埋怨，
你超越了他們，他們已不能
維繫住你的向上，你的曠遠。

二十〈有多少面容，有多少語聲〉

有多少面容，有多少語聲
在我們夢裏是這般真切，

不管是親密的還是陌生；
是我自己的生命的分裂，

可是融合了許多生命，
在融合後開了花，結了果？
誰能把自己的生命把定
對著這茫茫如水的夜色，

誰能讓他的語聲和面容
只在些親密的夢裏縈迴？
我們不知已經有多少回

被映在一個遼遠的天空，
給船夫或沙漠裏的行人
添了些新鮮的夢的養分。

老馬

◇臧克家

總得叫大車裝個夠，
它橫豎不說一句話，
背上的壓力往肉裏扣，
它把頭沉重地垂下！

這刻不知道下刻的命，
它有淚只往心裏嚥，
眼裏飄來一道鞭影，
它抬起頭望望前面。

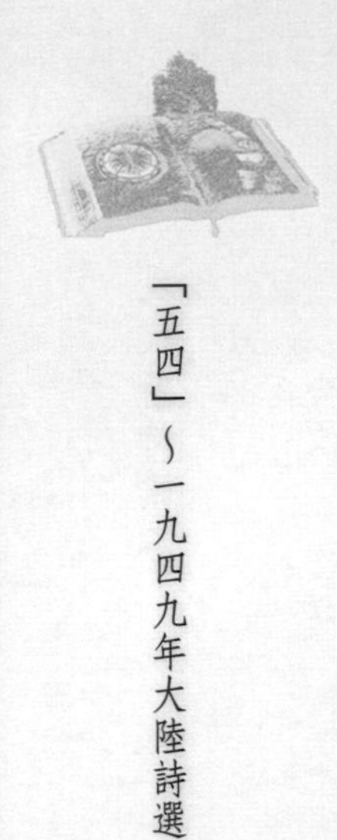

窗

◇李廣田

偶爾投在我的窗前的，
是九年前的你的面影嗎？
我的綠紗窗是褪成了蒼白的，
九年前的卻還是九年前。

隨微颸和落葉的窸窣而來的
還是九年前的你那秋天的哀怨嗎？
這埋在土裏的舊哀怨，
種下了今日的煩憂草，青青的。

你是正在旅行中的一隻候鳥，
偶爾地，過訪了我這座秋的園林，
（如今，我成了一座秋的園林，）
毫無顧惜地，你又自遙遠了。

遙遠了，遠到不可知的天邊，
你去尋，尋另一座春的園林嗎？
我則獨對了蒼白的紗窗，而沉默，
悵望向窗外：一點白雲和一片青天。

送別曲

◇高蘭

朋友！
這不是感傷的別離，
且把哀愁付之高歌一曲，
讓你那年青的臉，
激越的歌聲，
再留下更深的記憶。

今夜，
向燈火我們發誓，
朋友，
你邁開壯健的步履。

我們這來自遠方的，
苦難的一群，
爲了戰鬥，我們才會相聚，
爲了戰鬥，我們又將別離。

一樣的明月白雲，
一樣的春風秋雨，
在祖國廣大的土地，
在烽火燃燒處，
更有戰鬥號召著你！

雪落在中國的土地上

◇艾青

雪落在中國的土地上，
寒冷在封鎖著中國呀……

風，
像一個太悲哀了的老婦，
緊緊地跟隨著
伸出寒冷的指爪
拉扯著行人的衣襟，
用著像土一樣古老的話
一刻也不停地絮聒著……
那從林間出現的，
趕著馬車的

你中國的農夫
戴著皮帽
冒著大雪
你要到哪兒去呢？

告訴你
我也是農人的後裔——
由於你們的
刻滿了痛苦的皺紋的臉
我能如此深深地
知道了
生活在草原上的人們的
歲月的艱辛。

而我
也並不比你們快樂啊
——躺在時間的河流上

苦難的浪濤
曾經幾次把我吞沒而又捲起——
流浪與監禁
已失去了我的青春的
最可貴的日子，
我的生命
也像你們的生命
一樣的憔悴呀

雪落在中國的土地上，
寒冷在封鎖著中國呀……

沿著雪夜的河流，
一盞小油燈在徐緩地移行，
那破爛的烏篷船裏
映著燈光，垂著頭
坐著的是誰呀？

——啊，你
蓬髮垢面的少婦，
是不是
你的家
——那幸福與溫暖的巢穴——
已被暴戾的敵人
燒毀了麼？
是不是
也像這樣的夜間，
失去了男人的保護，
在死亡的恐怖裏
你已經受盡敵人刺刀的戲弄？

咳，就在如此寒冷的今夜，
無數的
我們的年老的母親，
都蜷伏在不是自己的家裏，
就像異邦人
不知明天的車輪
要滾上怎樣的路程……
——而且
中國的路
是如此的崎嶇
是如此的泥濘呀。

雪落在中國的土地上，
寒冷在封鎖著中國呀……

透過雪夜的草原
那些被烽火所嚙啃著的地域，
無數的，土地的墾殖者
失去了他們所飼養的家畜
失去了他們肥沃的田地
擁擠在

生活的絕望的污巷裏：
飢饉的大地
朝向陰暗的天
伸出乞援的
顫抖著的兩臂。

中國的苦痛與災難
像這雪夜一樣廣闊而又漫長呀！
雪落在中國的土地上，
寒冷在封鎖著中國呀……

中國，
我的在沒有燈光的晚上
所寫的無力的詩句
能給你些許的溫暖麼？

斷　章

◇卞之琳

你站在橋上看風景，
看風景人在樓上看你。
明月裝飾了你的窗子，
你裝飾了別人的夢。

一朵野花

◇陳夢家

一朵野花在荒原裏開了又落了，
不想到這小生命，向著太陽發笑，
上帝給他的聰明他自己知道，

他的歡喜，他的詩，在風前輕搖。

一朵野花在荒原裏開了又落了，
他看見青天，看不見自己的藐小，
聽慣風的溫柔，聽慣風的怒號，
就連他自己的夢也容易忘掉。

預言

◇何其芳

這一個心跳的日子終於來臨！
你夜的歎息似的漸近的足音，
我聽得清不是林葉和夜風私語，
麋鹿馳過苔徑的細碎的蹄聲！
告訴我，用你銀鈴的歌聲告訴我，
你是不是預言中的年輕的神？

你一定來自那溫郁的南方，
告訴我那兒的月色，那兒的日光，
告訴我春風是怎樣吹開百花，
燕子是怎樣痴戀著綠楊。
我將合眼睡在你如夢的歌聲裡，
那溫暖我似乎記得，又似乎遺忘。

請停下，停下你疲勞的奔波，
進來，這兒有虎皮的褥你坐！
讓我燒起每一個秋天拾來的落葉，
聽我低低唱起我自己的歌。
那歌聲將火光一樣沉鬱又高揚，
火光一樣將我的一生訴說。

不要前行！前面是無邊的森林，
古老的樹現著野獸身上的斑紋，
半生半死的籐蟒一樣交纏著，

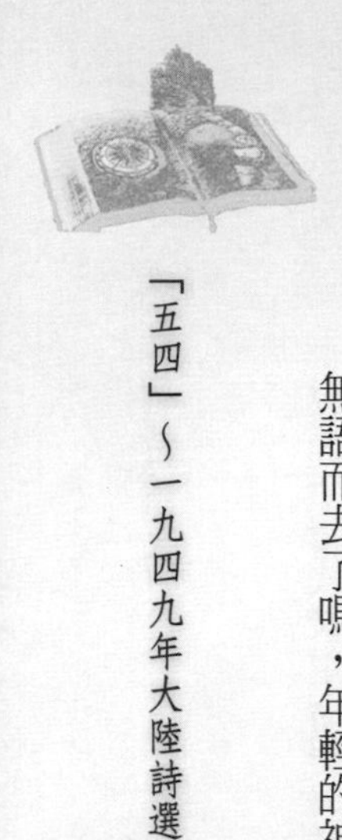

密葉裡漏不下一顆星星。
你將怯怯地不敢放下第二步，
當你聽見了第一步空寥的回聲。

一定要走嗎？請等我和你同行！
我的腳知道每一條平安的路徑，
我可以不停地唱著忘倦的歌，
再給你，再給你手的溫存。
當夜的濃黑遮斷了我們，
你可以不轉眼地望著我的眼睛。

我激動的歌聲你竟不聽，
你的腳竟不為我的顫抖暫停！
像靜穆的微風飄過這黃昏裡，
消失了，消失了你驕傲的足音！
啊，你終於如預言中所說的無語而來，
無語而去了嗎，年輕的神？

手　掌

◇辛笛

形體豐厚如原野
紋路曲折如河流
風致如一方石膏模型的地圖
你就是第一個
告訴我什麼是沉思的肉
富於情欲而蘊藏有智慧
你更叫我想起
兩頰叢髭一臉栗色的水手少年
粗獷勇敢而不失為良善
鹹風白雨闖到頭
大年夜還是浪子回家
吉卜賽女兒慣於數說你的面相

說那一處代表生命與事業
又那一處代表愛情與旅行
她編造出一套套宿命的故事
和二月百囀的流鶯比美
無非想賺取你高興中的一點慷慨
你若往往當眞
豈不定要誤事

我喜歡你剛毅木訥而並非順從
在你中心
擺上一個無意義的不倒翁
你立刻就限制他以行動的範圍
灑上一匙清水
你立刻就凹成照見自己的湖沼
輕輕放下你時可以壓死蚊蚋蜉蝣
高高舉起你時可以呼吸全人類的熱情

唯一不幸的 你有一個「白手」類的主人
你已如頑皮的小學生
養成了太多的壞習慣
爲的怕皮肉生繭
你不會推車搖櫓荷斧牽犁
永遠吊在半醒的夢裏
你從不能懂勞作後甜酣的愉快
這完全是由於嬌縱
從今我須當心不許你更壞到中邪
被派作風魔的工具
從今我要天天拚命地打你
打你就是愛你教育你
直到你堅定地懷抱起新理想
不再篤信那十個不誠實的
過於靈巧的
屬於你而又完全不像你的
觸鬚似的手指

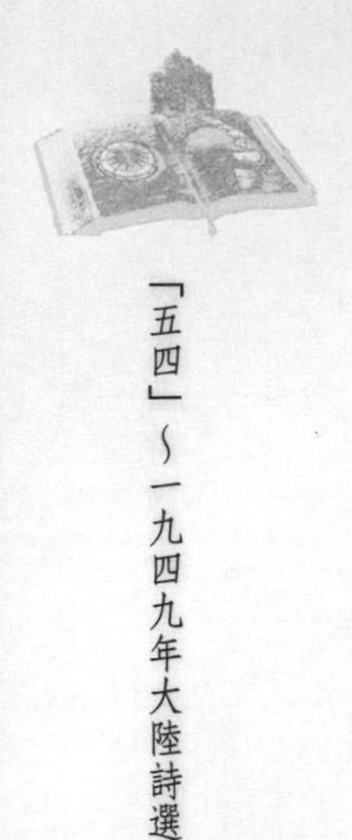

夜

◇方敬

當我夜半乍醒時，
淒切而飄忽的蛩鳴，
輕盈地浸沒了大地，
浮起了寂寥，幽闊，
我探尋的心也沒有了邊際，
好像跟夜一樣寬廣。

發散著苦味的夜啊，
人生那樣短促，
而你卻那樣長！
我用失眠的眼睛凝視著，
你不動，你過去……，

驟急的陣雨紛紛問著你，
問著一個亙古的神祕，
我的幽情隨著雨水浸入土裏，
變成沉默的種子。

閃閃的飛螢，
我年青的歡欣啊！

野生的蓬蒿埋葬了荒地，
埋葬了青春和美麗。
永寂是一種貢獻，
白骨也有發光的燐質，
快建立起生命來，
用我們帶血跡的手。

長長的蓬蒿的夜，
蛩鳴的夜，我的夜，
先知的眼光穿透的夜啊！

中國底春天在號召著全人類

——又是「一·二八」了！

◇田間

中國底春天
走過——
無花的
山谷，
走過——
無笑的
平原，
望著它底
曾經活過了五千年的人民，
人民底
肩膀，
在倚著
壕溝，
人民底
手，
在撫著
槍口，
向法西斯軍閥
人民底公敵
堅決戰鬥。
中國底春天生長在戰鬥裏，
在戰鬥裏號召著全人類。

一滴水

◇陳敬容

一滴水也有海的氣息
你設想自己是一尾游魚

在無邊的白浪中游來游去
最後消失在無形的水裏

只是一些問號
跳躍在沉默的中心
有時又變作巨大的叫號
搖落想像裏的星星

揭起那終古長垂的帘幕
請看骷髏不變的笑顏
你會不相信自己影子，卻想
生一對翅膀，飛向水底的藍天

井

◇杜運燮

我是靜默。幾片草葉，
小小的天空飄幾朵浮雲，
便是我完整和諧的世界。

是你們在餓渴的時候，
離開了溫暖，前來淘汲，
才瞥見你們滿面的煩憂。

但我只好被摒棄於溫暖
之外，滿足於荒涼的寂寞：有孤獨
才能保持永遠澄澈的豐滿。

你們只汲取我的表面，

剩下冷寂的心靈深處
讓四方飄落的花葉腐爛。

你們也只能擾亂我的表面，
我的生命來自黑暗的地層，
那裏我才與無邊的宇宙相聯。

你們可用垃圾來使我被遺棄，
但我將默默地承受一切，洗滌
它們，我將永遠還是我自己。
靜默，清澈，簡單而虔誠，
絕不逃避，也不興奮，
微雨來的時候，也苦笑幾聲。

驚蟄

◇綠原

當羊隊向棚柵辭別了曠野
當向日葵畫完半圓又寂寞地沉落
當遠航的船隻卸捲白帆停泊了
當城市氾濫著光輝像火災

從那沒有燈和燭的院落出來
我將芒鞋做舟葉
划行在這潮溼的草原上

草原上，我來了
好不好，你

藍色的　海底泡沫
藍色的　夢底車輪

藍色的　冷谷底野薔薇
　藍色的　夜底鈴串呀

呀，星……

星是被監禁在
　雲的城牆和
　雲的橋閣裏去了

然而，星是沒有哭泣的呵
露水不是星底淚水呵

當星逃出天空的門檻
向這痛苦的土地上謝落
據說就有一個閃爍的生命
在這痛苦的土地上跨進

那麼，我想
——十九年前，茂盛的天空
那一片豐收著金色穀粒的農場裏
我是哪一顆呢

今天
我旅行到這潮溼的草原上來了
我要歌唱……

但我也要回去的
等我唱完了我底歌
等我將歌聲射動雷響
等我將雷聲滾破了
人類底喧嘩的夢……

台灣日據時期詩選

一九二〇～四〇年代

日據時期台灣新詩概論

台灣的新詩創作肇端於日據時代，最早是以日文書寫型態展現，謝春木以筆名「追風」創作了〈詩的模仿〉四首短詩，於一九二四年四月以日文發表在日本東京出版的《台灣》雜誌。其後楊雲萍、張我軍、賴和等人寫作漢文新詩，楊華則嘗試以台文創作新詩，巫永福、吳新榮、郭水潭、林芳年等人的日語新詩，都爲台灣新詩史開創了新頁。

由於日本人自一八九五年統治台灣的初期採「非同化政策」，種種政治上的壓迫與教育政策的不公，使台灣士紳人家將髫齡之子弟送往日本留學，而這批留學生在一九二〇年代成爲文化抵抗運動的中堅份子，無論是以漢語或是日語寫作的新詩運動，均反映出當時全球民族自決思潮、中國五四新文學運動以及日本當時前衛藝術衝擊下，台灣青年的反抗與自主意識。及至一九三〇年代中葉，日本全面侵華之後，殖民地政府推行「皇民化運動」，開始壓抑具有改革意識的漢語新文學運動，新詩創作在語言上多爲日文創作，且在手法上多崇尚現代主義的美學思維。

在台灣新詩創作的前行者，無論是追風、賴和、張我軍或楊守愚，都是左翼知識青年，他們關懷社會的弱小者，以詩歌書寫現實社會的邊緣角落，召喚改革與批判的社會實踐力量。當時台灣要傳入中文書籍十分困難，透過黃呈聰與張我軍等人引介中國的「新文學運動」，在台灣掀起新舊文學論戰，一方面，將白話文學寫作由大陸引入台灣；另一方面，將五四運動的改革與批判精神，包括胡適與陳獨秀等人的論點傳來台灣，強化文學界改變社會的創作理念。一九二五年底，張我軍自費出版了台灣新詩史上第一本漢文新詩集《亂都之戀》，曇花一現地展露出台灣漢文新詩的可能性。

在一片使用漢文書寫新詩的風潮中，新詩作者一時之間尙難掌握漢文與台灣白話文間的差異性，使得亮眼的漢文新詩創作並不多見。不過藉由一九三〇年的「鄉土文學」論戰以及其後的台灣白話文運動，開啓了台文新詩創作的蹊徑，包括賴和、楊守愚、楊華等台灣詩人，都有台文新詩的嘗試之作。

事實上，絕大多數日據時代的新詩作者一生中所作的舊詩反而較多，而且台灣漢文新詩的活躍時間相當短，在一九二七年到一九三六年之間，固然有不少詩作產生，但隨著一九三七年日本總督府廢止漢文刊物，使得漢文新詩遭到殖民帝國的強力壓制，台灣文壇進入全面的日文書寫歷程，時間達八年之久。台灣新詩的發展中，原本就深具影響力的日本文學表現手法，以及用日語創作的語言形式，就此定於一尊。

在日據時代書寫日文新詩的詩人，所踏尋的正是日本新詩的自由路線，由於日本新詩受西歐當時如未來派、立體派、表現派、構成派、象徵派、達達主義、超現實主義等新興美學理論的影響，台灣的新詩詩人也在詩表現的技巧上融合了不少前衛藝術手法。在一九三五年由楊熾昌（筆名水蔭萍）與李張瑞、林永修、張良典等創立風車詩社，發刊《風車詩誌》，就透過日本引進法國超現實主義詩風，在台灣以左翼現實主義爲主流的詩壇，顯得獨樹一格，雖然備受撻伐，加以發行量小，並未展現出影響力，僅刊印了四輯即廢刊，但至少顯現出台灣的新詩很早就具有世界觀，也具有多重的發展風貌。

及至皇民文學時期，殖民政府策動「台灣詩人協會」成立，由日人作家西川滿、北原政吉主編的《華麗島》詩刊，後來更改組織爲「台灣文藝家協會」，刊物名稱換爲《文藝台灣》，日文新詩固然表面上有蓬勃的發展，但詩人的自主性不高，作品的藝術價值也不突出。及至太平洋戰爭的尾聲，一九四二年張彥勳創辦了「銀鈴會」並主編《緣草》季刊，聚合了以日文寫作的年輕學子，維繫文學的活力於最晦暗的時代，詹冰無疑是當時最具代表性的詩人，他將詩建立在知性的基礎上，又開創出具體詩的新方向，無論是〈Affair〉、〈自畫像〉及後期的〈水牛圖〉等，都有把詩作推向國際的視野。

延伸閱讀

◆羊子喬，1981。〈光復前台灣新詩論〉，《台灣文藝》第71期。
◆呂興昌，1995。《台灣詩人研究論文集》，台南市立文化中心。
◆林淇瀁，1999。〈長廊與地圖：台灣新詩風潮的溯源與鳥瞰〉，《中外文學》第38卷第1期。
◆彭瑞金，1997。《台灣新文學運動四十年》，高雄：春暉出版社。
◆葉笛，1996。〈日據時代台灣詩壇的超現實主義運動——風車詩社的詩運動〉，文訊雜誌社主編，《台灣現代詩史論》，台北：文訊雜誌社，頁21-34。

南國哀歌

◇賴和

所有的戰士已都死去，
只殘存些婦女小兒，
這天大的奇變，
誰敢說是起於一時？

人們所最珍重莫如生命，
未嘗有人敢自看輕，
這一舉會使種族滅亡，
在他們當然早就看明，
但終於覺悟地走向滅亡，
這原因就不容妄測。

雖說他們野蠻無知？
看見鮮紅紅的血，
便忘卻一切歡躍狂喜。
但是這一番啊！
明明和往日出草有異。

在和他們同一境遇，
一樣呻吟於不幸的人們，
那些怕死偷生的一群，
在這次血祭壇上，
意外地竟得生存，
便說這卑怯的生命，
神所厭棄本無價值。
但誰敢相信這事實裏面，
就尋不出別的原因？

「一樣是呆命人，
趕快走下山去！」

這是什麼言語？
這有什麼含義？
這是如何地悲悽！
這是如何的決意！

是怨是讎？雖則不知，
是妄是愚？何須非議，
舉一族自愿同赴滅亡，
到最後亦無一人降志，
敢因爲蠻性的遺留？
是怎樣生竟不如其死？

恍惚有這呼聲，這呼聲，
在無限空間發生響應，
一絲絲涼爽秋風，
忽又急疾地爲它傳播，
好久已無聲響的雪，
也自隆隆地替它號令。

兄弟們！來！來！
來和他們一拚！
憑我們有這一身，
我們有這雙腕，
休怕他毒氣、機關槍！
休怕他飛機、爆裂彈！
來！和他們一拚！
兄弟們！
憑這一身！
憑這雙腕！

兄弟們到這樣時候，
還有我們生的樂趣？
生的糧食儘管豐富，
容得我們自由獵取？

已闢農場已築家室，
容得我們耕種居住？
刀鎗是生活上必需的器具，
現在我們有取得的自由無？
勞働總說是神聖之事，
就是牛也只能這樣驅使，
任打任踢也只自忍痛，
看我們現在，比狗還輸！
我們婦女竟是消遣品，
隨他們任意侮辱蹂躪，
那一個兒童不天眞可愛，
凶惡的他們忍相虐待，
數一數我們所受痛苦，
誰都會感到無限悲哀！
兄弟們！來！來！
捨此一身和他一拚！

我們處在這樣環境，
只是偷生有什麼路用，
眼前的幸福雖享不到，
也須爲著子孫鬪爭。

詩的模仿（選二）

◇追風／月中泉譯

讚美蕃王

我讚美你
你以你的手，你的力量
建立你的王國
贏得你的愛人
你不剽竊人家功勞
我讚美你

你不虛僞，不掩飾
望你所望的
愛你所愛的
你不擺架子

煤炭頌

在深山深藏
在地中地久
給地熱熬了數萬年
你的身體黝黑
由黑而冷
轉紅就熱了
燃燒了熔化白金
你無意留下什麼

蕩盪中的一個農村

◇楊守愚

天上瀰漫著密密的烏雲
地面滾湧著茫茫的白浪
隆隆的電聲，又在不斷地把傾盆大雨趕送
一分 一寸 漲漲漲
僅一霎時間
已把溪水漲得成尺、成丈
遼闊無垠的砂埔、田野
竟氾成了大海汪洋

綠油油的蕃薯甘蔗
絳梗般地漂流著
肥胖胖的牛羊牲畜
鳧鳥般地沉浮著

欹斜剝落的茅竹屋
船兒般地盪擺著
一些騎在屋脊的災民喲
戰戰地
像個船次漂海的旅客

樹上不留綠葉
地上不留青草
幽僻的一個農村
幾成一片荒埔
廣漠的一遍田畑
幾成蒙古沙漠
而遺留給大家呢
除卻腐爛的屍臭
也只有笨重的石塊、朽木
一片的荒埔

廣闊的沙漠
這一切傷心慘目的景象呀
我見之　猶要心痛
況遭受慘虐的兄弟們
怎叫他不會錐心、頓足
怎叫他不會泣血、哭慟

黑潮集

◇楊華

9

鐵窗呀！
遇見得太晚了！
初見時幾分鐘的岑寂，
充滿了無限的悲哀。

15
大風！
你不要瑟瑟的嚇人，
小弟弟要睡了。

20
水仙花被人愛護，
將她供植在清水磁盆裏，
她卻抹著嘴恥笑在污泥中獨自營生長活的荷
花。

25
玩弄！
侮辱！
這是第幾次了？
雖然我是記不清，

但是要記清它做什麼！

30
聲聲的被生命追迫著的人們的慘呼聲，
是荊棘的刺？
是雪花般寶劍的鋒芒？
一聲聲的穿透了我的心房。

47
飛鷹饑餓了
徘徊天空，想吞沒一顆顆的星辰。

51
我要從悲哀裏逃出我的靈魂，去哭醒
那人們的甜蜜的戀夢！
我要從憂傷裏擠出我的心兒，去塡補
失了心的青年胸膛！

女工悲曲

◇楊華

星稀稀，風絲絲，
淒清的月光照著伊，
搔搔面，拭開目睭，
疑是天光時。
天光時，正是上工時，
莫遲疑，趕緊穿寒衣。
走！走！走！
趕到紡織工場去，
鐵門鎖緊緊，不得入去，
纔知受了月光欺。
想返去，月又斜西又驚來遲；
不返去，早飯未食腹裏空虛；
這時候，靜悄悄路上無人來去，
冷清清荒草迷離，
　風颼颼冷透四肢，
　　樹疎疎月影掛在樹枝。
等了等鐵門又不開，
陣陣霜風較冷冰水，
冷呀！冷呀！
凍得伊腳縮手縮，難得支持，
等得伊身倦力疲，
直等到月落，雞啼。

燕子去了後的秋光

◇楊華

1

燕子把世間一切的生命力帶去了。

剩下的，
是灰枯淒澀的秋光，
是嗚咽哀鳴的秋光。
是孤客、詩人枯絕的希望。
我對著秋的氛圍，深深感傷！

2

我沿著冷悠悠的村溪前進。
片片的黃葉，颯颯向溪水飄飛。
秋色染透了的四野，
只一分的秋意呀，喚起我愁鬱萬分！
看，載著落葉的溪水，兀自悠悠前奔。
啊！誰不能，誰不能對著溪水與殘葉傷心！

3

在春陽三月時使你停步徘徊的野花細草，
只有愁蹙蹙笑斂嬌藏。

在春風嫵媚中笑舞著伴你的嬌柳豔楊，
也只餘幾片殘葉，寒顫輕嘆、孤立在路旁。
看，荒場一片——一片荒場。
可荒了我索路的詩腸？

4

這在在足以使人愁鬱的，
燕子去後的秋光啊！
我欲留燕子永不回去，
我渴望秋光不再來到！
——不、不！
我是無論如何痛愛這悲艷的燕子去後的秋光。

村裏瑣事

◇郭水潭／陳千武譯

1 新興醫業

矮小而參差不齊的房屋
熏黑寥落櫛比的店鋪
其中忽而聳立著高大
超群漂亮的層樓
確實令人羨慕
泰然自若住進文化住宅的
主人　現在也許得意洋洋吧
不管怎樣　他是醫生、富豪
有時候會讓我們聽聽收音機

雖然如此
那些不懂事的骯髒鬼村裏的古老們
卻要送美麗的裝飾鐘、畫框、沙發等
十分偏袒那個傢伙
究竟你們得到了甚麼好處？
被那靠不住的醫術受騙了
玩弄村民的生命不知多少次
看，那個吸血鬼

奇異的蝗蟲胖得很快
十餘年來在這個地方如此
獲得財產膨脹
然而村民們，尤其偏袒那個畜生的古老們
吸吮可憐的病人們
衰弱的貧血
日日　為了自己財產的堆積
徹底不忘搾取的傢伙是誰？
如果你知道，就舉手——

2 季節的腳

陰慘的寒風跟著午后的驟雨消逝
廟簷下的蜂巢不知何時也破了
很快招來季節排起冰攤
巡迴鄉村可疑的江湖賣膏藥也趕到
給我們聽聽哭泣的小提琴旋律

這裏村子中心地帶的大榕樹下
那邊的努力日增旺盛
不久祭典的旗子就在季節裏飄盪

3 腐蝕的學員

唱著驪歌
離開校園的孩子們
唱著驪歌
送別哥兒的孩子們

可是三月紫色梅檀飄香了
孩子們的眼睛流出淚水
令人回想的這種充滿情緒的風景
朋友，我們怨恨時勢，憤恨一些壞品行
目前教育被弄髒成形式、奉承、政策
眞在教科書背後令人掛念米穀價格
老師們已經把名譽和財產併排著
祇以僞善和追從過著齷齪的日子

疾馳的別墅

◇吳新榮／陳千武譯

擁擠得連站的地方都沒有
我便看看隔壁的二等車廂
套著白布罩的椅子
不都是空空嗎

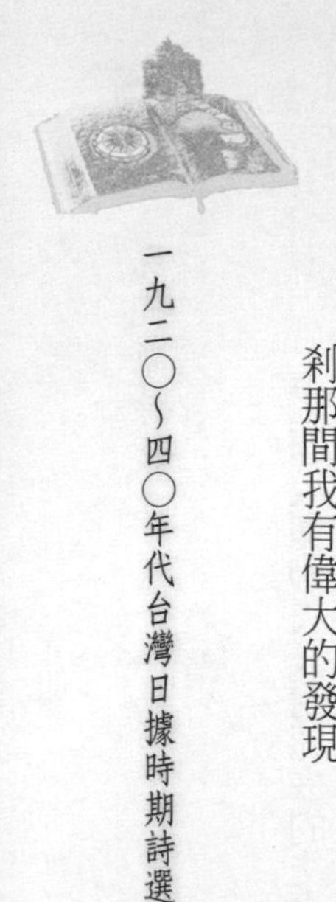

對於這些軟弱的婦女，幼者
還有工作過勞的我
隔壁的車廂是天國
至少這遠程的三分之一也好
至少這夜間的一、二小時也好
希望能在那疾馳的別墅休息
我竟遺忘了這歲末的逼迫
拖著妻女進去
我好像得到了生涯的願望
而忽然變成富豪那樣
昂然給他們一個人一個位置
然後轉眼一看
卻有四五個穿和衣與燕尾服的人種
睜大眼睛睨視著我們
我急忙看看自己難看的洋服
和全是泥土的鞋子
剎那間我有偉大的發現

如果在這地上……不存在
這畫著藍線條的天國也不會有
夜深越使我感到寒冷
還是普通車票才有人的溫暖
尤其那體臭的芳香叫我懷念

茉莉花

◇水蔭萍／葉笛譯

被竹林圍住的庭園中有亭子　玉碗、素英、皇炎、錢菊、白武君、這些菊花使庭園的空氣濃暖芳郁　從枇杷的葉子尺蠖垂下金色的絲
月亮皎皎地散步於十三日之夜

丈夫一逝世Frau J就把頭髮剪了　白喪服裡
妻子磨了指甲　嘴唇飾以口紅　描了細眉

這麼姣麗的夫人對死去的丈夫不哭　她只是
晚上和月亮漫步於亡夫的花園
從房間漏出的不知是普羅米修斯的彈奏或者
拿波里式的歌曲跳躍在白色鍵盤上……
Frau J把杜步西放在電唱機上
亭內白衣的斷髮夫人搖晃著珍珠耳飾揮動指
揮棒
菊花的花瓣裏精靈在呼吸
夫人獨自潸潸然淚下　粉撲波動　沒有人知
道投入丈夫棺槨中的黑髮
不哭的夫人遭受各種誤會　為要和丈夫之死
的悲哀搏鬥　畫了眉而紅唇艷麗　那悲苦是誰
也不知道的
夫人仰起臉
長睫毛上有淡影
蒼白的唇上沒有口紅　帶在耳邊髮上的茉莉
花把白色清香拖向夜之中

尼姑

◇水蔭萍／葉笛譯

年輕的尼姑、端端打開了窗戶。
夜氣粘纏地磅礴著。端端伸出白白的胳臂抱
緊胸懷。可怖的夜氣中，神壇的佛像有嚴然的
微笑。端端的眼睛隨著夜晚而興奮清醒。影翳
靜寂。燈徹夜燃燒。
在夜的秩序中驚駭的端端走向虛妄的性的小

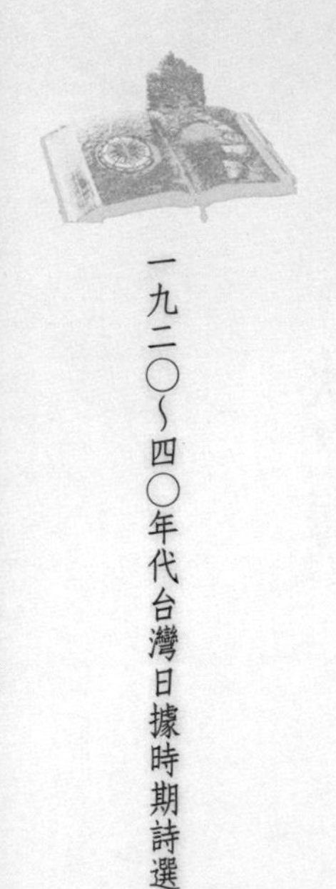

道。我底乳房何以不像別的女人一樣美呢。我
的眼窩下何以僅只映照著被忘記的色彩……。
紅玻璃的如意燈繼續燃燒著。青銅色的鐘漾
著寒冷的心。尼姑庵的正廳像停車場一樣寒森
森。
紅彩的影翳裏，神像動了。
韋陀的劍閃了光。十八羅漢跨上神虎。端端
雙手合十，昏厥而倒下。
隨著黎明的鐘響尼姑端端起來了。線香和香
薪濛濛發香。正襟危坐著端端在哭。吟誦了一
陣經文。
——母親啊！母親
端端將年輕的尼姑的處女性獻給神了。

靜脈和蝴蝶

◇水蔭萍／葉笛譯

灰色的靜謐敲打春天的氣息
薔薇花落在薔薇圃裏
窗下有少女之戀、石英和剝製心臟的
憂鬱……
彈著風琴我眼瞼的青淚掉了下來
貝雷帽可悲的創傷
庭園裏蟾蜩鳴叫
夕暮中少女舉起浮著靜脈的手
療養院後的林子裏有古式縊死體
蝴蝶刺繡著青裳的褶襞在飛……

秋之海

◇水蔭萍／葉笛譯

海溶化的綠寶石上
海鷗羽音裏載著詩

飛上我的心之窗
但青色的百葉窗再也不開

手帕的一角刺繡的文字
環爬我回憶之緣的螃蟹

在海上划線的船的水路
秋天將無聊的空間染成彩色

午後，我垂釣的線上
釣上徒勞的時間

蒼白的歌

◇水蔭萍／葉笛譯

老了的天空裏
沒有月亮的回憶被雪白的花埋沒
我底詩在季節風中一片片
溶化下去
窗下，遍地蟋蟀在哭泣
創傷的心靈的風貌白蒼蒼的
在黃昏彈奏的風琴
盡是飄散無蹤的詩……
蝴蝶飄揚
在懼怖於自殺者的白眼而飄散的病葉的
音樂之中
我將患上風景的傷風

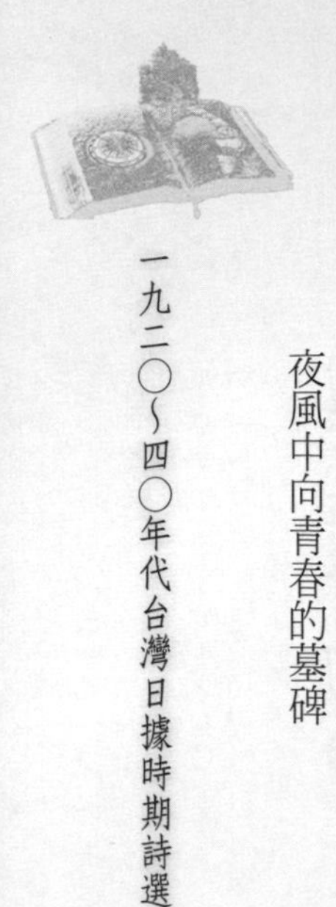

毀壞的城市

Tainan Qui Dort

◇水蔭萍／葉笛譯

1 黎明

爲蒼白的驚駭
緋紅的嘴唇發出可怕的叫喊
風裝死而靜下來的清晨
我肉體上滿是血的創傷在發燒

2 生活的表態

太陽向群樹的樹梢吹著氣息
夜裏飛翔的月亮享受著不眠
從肉體和精神滑落下來的思惟
越過海峽，向天空挑戰，在蒼白的
夜風中向青春的墓碑
飛去

3 祭歌

祭祀的樂器
衆星的素描加上花之舞的歌
灰色腦漿夢著癡呆國度的空地
濡濕於彩虹般的光脈

4 毀壞的城市

簽名在敗北的地表上的人們
吹著口哨，空洞的貝殼
唱著古老的歷史、土地、住家和
樹木，都愛馨香的冥想
秋蝶飛揚的夕暮喲！
對於唱船歌的芝姬
故鄉的哀嘆是蒼白的

遺忘語言的鳥

◇巫永福／陳千武譯

遺忘語言的鳥呀
也遺忘了啼鳴
趾高氣揚孤單地
飛啊　又飛啊
飛到太陽那樣高高在上

離開巢穴遠遠飛去
離開了父母兄弟姊妹
也遙遠地拋棄祖宗
能遠飛才心滿意足似的
像不知回歸的迷路孩子
固陋的心，遺忘了一切
遺忘了自己的精神習俗和倫理

遺忘了傳統表達的語言
鳥　已不能歌唱了
什麼也不能歌唱了
被太陽燒焦舌尖了

傲慢的鳥
遺忘了語言
悲哀的鳥呀

在原野上看到煙囪

◇林芳年／陳千武譯

埋掉廣茫沙漠的原野
兄弟啊　又增加一家臭油漆的工廠了
那是威嚴的鋼筋混凝土

撞破天空般的煙囪
兄弟啊
不久我們也許會在那兒全身烏黑地勞動
一群失業者也許會在那兒賺到日日的米糧
高興吧
被生活追逐的烏黑的同志閃爍著歡喜的眸子
而從那黑色的煙囪會吐出濛濛掩天的黑東西
從那工廠裏
聽得到異樣的聲響
然而兄弟啊！我很寂寞
每次增建工廠
我就感到一種難以形容的
怪異的慰藉
然而有時像被蜂刺過
弄歪了臉而嘆息
不論怎樣勞累
我們的口袋都是空空

我是魔術師
克琳克琳進來了幾個錢
而這幾個錢又克琳克琳馬上消失了
我感到
一個工廠的增建無疑就是
一次高興
但是每次出現了一個工廠
我就發抖
因爲那是酷似我們的魔窟
絕不維護我們……
我再仰望鋼筋混凝土的摩天樓
再看看漆黑的煙囪
我俯視自己的生活
切身感到身邊的狹窄而嘆息
噢！曾經誰說過
一個工廠的增建
會爲鄉村的發展史帶來一大革命

在鄉村增建一個工廠
又是增殖了一個悲哀
埋掉廣茫沙漠的原野　兄弟啊
又增加一家臭油漆的工廠了

空白

◇吳瀛濤

要在空白塡些什麼呢

蒼穹或海洋
或是少女透明的夢

像貝殼聆聽
就會聽見一些什麼

那是不是季節帶來的風
或是從那兒來的黃昏的跫音

啊，此刻，該在漸暗的窗邊點亮燈光吧

海流

◇吳瀛濤

大陸北方已開始積雪
惟今天戰亂鮮紅的血卻印在雪上
驚醒了這裏南方初春的淺夢

這是雞鳴的清晨
我正在打開古老的地圖，細想祖國多難的命運
而一般懷念的熱情如同浩蕩的海流奔騰萬里

Affair

◇詹冰

1 女男
2 女男
3 女男
4 女男
5 女男
6 男女
7 女男

五月

◇詹冰

五月，
透明的血管中，
綠血球在游泳著——。
五月就是這樣的生物。
五月是以裸體走路。
在丘陵，以金毛呼吸。
在曠野，以銀光歌唱。
於是，五月不眠地走路。

水牛圖

◇詹冰

角　角
　黑

擺動黑字型的臉
同心圓的波紋就繼續地擴開
等波長的橫波上
夏天的太陽樹葉在跳扭扭舞
水牛浸在水中但
不懂阿幾米得原理
角質的小括號之間
一直吹過思想的風
水牛以沉在淚中的
眼球看上天空白雲
以複胃反芻寂寞
傾聽歌聲蟬聲以及無聲之聲
水牛忘卻炎熱與
時間與自己而默然等待也許
永遠不來的東西
只
　等待等待再等待！

山路上的螞蟻

◇詹冰

螞蟻螞蟻螞蟻螞蟻螞蟻螞蟻
　蝗蟲的大腿
螞蟻螞蟻螞蟻螞蟻螞蟻螞蟻

螞蟻螞蟻螞蟻螞蟻螞蟻螞蟻
　　　蜻蜓的眼睛

螞蟻螞蟻螞蟻螞蟻螞蟻螞蟻
螞蟻螞蟻螞蟻螞蟻螞蟻螞蟻
　蝴蝶的翅膀
螞蟻螞蟻螞蟻螞蟻螞蟻螞蟻

一九五〇年代台灣詩選

一九五〇年代台灣新詩概論

一九四九年國民政府撤退來台，百餘萬各省移民亦隨之遷入，其中不乏各界菁英。在軍政一元的威權統治下，不論是經濟、教育、文化、藝術等層面的發展，亦以「反共復國」爲最高指導方針。因此，文學創作與發表管道受到有形或無形的限制，在當時也是極普遍的現象。

雖然台灣本土新詩創作已有近三十年的時光，但光復後國民政府全力推行國語，禁止日語與母語的使用，使得本土作家因語言轉換的障礙而難以承續；此外，「二二八事件」形成的肅殺環境，也同樣造成台籍作家的式微。於是以大陸遷台詩人爲主幹的集團寫作，也輕易主宰了整個一九五〇年代的台灣詩壇。

一九五一年，葛賢寧、鍾鼎文、紀弦等三人，商借《自立晚報》副刊創刊《新詩週刊》，這是台灣光復後最早出現的一份詩刊。到了一九五三年，由紀弦主導《現代詩》正式創刊，隨後於一九五六年擴大成立「現代派」，網羅當時逾百位詩人的加盟，陣容堪稱壯盛。主要的成員有：葉泥、鄭愁予、羅行、楊允達、林泠、小英、季紅、林亨泰、方思、白萩、吹黑明、辛鬱、蓉子、黃荷生、李莎、羊令野、秀陶、梅新、沙牧等。其主張「領導新詩再革命，推行新詩現代化」，並提出所謂的「六大信條」：

第一條：我們是有所揚棄並發揚光大地包含了自波特萊爾以降一切新興詩派之精神與要素的現代派之一群。

第二條：我們認爲新詩乃是橫的移植，而非縱的繼承。這是一個總的看法，一個基本的出發點，無論是理論的建立或創作的實踐。

第三條：詩的新大陸之探險，詩的處女地之開拓。新的內容之表現，新的形式之創造，新的工具之發見，新的手法之發明。

第四條：知性之強調。

第五條：追求詩的純粹性。

第六條：愛國。反共。擁護自由與民主。

「六大信條」的部分內容荒謬窒礙自不待言，尤其過度強調「橫的移植」的西化思想，更造成現代派的內憂外患。不過「現代化」對日後整個台灣詩壇的思想、寫作所造成的深遠影響，卻也是不爭的事實。

現代派逐漸形成的同時，覃子豪、鍾鼎文、余光中、夏菁、鄧禹平等，也在一九五四年籌組藍星詩社，並於《公論報》創刊《藍星週刊》。包括：羅門、蓉子、吳望堯、黃用、彭捷、王憲陽、周夢蝶、張健、阮囊、敻虹、向明、方莘等，都是重要的同仁。一般而言，「藍星」的作風傾向抒情，不講究主義流派的提倡，個人風格與成就明顯超越集團特性，形成「藍星」詩人強烈的個人色彩。

與「藍星」同年成立，但時間稍後的「創世紀」，則由張默、洛夫、瘂弦於高雄左營發起，稍後並有季紅、林亨泰、葉維廉、商禽、辛鬱、管管、白萩、大荒、葉泥、葉珊、碧果、梅新、周鼎等陸續加入。「創世紀」的軍人性格，也表現在它早期的作品風格。「創世紀」早期曾提出建構「新民族詩型」的主張。但自第十一期改版後，逐漸走上現代主義的道路，強調詩的世界性、超現實性、獨創性和純粹性，於是「創世紀」也因融合「現代派」的力量而漸趨壯盛。

整體來看，一九五〇年代的台灣詩壇是以「現代派」、「藍星」與「創世紀」等三大詩社及其刊物爲主力開展。而夾雜於其間，如覃子豪和紀弦關於現代主義的論爭，以及稍後來自蘇雪林、言曦的質疑挑戰，也對釐清台灣新詩的本質與特性，產生了某種程度的影響。

不過就思想內容與寫作方向來看，「現代化」的歷程確實是一九五〇年代台灣新詩的重要轉折。它一方面突破了政治現實的封鎖，奠定詩人的獨立自主，並探尋美學理論的極致，開創出台灣新詩的嶄新面相。但在此同時，詩人與詩作摒棄現實、脫離人生，逐漸走向晦澀難懂的困境，卻也是台灣新詩在特殊時空背景因素下，亟欲追求「現代化」的過程時，所不得不付出的必然代價。

延伸閱讀

◆向明，1988。〈五〇年代現代詩的回顧與省思〉，《藍星》第15號，頁83-100。

◆林淇瀁，1999。〈五〇年代台灣現代詩風潮試論〉，《靜宜人文學報》第11期，頁45-61。

◆張默、瘂弦主編，1961。《六十年代詩選》，台北：大業書局。
◆許世旭，1998。〈延伸與反撥——重估台灣五〇年代的新詩〉，收錄於《新詩論》，台北：三民，頁13-28。
◆陳玉玲，1991。〈紀弦與現代詩詩刊之研究〉，《台灣文學觀察雜誌》第4期，頁3-33。
◆游喚，1996。〈大陸學者如何評釋五十年代台灣詩〉，《台灣詩學季刊》第14期，頁50-62。
◆蕭蕭，1996。〈五〇年代新詩論戰評述〉，收錄於《台灣現代詩史論》，台北：文訊雜誌，頁107-121。
◆應鳳凰，2000。〈台灣五十年代詩壇與現代詩運動〉，《現代中文文學學報》第4期第1卷，頁65-100。

過黑髮橋

◇覃子豪

佩腰刀的山地人走過黑髮橋
海風吹亂他長長的黑髮
黑色的閃爍
如蝙蝠竄入黃昏

黑髮的山地人歸去
白頭的鷺鷥，滿天飛翔
一片純白的羽毛落下
我的一莖白髮
溶入古銅色的鏡中
而黃昏是橋上的理髮匠
以火燃燒我的青絲

我的一莖白髮
溶入古銅色的鏡中
而我獨行
於山與海之間的無人之境

港在山外
春天繫在黑髮的林裡
當蝙蝠目盲的時刻
黎明的海就飄動著
載滿愛情的船舶

註：黑髮橋是從臺東到新港途中的一座橋名。

仰泳者

◇鍾鼎文

太空浩瀚無垠，是閃爍而陰森的星海；
我們的世界是這海裏的仰泳者
身體浸沒、浮在海面上僅有的頭。
它的頭角崢嶸，面骨嶙峋，容顏憔悴，
滿臉洋溢著縱橫的汗與淚，
因無終止的苦役而喘息不休。
廣闊的額是大陸，從歐羅巴到亞細亞，
聳起的鼻是高原，從帕米爾到喜馬拉雅，
兩頰一明一暗，
是亞美利加與阿非利加……
在它苦痛抽搐的臉上，
我們劃出無數個部落、城郭、邦國，
如像蜂底巢，蟻底穴；

我們為領域的爭奪而流血，
為大地的墾拓而流汗，
為皮膚、服飾、徽章、旗幟的不同顏色，
如潮如汐地，連年的征伐綿綿。
從石的戈矛、鋼的槍砲、到原子彈，
從獨木舟、三桅船、到潛水艇，
從獵鷹到噴射機……
我們以最高的智慧，機警與殘忍，
加工我們的戰爭，成為超越的藝術；
將我們自己與子弟，
教育成蜂與蟻的同族，
以整齊的制服，包藏著嗜血的靈魂。
在我們這一代短短的半世紀裏，
世界有過兩次的血洗；
巨人之腦因兩度的高熱而充血，
赤紅的額燃燒著邪惡的瘋狂。
更有人攀登它的鼻尖，

在埃佛勒斯峰上，揭開了最後的神祕；
一座無名氏絕大的雕刻，
呈現出粗獷的輪廓——
這是受難者耶穌多稜角的面像，
這是悲多芬莊嚴、倔強而安詳的死面（註），
這是被俘不屈、蒼白乾癟的英雄首級，
這是身軀埋進沙漠、猶剩頭角的司芬克斯……
地球！偉大的仰泳者之頭，
浮在滄茫的星海上，永恆地
朝向著南方——任何指南針所指定的方向；
因為，這個方向正面對著
宇宙間唯一不熄的光源，
和她溫暖的撫摩。

註：「死面」（Dead Mask），悲多芬彌留時的面部塑像。

孤獨國

◇周夢蝶

昨夜，我又夢見我
赤裸裸地趺坐在負雪的山峰上。

這裏的氣候黏在冬天與春天的接口處
（這裏的雪是溫柔如天鵝絨的）
這裏沒有嬲騷的市聲
只有時間嚼著時間的反芻的微響
這裏沒有眼鏡蛇、貓頭鷹與人面獸
只有曼陀羅花、橄欖樹和玉蝴蝶
這裏沒有文字、經緯、千手千眼佛
觸處是一團渾渾莽莽沉默的吞吐的力
這裏白晝幽闃窈窕如夜
夜比白晝更綺麗、豐實、光燦

而這裏的寒冷如酒，封藏著詩和美
甚至虛空也懂手談，邀來滿天忘言的繁星……

過去佇足不去，未來不來
我是「現在」的臣僕，也是帝皇。

草坪上

◇桓夫

蹲下，花裙孕風搭成一座穹窿
穹窿搭在宇外之外
白日的月亮睡意正濃
雛菊亭立在妳底手上，舞著

綠茸茸的高麗草上
妳底明眸盼轉一次神妙的暗示

地球從此傾斜，藍空俯視妳
妳胸上起伏的呼吸
擾亂了遠近的一片景色

山脈似龍，躍在妳底右方
海洋遠處暴風底兒子醞釀邪念
但終不敢侵染雛菊，婷然
的純潔……

風景NO.2

◇林亨泰

防風林　的
外邊　還有
防風林　的
外邊　還有

防風林　的
外邊　還有
然而海　以及波的羅列
然而海　以及波的羅列

芭蕾舞

◇夏菁

她們來了！作天鵝優嫻的划泳，
蜻蜓的點水；雨後的新蕈。
展現了動物的生和植物的靜。
昇起又降下，欲停又行；
驚惶的麋鹿，嬌怯的鶯。
她們是凡人與天使的化身。

浮沉、浮沉、自拔於迷惘的夢境，
腳下是池沼、是蛛網是陷阱；
看！肉體將沉溺，羽化的是精神。

她們作柔美、無聲的述說，
朵朵玫紅的微笑向台下擲落，
四月的陽光閃爍於流盼的美目。

忽然，一連串芬芳、圓熟的急轉，
感情似深秋蘋果的蒂落，那身段
接著又懸凝，休眠的冬日突來臨；
片刻後，才從春雷中徐徐甦醒。

家

◇向明

星的眼永不疲憊，因爲她有白晝的溫床
流水的歌最甜，她正趕赴大海母親的召喚

風這流浪漢最悲哀了
爬山越水的亂跑，故居卻丟在相反的方向

西螺大橋

◇余光中

矗然，鋼的靈魂醒著。
嚴肅的靜鏗鏘著。

西螺平原的海風猛撼著這座
力的圖案，美的網，猛撼著這座
意志之塔的每一根神經
猛撼著，而且絕望地嘯著。
而鐵釘的齒緊緊咬著，鐵臂的手緊緊握著
嚴肅的靜。

於是，我的靈魂也醒了，我知道
既渡的我將異於
未渡的我，我知道
彼岸的我不能復原爲
此岸的我。
但命運自神祕的一點伸過來
一千條歡迎的臂，我必須渡河。
面臨通向另一個世界的
走廊，我微微地顫抖。

但西螺平原的壯闊的風
迎面撲來，告我以海在彼端，
我微微地顫抖，但是我
必須渡河！

矗立著，龐大的沉默。
醒著，鋼的靈魂。

註：三月七日與夏菁同車北返，將渡西螺大橋，停車攝影多幀。守橋警員向我借望遠鏡窺望橋的彼端良久，且說：「守橋這麼久，一直還不知道那一頭是什麼樣子呢！」

石室之死亡

◇洛夫

1

祇偶然昂首向鄰居的甬道，我便怔住
在清晨，那人以裸體去背叛死
任一條黑色支流咆哮橫過他的脈管
我便怔住，我以目光掃過那座石壁
上面即鑿成兩道血槽

我的面容展開如一株樹，樹在火中成長
一切靜止，唯眸子在眼瞼後面移動
移向許多人都怕談及的方向
而我確是那株被鋸斷的苦梨
在年輪上，你仍可以清楚風聲，蟬聲

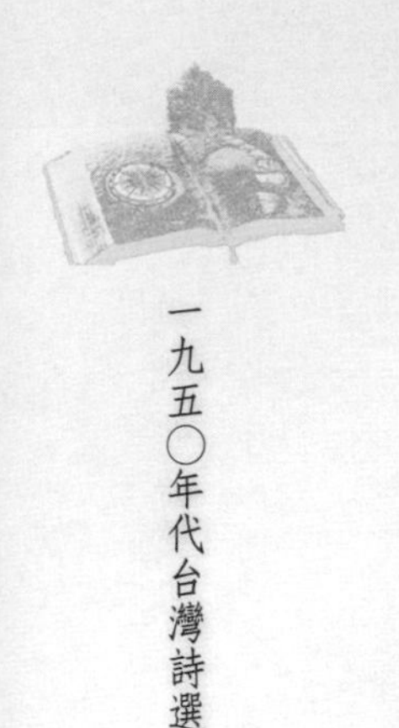

8

他的聲音如雪，冷得沒有一點含意
面色如秋扇，摺進去整個夏日的風暴
某些事物猥褻得可愛，顏色即是如此
只要塗在某一個暗示上
他便拿去揮霍，他從黑胡衕中回來

有時也有音響，四隻眼球糾纏而且磨擦
黏膩的流質，流自一朵罌粟猛然的開放
裸婦們也談論戰爭，甚至要發現
肢體究竟在哪個廂房中叫喊
口渴如泥，他是一截剛栽的斷柯

11

棺材以虎虎的步子踢翻了滿街燈火
這眞是一種奇怪的威風

猶如被女子們摺疊得很好的綢質枕頭
我去遠方，爲自己找尋葬地
埋下一件疑案

剛認識骨灰的價値，它便飛起
松鼠般地，往來於肌膚與靈魂之間
確知有一個死者在我內心
但我不懂得你的神，亦如我不懂得
荷花的升起是一種慾望，或某種禪

青鳥

◇蓉子

從久遠的年代裏——
　人類就追尋青鳥，
青鳥，你在哪裏？

青年人說：
　青鳥在邱比特的箭簇上。
中年人說：
　青鳥伴隨者「瑪門」。
老年人說：
別忘了，青鳥是有著一對
　會飛的翅膀啊……

加力布露斯

◇羅門

加力布露斯，
在靜靜的深夜裏，我祝福你，
你流落到那裏去了呢？
久久的，我失去了你的音訊，像失去了心中的
戀歌，
就使我向遠地高呼你的名字——
親愛的加力布露斯，
而那激動的音響，在冷漠的大氣中終歸流散，
就使我沿著舊路，在夢中重遇你於往昔的金色
　年華，
而過去的美麗景象，已不再如前般馥郁與喜
悅，
久久的，我等你從茫無邊的海上歸來，
帶回你往日的歡歌同快活的情思，
可是在那熟悉的碼頭上，我只是飲風淋雨遙
望，
我的心是較深夜末班列車去後的月台，更為悽
　冷了！
親愛的加力布露斯，
你是流星埋在不可到的遠方，
還是沉船淪入不可測的深海，

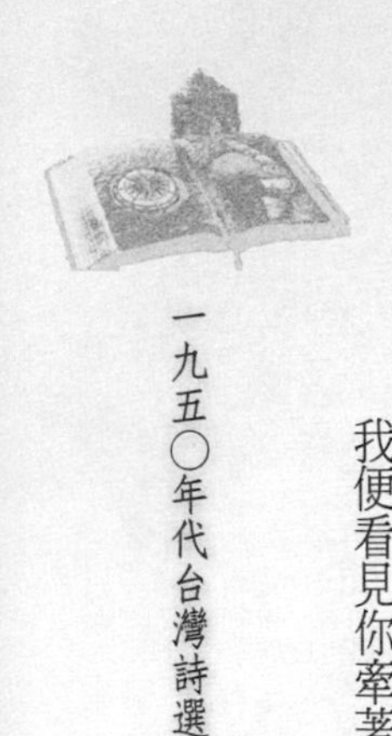

快快告訴我，你的芳影在那裏，
你的聲音就在風中嗎？
你的視線是否在陽光裏？
如果我不能再遇見你，
或者你回來時，我已雙眼閉上，
那時心會永遠死去，
黑夜在白晝裏延長，
海洋也會久久的沉默，
你知道歲月之翼，不能長久帶領我，
在生命的冷冬，我將跌倒於無救之中，
你為何仍遲遲忘返呵！
親愛的加力布露斯，
每當晨輝閃耀，
我便聽見你奔騰的馬蹄聲，在清早的林野裏響
動，
每當星月臨空，
我便看見你牽著馬在夜色迷戀的曠野上漫步歌
唱，
往日的歡笑如五月的暖風吹過我的心河上，
舊夢如泛光的雲朵，飄過我生命的晴空，
可是親愛的加力布露斯！
何時你方從春天裏回來?!

星期日的早晨

◇管管

那天早晨七點鐘
那個人的耳朵裏仍然裝滿了滿筐金色的小喇叭
仍有許多舞步被遺棄在酒吧間
仍有許多臉被溺死在酒杯裏
以及很多靈魂
很多靈魂被溺斃在舞池裏

一些新聞紙被活活的絞在門與門之間
正在大聲罵著塌鼻的下女不該跟鑰匙私奔
(但他絕不會相信這是他最叫座的課)
而字紙簍卻正倚著廊柱大嚷著絕食

隔壁房東太太穿著繡花拖鞋站在涼臺上
有一群被虐待的瞌睡
正在她美麗的髮上醞釀著革命
她卻在鏡子裏數著昨夜
數著她丈夫給她的小嘴上又磨出幾個繭

全鎮上唯有禮拜堂在吃著早點
在收容滿街上看起來很美的垃圾
主啊，假如你昨夜趕到

垂滅的星

◇楊喚

輕輕地，我想輕輕地
用一把銀色的裁紙刀
割斷那像藍色的河流的靜脈，
讓那憂鬱和哀愁
憤怒地氾濫起來。

對著一顆垂滅的星，
我忘記了爬在臉上的淚。

長頸鹿

◇商禽

那個年輕的獄卒發覺囚犯們每次體格檢查時身長的逐月增加都是在脖子之後，他報告典獄長說：「長官，窗子太高了！」而他得到的回答卻是：「不，他們瞻望歲月。」

仁慈的青年獄卒，不識歲月的容顏，不知歲月的籍貫，不明歲月的行蹤；乃夜夜往動物園中，到長頸鹿欄下，去逡巡，去守候。

赫魯雪夫

◇瘂弦

赫魯雪夫是從煙囪裏
爬出來的人物
在俄國，他的名字會使森林發抖
他常常騎在一柄掃帚上
嚇唬孩子和婦女
他常常穿過高爾基公園
在噴泉旁洗他的血手
但上了年紀的爺兒們
都知道赫魯雪夫實在是個好人
雖然他擰熄所有教堂裏的燈
雖然他以嬰兒的脂肪擦靴子
雖然他用窮人的肋骨剔牙齒

但他的的確確是個好人

是的，赫魯雪夫，一個好人
他的襯衣被農奴們洗得
比古代彼得堡的雪還白
他大口喝著伏特加
他任意說著俏皮話
在夜晚他把克里姆林宮的鐵門緊閉
大概是不忍聽外面的哭泣
他如此有慈心
他是一個好人

一個好人，是的，赫魯雪夫
他是患著嚴重的耳病
因此不得不借重祕密警察
他愛以鐵絲網管理人民
他愛以鮮血洗刷國家

除了順從以外
他從不過問小百姓的事情
他實實在在是一個好人

赫魯雪夫，好人，是的，好人
他扼緊捷克的咽喉
爲的是幫助他們的國家呼吸
他以刺刀和波蘭握手
又用坦克
耕耘匈牙利的土地
他的的確確是個好人

沒有人把他趕出莫斯科
沒有人把他趕出陰冷的紅場
所以喬治亞人永遠啃黑麵包
所以高加索人永遠戴枷鎖
所以烏克蘭人永遠流血……

就因爲他們有了像赫魯雪夫那樣
那樣好的好人

流浪者

◇白萩

望著遠方的雲的一株絲杉
望著雲的一株絲杉
一株絲杉
絲杉
在 地 平 線
上
一株絲杉
在 地 平 線 上

他的影子，細小。他的影子，細小
他已忘卻了他的名字。忘卻了他的名字。祇
站著。　　祇站著。孤獨
地站著。站著。站著
站著
向東方。
孤單的一株絲杉。

阡陌

◇林泠

你是縱的，我是橫的
你我平分了天體的四個方位

我們從來的地方來，打這兒經過
相遇。我們畢竟相遇
在這兒，四周是注滿了水的田隴
有一隻鷺鷥停落，悄悄小立

而我們寧靜地寒喧，道著再見
以沉默相約，攀過那遠遠的兩個山頭遙望
（——一片純白的羽毛輕輕落下來）

當一片羽毛落下，啊，那時
我們都希望——假如幸福也像一隻白鳥——
它曾悄悄下落。是的，我們希望
縱然它是長著翅膀……

水之湄

◇葉珊

我已在這兒坐了四個下午了
沒有人打這兒走過——別談足音了
（寂寞裏——）

鳳尾草從我袴下長到肩頭了
不爲甚麼地掩住我
說淙淙的水聲是一項難遣的記憶

我只能讓它寫在駐足的雲朵上了

南去二十公尺，一棵愛笑的蒲公英
風媒花把粉飄到我的斗笠上
我的斗笠能給你甚麼啊
我的臥姿之影能給你甚麼啊

四個下午的水聲比做四個下午的足音吧
倘若它們都是些急躁的少女
無止的爭執著
——那麼，誰也不能來，我只要個午寐
哪！誰也不能來

我已經走向你了

◇敻虹

你立在對岸的華燈之下
衆弦俱寂，而欲涉過這圓形池
涉過這面寫著睡蓮的藍玻璃
我是唯一的高音

唯一的，我是雕塑的手
　　雕塑不朽的憂愁
那活在微笑中的，不朽的憂愁
衆弦俱寂，地球儀只能往東西轉
我求著，在永恆光滑的紙葉上
求今日和明日相遇的一點

而燈暈不移，我走向你

我已經走向你了
衆弦俱寂
我是唯一的高音

一九六〇年代台灣詩選

一九六〇年代台灣新詩概論

一九六〇年代是台灣新詩經典備出的年代，《創世紀》詩雜誌社以更全面西化的超現實主義進入詩壇核心位置，洛夫、瘂弦、商禽、張默、辛鬱、葉維廉與管管等人，用心理分析和顛覆語言的前衛姿態出現，提出了不少經典作品。在主流之外，反其道而行者有兩股力量：一是，從浪漫主義汲取養分，兼採英美文學與中國古典傳統的余光中與楊牧，他們用溫潤的敘事手法，賡續了抒情傳統；一是，一九六四年六月林亨泰、陳千武、白萩等組成笠詩社，結合了省籍詩人，強調詩的批判性，其後則朝向本土、現實主義發展。

《創世紀》詩人在一九六〇年代顯得十分突出，他們勇於提出語言的實驗，更朝向書寫潛意識層面的精神世界，在威權政治的年代中，表面上他們的身影是遁逃與避世的，他們的語言是晦澀與抽象的，但實際他們是以詩藝背棄集權與集體主義，不少作品具有強烈的政治批判意味。

在形塑超現實主義美學的過程中，商禽、瘂弦與洛夫具有關鍵性的影響力。商禽在一次偶然的機會下，幫心理系學生的學位論文刻鋼版，接觸了佛洛依德的理論，啓發他發掘人類的內心生活，反對理性控制，重視直覺和下意識的作用，開展了超現實主義的書寫革命。瘂弦與洛夫也在同時以理論與作品進行超現實主義的實驗，一時之間，追求心靈最深處的「眞實」，創造出不被「理性」、「道德」所束

縛的「美感」，就成爲超現實主義詩人共同追求的目標。洛夫就曾主張「廣義超現實主義的詩」，這種詩是意識的也是潛意識的，是感性的也是知性的，是現實的也是超現實的，對語言與感情施以適切之約制，使不致陷於自動寫作的混亂及感傷主義的浮誇。

創世紀詩人中，洛夫素有詩魔的美譽。他的成名作〈石室之死亡〉組詩，寫盡當時青年面對戰爭與死亡的恐懼，遭逢回鄉無望的放逐感，以及身處軍旅與政治高壓生活的苦悶，他隱身在魔幻的語言之中，反映出政治生活的荒謬，以創新的語言貼切地傳達潛意識中存在的懼怕、孤絕與飄泊。相較於洛夫精於語言的鍛鑄與重新組合，瘂弦則果敢地以白話、口語、俚語入詩，營造出民歌式的語言，進而打造出奇異的意象，匯入西方藝術爲主題的詩境，不免引發錯置的新意，他僅完成一冊詩集《深淵》，已然確立其經典地位，理由無他，陳芳明就指出，收在《瘂弦詩集》卷之七「從感覺出發」，最能代表一九六〇年代初期詩人心情的猶豫、徬徨、怔忡、遲疑，卻又最能反映他掙扎、憤怒、抗議、反叛的思緒，加上瘂弦善於以墮落來對抗當時高張的愛國主義，以沉淪來反諷戰鬥文藝，這種張力正好凸顯詩的社會價值。

有別於高度現代化、強調與現實疏離以及力主理性的創世紀詩人，不排斥傳統詩學、強調浪漫與抒情以及力主感性的詩人中，當以余光中與楊牧最具代表性。

一九六〇年代前期，余光中在詩語言上，成功地經營出「三聯句」的形式，加以靈活地運用古典詩詞的語境，重新組合出具有現代感的情詩語言，創作出新古典主義詩集《蓮的聯想》，一時蔚爲風尚。在六〇年代末期，他出版了《敲打樂》與《在冷戰的年代》，回應冷戰時代國際軍備競賽以及越戰所帶

來的衝擊，他以詩反戰，無論是〈雙人床〉與〈如果遠方有戰爭〉，開創出情慾書寫諷喻帝國主義與權力的新取向。

楊牧在一九六〇年代崛起，當時以葉珊爲筆名，一口氣推出《水之湄》、《花季》、《燈船》與《非渡集》四本詩集，爲六〇年代的抒情傳統開拓出新局。在外語學院汲取養分的楊牧，深受浪漫主義者濟慈（John Keats）的吸引，但同時著迷於中國古典文學與中國哲學思想的傳統，詩經、唐詩乃至古典小說的意象內化成楊牧的書寫，形塑出他兼具中國古典意涵、歷史意識與西方浪漫主義的詩作，也爲預示其日後融合現代性、知性與哲學思維的創作歷程，奠定了特有的聲音。

衆所周知，一九六〇年代是台灣文學西化傾向特別狂熱的時期，但也是本土精神重新甦醒的時期，六四年吳濁流所主導的《台灣文藝》發刊具有里程碑的意義，而就在這關鍵性的同一年，林亨泰與詹冰、陳千武、錦連等十二人也創立了笠詩社，發行《笠》詩刊，與《台灣文藝》成爲嗣後台灣文學的重要歷史見證。

在《笠》詩刊的詩人群中，陳千武在創作與詩的推廣上都有十分傑出的表現。陳千武，本名陳武雄，另以筆名桓夫寫作現代詩。陳千武先生除了在台灣文學創作上，投注極大的心力之外，更致力於台灣文學的推廣，積極與東亞詩壇的交流。陳千武作爲一個跨越世代、跨越語言的台灣作家，戰後勤學中文，創作新詩、小說、兒童文學與翻譯不輟，他的詩作閃爍著對於社會的關懷，不避諱挑戰懸爲禁忌的政治、社會與道德議題，走出一條與現代主義風尙詩風大不相同的道路。

延伸閱讀

◆李瑞騰，1996。〈六十年代台灣現代詩評略述〉，文訊雜誌社主編，《台灣現代詩史論》，台北：文訊雜誌社，頁265-280。
◆孟樊，1998。《當代台灣新詩理論》（二版），台北：揚智文化。
◆柯慶明，1995。〈六十年代現代主義文學〉，邵玉銘、張寶琴、瘂弦編，《四十年來中國文學》，台北：聯合文學，頁85-146。
◆奚密，1996。〈邊緣，前衛，超現實：對台灣五、六十年代現代主義的反思〉，文訊雜誌社主編，《台灣現代詩史論》，台北：文訊雜誌社，頁247-264。
◆張漢良，1986。〈中國現代詩的「超現實主義風潮」——一個影響研究的仿作〉，《比較文學理論與實踐》，台北：東大，頁73-90。

雨中行

◇桓夫

一條蜘蛛絲　直下
二條蜘蛛絲　直下
三條蜘蛛絲　直下
千萬條蜘蛛絲　直下
　包圍我於
——蜘蛛絲的檻中

被摔於地上的無數的蜘蛛
都來一個翻筋斗，表示一次反抗的姿勢
而以悲哀的斑紋，印上我的衣服和臉
我已沾染苦鬪的痕跡於一身

母親啊，我焦灼思家
思慕妳溫柔的手，拭去
纏繞我煩惱的雨絲——

密林

◇桓夫

竄進密林
伸直雙臂　像
杉林的枝幹　挺直擎天
欲踢開朽葉重疊的陋習
而千萬層的年輪鬱悒　封鎖我
於停滯的歷史
樹與樹之間　遍布空虛
世紀的風雨沉澱在此
祇是靜待亞熱帶的蓓蕾綻放

新的年輪又開始呼吸……
我不是異教徒
密林啊　把快樂告訴我
密林啊　把愁悶告訴我

信鴿

◇桓夫

埋設在南洋
我底死，我忘記帶回來
那裏有椰子樹繁茂的島嶼
蜿蜒的海濱，以及
海上，土人操櫓的獨木舟……
我瞞過土人的懷疑
穿過並列的椰子樹
深入蒼鬱的密林
終於把我底死隱藏在密林的一隅
於是
在第二次激烈的世界大戰中
我悠然地活著
雖然我任過重機槍手
從這個島嶼轉戰到那個島嶼
沐浴過敵機十五糎的散彈
擔當過敵軍射擊的目標
聽過強敵動態的聲勢
但我仍未曾死去
因我底死早先隱藏在密林的一隅
一直到不義的軍閥投降
我回到了——祖國
我才想起
我底死，我忘記帶了回來
埋設在南洋島嶼的那唯一的我底死啊
我想總有一天，一定會像信鴿那樣

帶回一些南方的消息飛來——

恕我冒昧

◇桓夫

媽祖喲
坐了那麼久　祢的腳
在歷史的檀木座上
早已痲木了吧

檀木的寶座
在滿堂線香的冒煙裏
在大衆的阿諛裏
被燻得油黑……
這是非常冒昧的話

可是　祢應該把祢的神殿
那個位置
讓給年輕的姑娘吧
比起
人造衛星混飛的宇宙戰
祢那個位置是……

媽祖喲
如果　我說錯了話
請原諒

但是　我難道有意強迫祢
把那守護了千餘年的
輝煌的貞節
祢的纏足
祢悲哀的尊嚴
讓給年輕的姑娘？……

當我死時

◇余光中

當我死時，葬我，在長江與黃河
之間，枕我的頭顱，白髮蓋著黑土
在中國，最美最母親的國度
我便坦然睡去，睡整張大陸
聽兩側，安魂曲起自長江，黃河
兩管永生的音樂，滔滔，朝東
這是最縱容最寬闊的床
讓一顆心滿足地睡去，滿足地想
從前，一個中國的青年曾經
在冰凍的密西根向西瞭望
想望透黑夜看中國的黎明
用十七年未饜中國的眼睛
饕餮地圖，從西湖到太湖
到多鷓鴣的重慶，代替回鄉

雙人床

◇余光中

讓戰爭在雙人床外進行
躺在你長長的斜坡上
聽流彈，像一把呼嘯的螢火
在你的，我的頭頂竄過
竄過我的鬍鬚和你的頭髮
讓政變和革命在四周吶喊
至少愛情在我們的一邊
至少破曉前我們很安全
當一切都不再可靠
靠在你彈性的斜坡上
今夜，即使會山崩或地震

最多跌進你低低的盆地
讓旗和銅號在高原上舉起
至少有六尺的韻律是我們
至少日出前你完全是我的
仍滑膩，仍柔軟，仍可以燙熟
一種純粹而精細的瘋狂
讓夜和死亡在黑的邊境
發動永恆第一千次圍城
惟我們循螺紋急降，天國在下
捲入你四肢美麗的漩渦

狗尾草

◇余光中

總之最後誰也辯不過墳墓
死亡，是唯一的永久地址

譬如弔客散後，殯儀館的後門
朝南，又怎樣？
朝北，又怎樣？
那柩車總顯出要遠行的樣子
總之誰也拗不過這椿事情
至於不朽云云
或者僅僅是一種暗語，爲了夜行
靈，或者不靈，相信，或者不相信
最後呢誰也不比狗尾草更高
除非名字上升，向星象去看齊
去參加里爾克或者李白

此外
一切都留在草下
名字歸名字，髑髏歸髑髏
星歸星，蚯蚓歸蚯蚓
夜空下，如果有誰呼喚
上面，有一種光

下面，有一隻蟋蟀
隱隱像要回答

如果遠方有戰爭

◇余光中

如果遠方有戰爭，我應該掩耳
或是該坐起來，慚愧地傾聽？
應該掩鼻，或應該深呼吸
難聞的焦味？ 我的耳朵應該
聽你喘息著愛情或是聽榴彈
宣揚眞理？ 格言，勳章，補給
能不能餵飽無饜的死亡？
如果有戰爭煎一個民族，在遠方
有戰車狠狠地犁過春泥
有嬰孩在號啕，向母親的屍體
號啕一個盲啞的明天
如果一個尼姑在火葬自己
寡慾的脂肪炙響一個絕望
燒曲的四肢抱住涅槃
爲了一種無效的手勢。 如果
我們在床上，他們在戰場
在鐵絲網上播種著和平
我應該惶恐，或是該慶幸
慶幸是做愛，不是肉搏
是你的裸體在臂中，不是敵人
如果遠方有戰爭，而我們在遠方
你是慈悲的天使，白羽無疵
你俯身在病床，看我在床上
缺手，缺腳，缺眼，缺乏性別
在一所血腥的戰地醫院
如果遠方有戰爭啊這樣的戰爭
情人，如果我們在遠方

石室之死亡

◇洛夫

17

一個演員死後，幕正啓開
僅僅一片燭光，便將他牆上的立影化成一股輕煙
至於他表演的那個最不好笑的笑
只是一塊怎麼擰也擰不乾的汗巾
遺落在曲未終的走道上

他曾打扮舒齊，在日午
去拾取那散落在平交道鐵軌的脊樑上
一撮自己的毛髮
當我們的怒目隨著淚水滴落
他的腳印已躍地而起

26

宗教許是野生植物，從這裏走到那裏
讓一個無意的祝禱與另一個無意的懺悔相識
且親額，在互吻中交流著不潔的血液
且在我的咳嗽中移植一株靡刺
我悃倦，舌頭躺著如一癡肥的裸婦

他們以火紅的眼球支持教會的脊樑
從不乞求，他們以薪俸收購天國的消息
於是他們嚼著夏天，消化了秋天
把春天的渣滓吐在祭壇上
而將剩下的冬天賣給那被賣的猶太人

30

如裸女般被路人雕塑著
我在推想，我的肉體如何在一隻巨掌中成形

如何被安排一份善意，使顯出嘲弄後的笑容
首次出現於此一啞然的石室
我是多麼不信任這一片燃燒後的寧靜
飲於忘川，你可曾見到上流漂來的一朵未開之花
故人不再蒞臨，而空白依然是一種最動人的顏色
我們依然用歌聲在你面前豎起一座山
只要無心捨棄那一句創造者的叮嚀
你必將尋回那巍峩在飛翔之外

33

夏日撞進臥室觸到鏡內的一聲驚呼
你即將暗色塗在那個男子揮麈的手勢上
如你欲棄自己的嘴唇而逃，哦，母親
請先鎖一條小蛇於我眼中
血，催睡蓮在這肉體與那肉體中展放

你懂得如何以眼色去馴服一把黑布傘的憤怒？
癡立鏡前，一顆眼珠幾乎破框而出
別推開一扇門似的任意把靈魂推開
而我只是歷史中流浪了許久的那滴淚
老找不到一付臉來安置

36

諸神之側，你是一片階石，最後一個座椅
你是一粒糖，被迫去誘開體內的一匹獸
日出自脈管，饑餓自一巨鷹之眈視
我們賠了昨天卻賺夠了靈魂
任多餘的肌骨去作化灰的努力
未必你就是那最素的一瓣，晨光中
我們擡著你一如擡著空無的蒼天
美麗的死者，與你偕行正是應那一聲熟識的呼喚
驀然回首

遠處站著一個望墳而笑的嬰兒

47

當時間被抽痛，我暗忖，自己或許就是那鞭痕
或許你的手勢，第一次揮舞時
一伸臂便抓住一個宇宙
而閃爍自一鷹視，鷹視自一成熟的靜寂
猶聞風雷之聲，隱隱自你指尖

便成爲樹，成爲虹，我們乃爭相攀援
爬著一段從升起到墜落的距離
亦如我們的仰視，以千心丈量千山
當光被吸盡，你遂破雲而下
終至擠成傳說中那個人的樣子

灰燼之外

◇洛夫

你曾是自己
潔白得不需要任何名字
死之花，在最清醒的目光中開放
我們因而跪下
向即將成灰的那個時辰

而我們什麼也不是，紅著臉
躲在褲袋裏如一枚贗幣

你是火的胎兒，在自燃中成長
無論誰以一拳石榴的傲慢招惹你
便憤然舉臂，暴力逆汗水而上
你是傳說中的那半截蠟燭

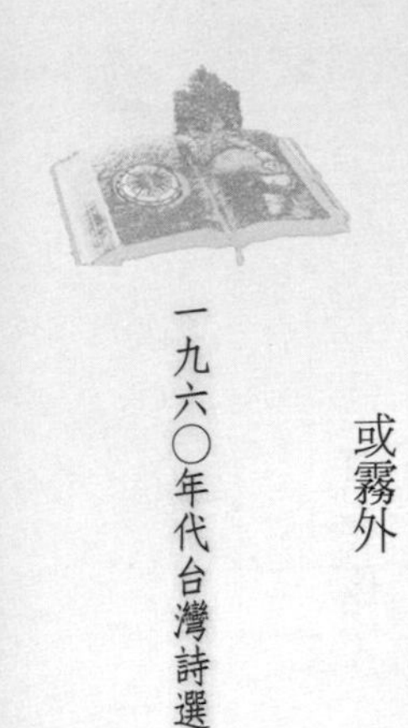

另一半在灰燼之外

霧之外

◇洛夫

一雙鷺鷥
在水田中讀著「地糧」
且繞著某一定點，旋走如霧
偶然垂首
便啣住水面的一片雲
沉思。不外乎想那些
太陽是不是虛無主義者之類的問題
左腳剛一提起，整個身子
就不知該擺在霧裏
或霧外

一展翅，宇宙隨之浮升
清晨是一支閃熠的歌
在霧中自燃
如果地平線拋起將你繫住
　　繫住羽翼呵繫不住飛翔

清明
——西貢詩抄

◇洛夫

我們委實不便說什麼，在四月的臉上
有淚燦爛如花
草地上，蒲公英是一個放風箏的孩子
雲就這麼吊著他走

雲吊著孩子
飛機吊著炸彈
孩子與炸彈都是不能對之發脾氣的事物
我們委實不便說什麼的事物
清明節
大家都已習慣這麼一種遊戲
不是哭
而是泣

政變之後
——西貢詩抄

◇洛夫

機動車是那個塔克薩斯佬的
灰塵是我的
木棒是那群呼嘯而來的孩子的
血是我的
太陽是那堆挨坐街沿絕食僧尼的
饑餓是我的
西貢河的流水是天空的
那抓不到咬不著非痛非癢非福非禍非佛非禪的
　茫然是我的

城市
——西貢詩抄

◇洛夫

想必，它們是生長起來的而且不斷上升
爲樓閣
爲揚塵
爲一幅水墨畫的空白
整個夏季

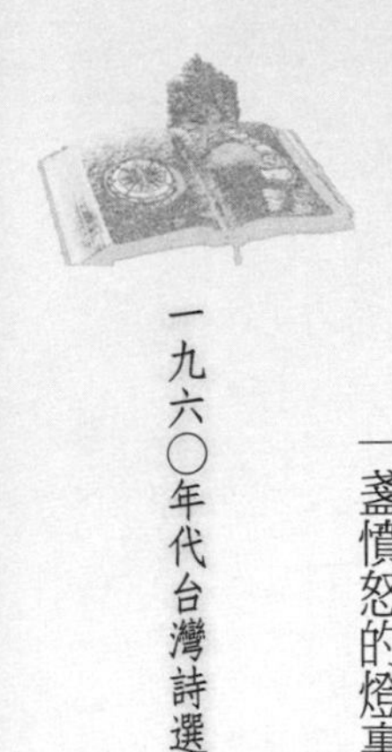

全城的太陽都在牆上雕著一張臉
他們很兇地戀著愛
之後擦乾身子
之後緩緩舉起手
從喉嚨裏掏出一把黑煙

酒吧開在禮拜六
砲彈開在禮拜三
裝甲車邊走邊嚼著一塊牛肉餅
而機槍是一個達達主義者
把街上的積水
提升為一片夕陽

所以說
當一排子彈從南門飛到北門
當我們把自己點燃在
一盞憤怒的燈裏

春天像你你像煙煙像吾吾像春天

◇管管

春天像你你像梨花梨花像杏花杏花像桃花桃花像你的臉臉像胭脂胭脂像大地大地像天空天空像你的眼睛眼睛像河河像你的歌歌像楊柳楊柳像你的手手像風風像雲雲像你的髮髮像飛花飛花像燕子燕子像你你像雲雀雲雀像風箏風箏像你你像霧霧像煙煙像吾吾像你你像春天

春天像秦瓊宋江成吉思汗楚霸王
秦瓊宋江林黛玉秦始皇像
『花非花
霧非霧』

荷

◇管管

「那里曾經是一湖一湖的泥土」
「你是指這一地一地的荷花」
「現在又是一間一間的沼澤了」
「你是指這一池一池的樓房」
「是一池一池的樓房嗎」
「非也，卻是一屋一屋的荷花了」

臉

◇管管

愛戀中的伊是一柄春光燦爛的小刀
一柄春光燦爛的小刀割著吾的肌膚
被割之樹的肌膚誕生著一簇簇嬰芽
伊那嬰芽的手指是一柄柄春光燦爛的小刀
一葉葉春光燦爛的小刀上開著花
一滴滴紅花中結著一張張青果
一張張痛苦的菓子是吾一枚枚的臉
吾那一枚枚的臉被伊那一柄柄春光燦爛的小刀
割著！
割著！

透支的足印

——紀念和瘂弦在左營的那些時光

◇商禽

這正好。若是連生前的每一個手勢都必須收回，在如此冷冷的重量下；若是必須重覆我曾說過的一切話語，每一聲笑，在這沒有時間的

空間裏；就如我現在所踐履的——我收回我生
前的步步的足印——然而我不必。這正好。
這眞好。不再有「時間」。　沒有話語。陰
影是可觸的藻草。　這路已不復是路。
野蒿苣與牛蒡花。　這已經是屋脊。　在
「蛇莓子與虎耳草之間。」　太好了。除開
月光的重與冷。我收回我的足印。　我的足
印回到它們自己……。

今夜我在沒有「時間」和語言的存在之中來到
這昔日我們曾反覆送別的林蔭小徑。（「今夜
故人來不來？」）今夜故人來不來？我行行復
行行。當天河東斜之際，隱隱地覺出時間在我
無質的軀體中展佈，一個初生的嬰兒以他哀哀
的啼聲宣告——雞已鳴過。而我自己亦清楚地
知道——關於那些足印，我已經透支了。

鴿子

◇商禽

忽然，我捏緊右拳，狠狠的擊在左掌中，
「拍！」的一聲，好空寂的曠野啊！然而，在
病了一樣的天空中飛著一群鴿子：是成單的或
是成雙的呢？

我用左手重重的握著逐漸髮散開來的右拳，手
指緩緩的在掌中舒展而又不能十分的伸直，祇
頻頻的轉側；啊，你這工作過而仍要工作的，
殺戮過終也要被殺戮的，無辜的手，現在，你
是多麼像一隻受傷了的雀鳥。而在暈眩的天空
中，有一群鴿子飛過：是成單的或是成雙的
呢？

現在我用左手輕輕的愛撫著在抖顫的右手：而
左手亦自抖顫著，就更其像在悲憫著她受了傷
的伴侶的，啊，一隻傷心的鳥。於是，我復用
右手輕輕地愛撫著左手……在天空中翺翔的說
不定是鷹鷲。

在失血的天空中，一隻雀鳥也沒有。相互倚靠
而抖顫著的，工作過仍要工作，殺戮過終也要
被殺戮的，無辜的手啊，現在，我將你們高
舉，我是多麼想——如同放掉一對傷癒的雀鳥
一樣——將你們從我雙臂釋放啊！

火雞

◇商禽

一個小孩告訴我：那火雞要在吃東西時才把鼻
子上的肉綬收縮起來；挺挺地，像一個角。我
就想：火雞也不是喜歡說閒話的家禽；而它所
啼出來的僅僅是些抗議，而已。

蓬著翅羽的火雞很像孔雀；（連它的鳴聲也
像，為此，我曾經傷心過。）但孔雀乃炫耀它
的美——由於寂寞；而火雞則往往是在示威
——向著虛無。

向虛無示威的火雞，並不懂形而上學。
喜歡吃富有葉綠素的蔥尾。
談戀愛，而很少同戀人散步。
也思想，常常，但都不是我們所能懂的。

逃亡的天空

◇商禽

死者的臉是無人一見的沼澤
荒原中的沼澤是部分天空的逃亡
遁走的天空是滿溢的玫瑰
溢出的玫瑰是不曾降落的雪
未降的雪是脈管中的眼淚
升起來的淚是被撥弄的琴弦
撥弄中的琴弦是燃燒著的心
焚化了的心是沼澤的荒原

遙遠的催眠

◇商禽

懨懨的
島上許正下著雨
你的枕上曬著鹽
鹽的窗外立著夜
夜　夜會守著你
守著泥土守著鹽
守著你　守著樹
因為泥土守著樹
因為樹會守著你
因為樹會守著夜
鳥在林中守著樹

鳥在樹上守著星
星在夜中守著你

因爲星會守著夜
雲在天上守著星
雲在星間守著風
風在夜中守著你

因爲風會守著夜
草在地上守著風
草在風中守著露
露在夜中守著你

因爲露會守著你
守著泥土守著樹
守著山巒守著霧
霧在夜中守著你

霧在夜中守著河
水在河中守著魚
守著山　守著岸
山在海邊守著你

山在夜中守著你
山在夜中守著海
守著沙灘守著浪
船在浪中守著你

守著海浪守著夜
守著沙灘守著你
守著河岸守著水
我在夜中守著你

守著山巒守著夜

守著泥土守著你
守著星，守著露
我在夜中守著你

守著樹林守著你
守著草叢守著夜
守著風　守著霧
我在夜中守著你

守著聲音守著夜
守著雀鳥守著你
守著戰爭守著死
我在夜中守著你

守著形象守著你
守著速度守著夜
守著陰影守著黑
我在夜中守著你

守著孤獨守著夜
守著距離守著你
我在夜中守著夜
我在夜中守著你

夢或者黎明

◇商禽

穿越疲憊之雲層　以及
渴睡的星群　抵著
冰涼的額角
堅持著不睡　不打
呵欠　而風在密林中
黑方口的煙囪

　仍自呵著熱氣
雲層疲憊還不算啦
太空中有爲殞石擊傷的夢
（請勿將頭手伸出窗外）

夢在稀薄的氣流中被擊傷　裹著
燬了的終於是殞石　那驕傲
穿越或是伴著沉落之霧
然而就要傾倒的星座
其冰涼的額角
倚著常年清醒的山巔
風自一片僞裝的草地穿過
灰灰的砲管上亦難免有星色的霧
（請勿將頭手伸出窗外）

黑綠的草原無處不是星色的露
乃至陽台　積水的陽台
屋頂上惹有逃亡的天空
而夢已越過海洋
何等狂妄的風呀　穿越
你偃息於雲層的髮叢
而我的夢
　猶在星色的草原
猶在時間的羊齒之咀嚼中
穿越
　緊閉的全視境之眼
（請勿將頭手伸出窗外）
航行中
　我的夢有全視境之眼
疲憊的雲層不斷上昇而且消散

風滑過沉思水潭
在山中　桃金孃將她的紫色
緩緩地釋放
而聲音尤未賦與黃鶯兒
　　無從打起
穿越　山巔或是星座額角的微溫
老遠我就覺到你噓息的渾圓
或許　機群已然出動
（請勿將頭手伸出窗外）
或許船艦已經起錨
霧氣在急遽下降
你又要遲到了
海潮上漲
穿越　然而合昏琴鍵一般
次第張開其葉片　越過聲音
（請勿將頭手伸出窗外）越過
而在將要觸及她的夢的
圓（請勿將頭手伸出窗外）
我的夢之夢的銳角　鍥入
（請勿將頭手伸出窗外）
而你就是日日必來的
　　總是已將第一片曦光
　　鋪上她浮腫的眼瞼
你就是我終於勝過了的
就要由我們朝朝將之烹飪的
那黎明麼

關於海喲

◇張默

圓圓的，那些喜愛沐浴的嬰孩

撥開宇宙的光，連同一些雲霧
連同一些滔滔聲
連同一些彎一些彎

這初生的逸樂的剛剛見過世面的
關於海喲

那裏來，怎樣形成
她的眼中的世界
一粒簷滴，半撮流水
它們緩緩萌芽，茁壯而且匯合
也許在一個山澗裏
赤裸著的少女的足趾上
那裏也是宇宙
她洗濯而且擺動
似風，似舞蹈，似踱著方步的雲

這茫茫的飛躍的胸襟充滿無限希望的
關於海喲

從落腳的一天起
漸漸變了樣，這些偉大的藻類
它們刺戟著她的心
廣博如世界的心
而且任其繁榮，任其喧囂
任其向上，任其連綿

世界沒有路，這裏有路
一切是指向羅馬的
小心它要發威了
小心它要淹沒了
這沉潛如哲人的，我們的
關於海喲

擲出一把星斗

◇張默

汝產生寒冷的側邊，多麼高多麼深啊

——法・昂利・米修

那個影子蜿蜒在百花間
傾聽。欣欣的吟誦，歌聲落在
光潔的枝頭，緣著香溢溢的
春之水
春之水
是一叢叢的黑髮，一茸茸的細草
一鏡湖，一幽蘭
而愛紫的人是有福了
而愛紫的人是變幻了
以握不盡的顏彩去束窄腰的衣襟
而心，撫著撫著的半邊多麼深呵

我們不是都曾鑽入，在氣息低低的
夢之海，相遇，你
抖一抖翻著波浪的花傘
像翻轉著每個每個自己
嘰嘰，喳喳，淒淒，切切
那頂撞你的韻律是什麼
無由攀登與無由飲盡濕漉漉的內裏
如霧的聲光膠住我們素色的唇沿
以沉默來把肌膚擊碎嗎
陽光照射陽光透露陽光洩示
犁及繽紛的音色
在她的紫髮髻上
撒種，噢那怎麼能夠說是謊語
如果不是自然搭起的傍晚的虹橋
如果不嫌我們的步履過重

你怎麼不提一提裙裾
擲出一把星斗，躍上去

戰爭，偶然

◇張默

戰爭，躺在黃昏疏落的水邊
戰爭，搖頭晃腦說著單調的情話
戰爭，很不喜歡嬉皮那種樣子
戰爭，愛穿迷你迷你總是他媽的迷你

今夜月光似一層流不完的肌膚
角形的碉堡突然自我的眼睫落下
許多沒有夢的夢
許多沒有手的手
許多沒有臉的臉
許多沒有聲音的聲音
重重疊疊耕作堆砌與昇高
在那無匹而又渺小的聽道裏
在那深深凝望而又咽嗚的視矚裏
在那長著滿顋鬍髭的歲月的陰影的草原裏

總是，毫不經意的
左手碰到如斷柯的右手
右臂邂逅了半邊燃燒的左臂
戰爭，還是這樣子那樣子
沒有輝煌的宣言，鋪滿歷史的甬道
沒有今天和明天
沒有什麼雲朵絲毫不紊的重疊
沒有永遠走不動的貿易風，甚至
一帖，小小的偶然

修女

◇瘂弦

且總覺有些甚麼正在遠遠地喊她
在這鯖魚色的下午
當撥盡一串念珠之後
總覺有些甚麼

而海是在渡船場的那一邊
這是下午，她坐著
兵營裏的喇叭總這個樣子的吹著
她坐著

今夜或將有風，牆外有曼陀鈴
幽幽怨怨地一路彈過去——
一本書上曾經這樣寫過的吧
那主角後來怎樣了呢

暗忖著。遂因此分心了……
閉上眼依靠一分鐘的夜
順手將鋼琴上的康乃馨挪開
因它使她心痛

上校

◇瘂弦

那純粹是另一種玫瑰
自火焰中誕生
在蕎麥田裏他們遇見最大的會戰
而他的一條腿訣別於一九四三年

他曾聽到過歷史和笑

什麼是不朽呢
咳嗽藥刮臉刀上月房租如此等等
而在妻的縫紉機的零星戰鬥下
他覺得唯一能俘虜他的
便是太陽

獻給馬蒂斯（H. MATISSE）

◇瘂弦

他使人發狂，較苦艾計更為危險
——蒙得巴納斯的人們

一

他們又將說這是燦爛的，馬蒂斯
雙眼焚燬整座的聖母院，自遊戲間
房中的赤裸冉冉上升去膈肢那些天使
沒有回聲，斑豹蹲立於暗中
織造一切奇遇的你的手拆散所有的髮髻
而在電吉他粗重的撥弄下
在不知甚麼夢的危險邊陲
作金色的她們是橫臥於
一條薔薇綴成的褥子上——
等你亨利．馬蒂斯
馬蒂斯是光榮的羞恥
爲了枕上的積壓的謠言，在夏日
綢緞們如是驚駭你竟茫然無知
而女人們要的便是這小小的傷殘
（一個天鵝絨的階段！）
或假裝抵抗你
在鏡子的抄襲下
或看水甕背後

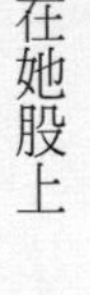

空氣在她股上
野蠻而溫柔

馬蒂斯，我知你並無意
使一切事物成爲亡故
柘榴也曾飽飲你的時辰，在巴黎
床邊的顧盼竟險阻如許；
不聽管束的夜，炫目的牆
轟然！一團普魯士藍的太陽
奇妙的日子啊馬蒂斯
你固已成爲她們肌膚的親信
則她究竟有幾個面顏?!
而色彩猶如是扯謊，且總覺
有些甚麼韻律
在笑謔間
流入晨曦的心裏

二

虹的日子
你詮釋脫下的女衫的芬芳的靜寂
你詮釋乳房內之黑暗
（一朵花盛住整個的夜晚！）
你詮釋被吻啃蝕的頸項。十二時以後的
他們的眼
總容易是風信子

自你炙熱的掌中她們用大塊的紅色呼救
你微笑，匆急如第一次
描一席波斯地氈在別人妻子的房裏
而除了脂肪跟抱怨
在翹搖的被中的租來的遊戲
除了每晚爲一個人躺下；馬蒂斯
早晨並不永恆

她們已無需意義

這一切都是過客
她們全部的歷史止於燈下修指甲的姿態
甚至河也有一個身體，由速度作成
而在她們髮茨間甚麼也沒有誕生
黃昏。鐘鳴七句
沒有人行將死於甚麼。沒有消息
而你塗繪她們成爲那樣彼等並無所知；
面對你玄色的素描老愛問：
素馨嗎？是素馨花嗎？是素馨花啊
（回答她們的頂多是一群辦晚報的男人！）
只有你，馬蒂斯
簽你的名字在她們癡肥的腳上
給她們一張臉
一聲噓息

三

以一根搖曳的堇色線條去紡織歲月
使虹發出香味，使布匹唱歌
一聲輕喟吹起五朵跳舞是你美麗的嚇阻
薄荷餅的那種美好是她們被俘的眼色
當每日例行的淒苦蝙蝠般來到
一朵煙花俯身灑下而自一支小小的鉛管裏
你擠出整首的朔拿大
和大半個巴黎

消耗所有的光高聲呼喚死者
彎身走進墓穴去開採藍色
獨對這沒有欄柵的春
你長長的絲梯竟不知搭向那裏
床單迤邐向南，在甜蜜的騷動間
她們在呻吟中佔領了你而你總給對方以一頭海

豹的氣息

而人們說血在任何時刻滴落總夠壯麗；
一房，一廳，一水瓶的懷鄉病
一不聽話的馬蒂斯

就因爲那重建的紫羅蘭
很多靈魂參與你裸之荒嬉
就因爲那微笑，水星沉落
就因爲你哄他們安睡，儘管
在他們的頭下
一開始便枕著
一個巨大的崩潰……

而馬蒂斯，你總是通達的
當里維拉街的行人如一支敗壞的曲調
你乘坐骯髒的調色板
向日漸傾斜的天堂
轉身逆風而上

如歌的行板

◇瘂弦

溫柔之必要
肯定之必要
一點點酒和木樨花之必要
正正經經看一名女子走過之必要
君非海明威此一起碼認識之必要
歐戰，雨，加農砲，天氣與紅十字會之必要
散步之必要
溜狗之必要
薄荷茶之必要
每晚七點鐘自證券交易所彼端

草一般飄起來的謠言之必要。旋轉玻璃門
之必要。盤尼西林之必要。暗殺之必要。晚報
之必要
穿法蘭絨長褲之必要。馬票之必要
姑母遺產繼承之必要
陽臺、海、微笑之必要
懶洋洋之必要

而既被目為一條河總得繼續流下去的
世界老這樣總這樣：——
觀音在遠遠的山上
罌粟在罌粟的田裏

一般之歌

◇瘂弦

鐵蒺藜那廂是國民小學，再遠一些是鋸木廠
隔壁是蘇阿姨的園子；種著萵苣，玉蜀黍
三棵楓樹左邊還有一些別的
再下去是郵政局、網球場，而一直向西則是車站
至於雲現在是飄在曬著的衣物之上
至於悲哀或正躲在靠近鐵道的甚麼地方
總是這個樣子的
五月已至
而安安靜靜接受這些不許吵鬧

五時三刻一列貨車駛過
河在橋墩下打了個美麗的結又去遠了
當草與草從此地出發去佔領遠處的那座墳場

死人們從不東張西望
而主要的是
那邊露台上
一個男孩在吃著桃子
五月已至
不管永恆在誰家樑上做巢
安安靜靜接受這些不許吵鬧

土壤的歌

◇辛鬱

一

向日葵頑抗風雨的迫降
日日爲陽光的莊嚴舉證
而森林恆是彩環一般地

啣接地心的律動與天韻
造出自然底微妙的脈息

然後是山的多層次的肅穆
　水的多節奏的輕柔
在豐美而又重疊的交感中
人的沛然的主題突出一切
展示著無上的威權與儀範

二

他們在園圃與阡陌之上
腳印把力的輝煌與不朽
書寫 在操作的雙手間
他們一次又一次的鑄造
我的身軀在電閃雷鳴中
他們犁我以春日的甦醒

植我以夏日的馥郁
染我以秋日的歡欣
覆我以冬日的遼敻
提煉著眞實而埋葬假象

三

無所謂命定與時運
我以無所索求的
心胸　開放給一切的花與生物
讓人們在更迭的喜悅中
創造更爲美好的明天

不要標我以黃金或鑽石的
那種被陳腐的紙幣的氣息
僵化而又虛假的等値
我願在人們的孳殖與營築中
像天空一般地放鬆自己

四

我願接受解剖與分析
在人們的智慧的甕中
我願被泡製成爲一種甜食
或菜餚　我願品嚐的舌尖
如花瓣般細緻的觸及我額或我唇
而當我溢出我的血或淚
我願在可見的時日
聽見啜飲的聲音
猶似天空爲繁星的慈母
我在爲萬物造設眠床

後窗下的人

——致商禽並追念楊喚

◇辛鬱

僅有一隻在暮色中咕咕自語的灰鴿
一種低低的聲音的潮汐
掠過那排既不輝煌也不憔悴的屋脊

在思念的雨季你懷想
一幀青銅巍立在你日日尋視的斜坡

如此便展開你的世界
變體的圓球以及煙塵的蝶舞
恆常歇宿在你瞳孔的一角
而成爲花的
一片芬芳的時辰

卻這般遙遠

隔著簾
（爲什麼這窗不能直通同溫層）
你曾幻見風那種女體
（而簾外的一堵緘默
　總是青銅般頑強）
叮叮敲響你暴露的牙床
讓你的一句話碎成泡沫
啊　我愛

「如果我能在下降的天河
洗滌我染滿鐵銹的手指
我會停止哭泣
讓悲哀化爲誰都喜歡的一條
　彩帶　輕輕地繫在那人的睫眉」
啊　我愛

許是明天
青銅會在你手上甦醒
這窗會成爲一片沼澤
在揚起的波浪中你將雕刻
關於你以及那人的一段航程
啊　我愛

流浪者之歌

◇辛鬱

太陽從不是我的棉被
地不是我的床
我曾啃食鐵檻在你們看不見的深夜
在無底的洞穴我曾嘔吐一隻鞋子的在白晝的際遇

窗子開著因爲它是窗子要開著
海不過是懨懨欲睡的盆景
樹生殖樹而樹不是人
哦人哦人是一條草繩那樣的東西

絞架說的話只有刀刃聽得懂
刀刃不是爲刈割而成爲刀刃
月落是一種垂死的標誌
便是人也不能聽見灰飛的聲音

因爲東風從不會自南方吹來
路便不會成爲河河不會成爲路
不會成爲　啊
那哭泣永不會成爲歡笑

賦格（Fugue）

◇葉維廉

其一

北風，我還能忍受這一年嗎
冷街上、牆上，煩憂搖窗而至
帶來邊城的故事；呵氣無常的大地
草木的耐性，山巖的沉默，投下了
胡馬的長嘶；烽火擾亂了
凌駕知識的事物，雪的潔白
教堂與皇宮的宏麗，神祇的醜事
穿梭於時代之間，歌曰：
　　　　月將升
　　　　日將沒
快，快，不要在陽光下散步，你忘記了
龍漦的神諭嗎？只怕再從西軒的
梧桐落下這些高聳的建築之中，昨日
我在河畔，在激激水聲
　　冥冥蒲葦之旁似乎還遇見
羣鴉喙啣一個漂浮的生命：
　　　　　往哪兒去了？
北風帶著狗吠彎過陋巷
詩人都已死去，狐仙再現
獨眼的人還在嗎？
北風狂號著，冷街上，塵埃中我依稀
認出這是馳向故國的公車
几筵和溫酒以高傲的姿態
邀我仰觀群星：花的雜感
與神話的企圖——
　　　　我們且看風景去

其二

我的手腳交叉撞擊著，在馬車的

狂奔中，樹枝支撐著一個冬天的肉體
在狂奔中，大火燒炙著過去的澄明的日子
　　蔭道融和著過去的澄明的日子
一排茅房和飛鳥的交情圍擁
我引向高天的孤獨，我追逐邊疆的
夜禱和氈牆內的狂歡節日，一個海灘
一隻小貓，黃梅雨和羊齒叢的野煙
那是在落霜的季節，自從我有力的雙手
撫摸過一張神聖的臉之後
　　　　他站起來
模倣古代的先知：
　　以十二支推之
　　　　應驗矣
　　　　應驗矣
我來等你，帶你再見唐虞夏商周
大地滿載著浮沉的回憶

我們是世界最大的典籍
我們是亙廣原野的子孫
我們是高峻山嶽的巨靈
大地滿載著浮沉的回憶
熒惑星出現，盤桓於我們花園的天頂上
有人披髮行歌：
　　予欲望魯兮
　　龜山蔽之
　　手無斧柯
　　奈龜山何
薰和的南風
解慍的南風
阜民財的南風
　　孟冬時分
　　耳語的時分
　　病的時分
大火燒炙著過去的澄明的日子

蔭道融和著過去的澄明的日子
我們對盆景而飲，折葦成笛
吹一節逃亡之歌

其三

君不見有人爲後代子孫
　　　　追尋人類的原身嗎？
君不見有人從突降的瀑布
　　　　追尋山石之賦嗎？
君不見有人在銀槍搖響中
　　　　追尋郊禘之禮嗎？
對著江楓堤柳與詩魄的風和酒
遠遠有峭壁的語言，海洋的幽闊
和天空的高深。於是我們憶起：
一個泉源變作池沼
　或滲入植物
　或滲入人類
　不在乎眞實
　不在乎玄默
我們只管走下石階吧，季候風
不在這秒鐘；天災早已過去
我們來推斷一個事故：仙桃與欲望
誰弄壞了天庭的道德，無聊
或談談白鼠傳奇性的魔力……
　　　　究竟在土斷川分的
絕崖上，在睥睨櫟欐的石城上
我們就可了解世界麼？
　　　　我們遊過
千花萬樹，遠水近灣
我們就可了解世界麼？
　　　　我們一再經歷
四聲對仗之巧、平仄音韻之妙
我們就可了解世界麼？

走上爭先恐後的公車，停在街頭
左顧右盼，等一隻蝴蝶
等一個無上的先知，等一個英豪
騎馬走過——
多少臉孔
多少名字
為群樹與建築所嘲弄
良朋幽邈
搔首延佇
夜　灑下一陣爽神的雨

仰望之歌

◇葉維廉

在一個荒落的小站上
一尊皺乾的佛像悠悠醒來
丟掉的記憶把我承住，我就舒伸
因為只有舒伸是神的，我就舒伸
白翅的瞻望入你們馱負習俗的長雲
而跟著清白的風河萬里在嬰兒
空無的胸間一再複述，你們進入光
一若一頭獅子走向水邊，聲音進入你們
樹便散開，扇形的記事就移出圍牆
而孩提富庶的目光
忽然在眾多的佇立間穿出
一串裸浴女子的水珠在廣場上迎接
而擠滿了臉的窗戶敞開來歡呼
我的流行很廣的奧德賽，因為
城鎮已依次自造
在盛夏鋸木板的氣味中
神與饑饉依次成為典故
在梁桁間葉子不負責任的搖曳
因為是風的孩提

因爲是雲的孩提
（那些是新來的客人自花姿
那些是船隻自容貌
那些是藍自凝視
那些是糖
自山色）
因爲是風的孩提
因爲是雲的孩提
我的木馬在凌波上
我的鈴兒在說話中
當欲念生下了來臨與離別
當疲色的形體逼向車站
當燃燒的沉默毀去邊界
風的孩提
雲的孩提
你們可知道稻田怎樣被新穗所抓住
我怎樣被故事，河流怎樣被兩岸
兩岸怎樣被行人，行人怎樣被
龍舌蘭的太陽？
花朵破泥牆而出，我就舒伸
因爲只剩下舒伸是神的，就舒伸
向十萬里，千萬里
十萬里千萬里的恐懼

清晨的訪客

◇林泠

多年不明下落的
我底少年，驟然
閃現
在我的門前
清晨。遲退的月在謝幕
那是冬天

他看來多瘦
　衣衫敝舊
頰上的灼痕，莫約是
　黯淡了些；輕輕地，他說
這回祇是路過，不能久留
　可以喝一杯，若是有
薑湯，或苦艾酒
冬天。遲退的月已隱逝
　我蕭然如小劇場的
前院
　我的少年——他使我流淚——
輕輕地，他說，他無意依皈
　這次的回返，祇是
背叛前一次的背叛

彩衣

——一九六九夜訪善導寺

◇林泠

成年後的
第一個誓言
　是永不
那樣輕易地置信
　且滔滔地辯證
一切形質的
不可容盛
　　　　向
稚齡的孫女　當她
踏著碎夢回家
當她檢視　在階下
她的濕衣

那怎麼拭也拭不去的
三月夜的微雨

啊　絕不能
　像外婆那樣
向虛無索取
保證　向清蕭的
四壁　稚齡的
　　　孫女
說：
她的靈魂
　　需要
一襲彩衣
當歸去的時辰　她要
春秋的陽光疊置
六季的閩漆映襯
那尚未謀面的

　另一個
茹素的靈魂

她將　與一植物同眠
　且同存
（而不需關心泛情）
那是她最終
　也是唯一的
選擇：　她的伴侶
檀　　或者
　楠

在黑夜的玉米田裏

◇楊牧

一

在黑夜的玉米田裏
枕著小河壩，夢見
春天的鷓鴣
從江岸上飛起來
像出岫的雲，黃昏
逐漸淡下去的酒旗，像悲哀
從造紙廠的煙囪曳長
照在銅架的鏡面上
「我的兩眼黯然，愛情和
戰時的燒夷彈一般」
焚去你一隻胳臂，一雙鞋，一本童話書
在黑夜的玉米田裏

你疲倦地枕著
微涼的小河壩，不停地思想
思想金蘋果樹枯槁的城，我們的城
飄雪的冬夜，飲酒的冬夜
有人爲你編織毛襪
擦拭燭台上的咖啡漬
蒼老的手勢
作別的歌
你的匕首，你的匕首
你的水囊，你的水囊

二

或是打烊以後的街道
旋轉的城堞
鐘響著
在遙遠的島上，鐘響著
你坐著讀信

並且傾聽馬達的聲音
井水
湧動你的影子
打碎了地下的星雲
「我的兩眼黯然　花掉在
夜夢的床上，我的兩眼……」
彷彿有許多春燈
許多放逐的雨夜
惦記著靠窗書架上的
杜萊登，All For Love
院子裏的足印，衣角，銅鈴
他是沒有歸途的雁，沒有歸途的
揚起又落下的灰塵
打開又關閉的窗

屏風

◇楊牧

先是有些牆的情緒
在絲絹和紙張的經緯後
成熟著，像某種作物之期待秋深
掌故伸過屏風上的繪畫
藉一茶壺之傳遞
一微笑之感染
把山水和蝴蝶之屬推翻在
車輛的迅速和
旅店的投宿。黯然
罪惡，整裝，熟悉的調子
不知道日落以後露水重時心情又怎樣
我描著雙眉

你去了酒坊

傷痕之歌

◇楊牧

你絕不曾設想你必須
住在那城裏
有些橋樑，有些亡魂的
敗衣和殘骸，啊磷火
一座蓄養著蜜蜂和花木的酒廠
而且我們重逢，哭泣於
迅速閃過的車影和豪雨
因爲那只是氣味和姿勢
某種奇異的滲和，透過塵埃的
鏡面　塵埃　鏡面　塵埃

將你在反射的悲哀裏焚燒，躍入
鮮花的手掌，踐踏。直到你自己
也像植物一般粉碎腐爛
你看到自己在溪流的懷鄉症裏解衣
解衣並且沉沒。飛散的意象
那不是魚鱗，不是毛髮，也不是伐到的年輪
一個黃昏的燦然，夜的虛假

如果用火想

◇夐虹

那麼，生命是一條走向無所等待的路
兩旁樹著奇妙的建築
有睜窗之複眼的時常流溢歡歌的巨廈
有憂鬱的小圓屋

那麼，沉入驚顫的白玉杯底
是往事之項珠裏兩顆奪目的紅瑩
三月與七月
設使儲夢的城座起火了，在雨中
我怔怔地站著
觀望一個人
如此狂猛地想著
另外一個人

黑色的聯想

◇夐虹

黃昏，是哭後的眼睛
望著我，以全燃的感情

而終於，可視及的
和不可視及的——
五千色火光齊滅
（你承受不起我的信仰）
黑了，林蔭道；黑了，寬闊的長橋
而指揮命運的魔手開始安排
（長針追蹤於短針後，勢必趕過）
安排——
暗夜中更暗的死亡，於七時一刻
我乃驚悟，黑色的鐘點過了
一切都不能恢復
你不用面西——悵悵地

瓶

◇敻虹

其上你無憂愁，汲水的瓷瓶
在案上如在古代，如在泠泠泉邊，
你無憂愁，你飲其中甘冽

又在深林，千萬片葉面欲滴著透明
散步過此，你用瓶汲引清液
詩一一形成
隨時傾注，樂聲不住地拍動薄翅
我在其中，我是白羽

案上列滿期待，一如岸上
你凌涉重重的時光前來
取走那瓶

水紋

◇敻虹

我忽然想起你
但不是劫後的你，萬花盡落的你

爲什麼人潮，如果有方向
都是朝著分散的方向
爲什麼萬燈謝盡，流光流不來你

稚傻的初日，如一株小草
而後綠綠的草原，移轉爲荒原
草木皆焚：你用萬把刹那的
情火

也許我只該用玻璃雕你

不該用深湛的凝想
也許你早該告訴我
無論何處，無殿堂，也無神像

忽然想起你，但不是此刻的你
已不星華燦發，已不錦繡
不在最美的夢中，最夢的美中

忽然想起
但傷感是微微的了，
如遠去的船
船邊的水紋……

一九七〇年代台灣詩選

一九七〇年代台灣新詩概論

一九七〇年代的台灣，不論是在內政或外交的處境，都遭逢著空前的巨變。從一九七一年退出聯合國後引起的斷交骨牌效應，使得中華民國在國際的生存空間日益狹窄。一九七五年蔣中正去世，翌年周恩來、毛澤東也相繼去世，緊接著一九七七年發生「中壢事件」，一九七九年又爆發「美麗島事件」。是以整個時空環境的瞬息萬變，不僅影響了政治、社會的穩定結構，也同樣牽動著一九七〇年代的台灣詩壇生態。

逐漸擺脫充塞於一九六〇年代的晦澀虛無，以及三大元老詩社的陰影籠罩，本土詩人與年輕一代創作者的投入、結社，展現其多樣的寫作風格，具體實踐他們的思想或作品，也形成一股迥異於前的急進勢力，並試圖以此重新架構一九七〇年代台灣詩壇的嶄新標的。

以創作族群言，賡續於一九五、六〇年代的大陸遷台詩人雖然仍占有詩壇的大部分版面，但年輕一代及本土詩人的新勢力，也正逐步地拓展版圖。其中，在一九六〇年中期創立的《笠》詩刊，不僅有現代派信徒的回歸，同時也有跨越語言障礙詩人的加盟，加上戰後成長世代的共襄盛舉，因此不論是在創作、譯介或評論的表現，以「笠」為核心的本土詩人群，顯露出空前的蓬勃朝氣，並不斷對一九六〇年代的虛無、晦澀等逃避作風提出嚴厲的批判，形成一九七〇年代的一股勁流。包括：巫永福、吳瀛濤、

詹冰、陳秀喜、陳千武、林亨泰、錦連、林宗源、趙天儀、非馬、白萩、李魁賢、岩上、杜國清、李敏勇、陳明台、鄭炯明、陳鴻森、郭成義等，都是《笠》的重要成員。

由年輕一代主導的新創詩刊，如：《龍族》、《主流》、《大地》、《後浪》、《詩人季刊》、《秋水》、《草根》、《大海洋》、《詩脈》、《匯流》、《掌門》、《陽光小集》等的紛紛面世，也各自實踐其堅持的信仰與路向。其中有偏重鄉土色彩情調，強調追求現實意識；有重視發展民族風格特色，提出「敲我們自己的鑼，打我們自己的鼓，舞我們自己的龍」的宣言；也有偏向學院風格，主張「在重新正視中國傳統文化以及現實生活中獲得必要的滋潤和再生」；當然也有標舉抒情基調，或是提倡海洋文學的組合。至於展現區域特色，或是重視發掘新人，乃至結合多媒體的種種嘗試，在在也都繽紛亮眼。代表作家如：黃勁連、羊子喬、德亮、林煥彰、辛牧、喬林、施善繼、陳芳明、蘇紹連、蕭蕭、王潤華、古添洪、淡瑩、陳慧樺、陳黎、翱翱、莫渝、陳義芝、廖莫白、羅青、詹澈、李男、張香華、林仙龍、沙白、向陽、苦苓、李昌憲、張雪映、劉克襄、林野等，也都如雨後春筍般地嶄露頭角。

是以就整體的面向與趨勢來看，一九七〇年代的台灣詩壇雖然仍以大陸遷台詩人為主幹，但是年輕族群與本土心聲的迴響卻也不容小覷。尤其在歷經西化詩潮的反覆衝激後，重覓民族傳統與本土文化的腳步也已明顯浮現。尤其在面對一九七〇年代前期，率先由關傑明、唐文標針對一九五〇年代以來台灣新詩本質內容的嚴厲批判，以及稍後接續一九七〇年代末期「鄉土文學論戰」的影響，在歷經反思挑戰的台灣新詩所展現的本土意義與現實價值，也同樣成為所有創作者所不得不正視的課題。

作為一個承先啟後的年代，不論是詩人、詩作，甚且是詩學理論的建立與探討，持續接納各種力量

不斷匯入，積極探索未知的新領域，確立多元互現的尊重態度，並拓展更寬廣的寫作視野，都是台灣新詩在一九七〇年代的進化過程中所努力奠定的基礎。

延伸閱讀

◆ 蕭蕭、張漢良編，1979。《現代詩導讀》（五冊），台北：故鄉出版社。

◆ 蕭蕭、陳寧貴、向陽編選，1981。《中國當代新詩大展（1970-1979）》（三冊），台北：德華。

◆ 向陽，1984。〈七十年代現代詩風潮試論〉，《文訊》第12期，頁47-76。

◆ 李豐楙，1996。〈七十年代新詩社的集團性格及其城鄉意識〉，收錄於《台灣現代詩史論》，台北：文訊雜誌，頁325-355。

◆ 蔡明諺，2002。〈龍族詩刊研究：兼論七〇年代台灣現代詩論戰〉，國立清華大學中國文學系碩士論文。

台灣

◇陳秀喜

形如搖籃的華麗島
是 母親的另一個
永恆的懷抱
傲骨的祖先們
正視著我們的腳步
搖籃曲的歌詞是
他們再三的叮嚀
稻 草
榕 樹
香 蕉
玉蘭花
飄逸著吸不盡的奶香

海峽的波浪衝來多高
颱風旋來多強烈
切勿忘記誠懇的叮嚀
只要我們的腳步整齊
搖籃是堅固的
搖籃是永恆的
誰不愛戀母親留給我們的搖籃

不必．不必

◇桓夫（陳千武）

不必讓給我位置
小姐 車子開得很快
我底終站馬上會到達
在這麼擁擠的人群裏
你怕我這個老頭兒

站不住腳嗎

不必，不必可憐我
雖然我的年紀這麼大
但年齡不是經過我努力獲得的
不做過什麼
也會自然這樣醜老
老並不值得令人尊敬的特權
不必優待我　不必
不必同情我的縐紋這麼多
我吃過歷史
吐出了好多固有道德
使臉上的縐紋越多越神氣
不過我知道　我是一個敗家子
連一篇新潮紅樓夢也未曾寫過
不必　不必捧我場

在這麼擁擠的人群裡
在這麼搖動的公共汽車裡
能夠站得住腳
我才感到安慰
誰也不必扶我下場
我底終站馬上會到達

瘤

◇向明

你是潛藏於體內的
欲除之而後快的
那一種瘤
是一種久年無法治癒的
絕症

除了灰飛煙滅

你絕不止過敏於花粉
夏秋間
一隻蟬脫蛻時的痙攣
你也痙攣

而且，你頑固如掌上的一枚繭
剝去一層
另一層
又已懷孕

我吸收天地之精華
你吸取我
我口含閃電
你發出雷鳴
我胸中藏火
你燃之成燈

最後，你無非是
要把我瘦成一張薄薄的紙
紙上的一些什麼
凡掃過的日月
競相含淚驚呼
這才是詩

白玉苦瓜

——故宮博物院所藏

◇余光中

似醒似睡，緩緩的柔光裡
似悠悠醒自千年的大寐
一隻瓜從從容容在成熟

一隻苦瓜，不再是澀苦
日磨月磋琢出深孕的清瑩
看莖鬚繚繞，葉掌撫抱
哪一年的豐收像一口要吸盡
古中國餵了又餵的乳漿
完美的圓膩啊酣然而飽
那觸覺，不斷向外膨脹
充滿每一粒酪白的葡萄
直到瓜尖，仍翹著當日的新鮮

茫茫九州只縮成一張輿圖
小時候不知道將它疊起
一任攤開那無窮無盡
碩大似記憶母親，她的胸脯
你便向那片肥沃匍匐
用蒂用根索她的恩液
苦心的悲慈苦苦哺出

不幸呢還是大幸這嬰孩
鍾整個大陸的愛在一隻苦瓜
皮靴踩過，馬蹄踩過
重噸戰車的履帶踩過
一絲傷痕也不曾留下

只留下隔玻璃這奇蹟難信
猶帶著后土依依的祝福
在時光以外奇異的光中
熟著，一個自足的宇宙
飽滿而不虞腐爛，一隻仙果
不產在仙山，產在人間
久朽了，你的前身，唉，久朽
爲你換胎的那手，那巧腕
千眄萬睞巧將你引渡
笑對靈魂在白玉裏流轉
一首歌，詠生命曾經是瓜而苦

被永恆引渡，成果而甘

邊界望鄉

◇洛夫

說著說著
我們就到了落馬洲

霧正升起，我們在茫然中勒馬四顧
手掌開始生汗
望遠鏡中擴大數十倍的鄉愁
亂如風中的散髮
當距離調整到令人心跳的程度
一座遠山迎面飛來
把我撞成了
嚴重的內傷

病了病了
病得像山坡上那叢凋殘的杜鵑
只剩下唯一的一朵
蹲在那塊「禁止越界」的告示牌後面
咯血。而這時
一隻白鷺從水田中驚起
飛越深圳
又猛然折了回來
而這時，鷓鴣以火發音
那冒煙的啼聲
一句句
穿透異地三月的春寒
我被燒得雙目盡赤，血脈賁張
你卻豎起外衣的領子，回頭問我
冷，還是

不冷？
驚蟄之後是春分
清明時節該不遠了
我居然也聽懂了廣東的鄉音
當雨水把莽莽大地
譯成青色的語言
喏！你說，福田村再過去就是水圍
故國的泥土，伸手可及
但我抓回來的仍是一掌冷霧

後記：民國六十八年三月中旬應邀訪港，十六日上午余光中兄親自開車陪我參觀落馬洲之邊界，當時輕霧氤氳，望遠鏡中的故國山河隱約可見，而耳邊正響起數十年未聞的鷓鴣啼叫，聲聲扣人心弦，所謂「近鄉情怯」，大概就是我當時的心境吧。

傘

◇蓉子

鳥翅初�櫫
幅幅相連　以蝙蝠弧形的雙翼
連成一個無懈可擊的圓
一把綠色小傘是一頂荷蓋
紅色朝暾　黑色晚雲
各種顏色的傘是載花的樹
而且能夠行走……
一柄頂天
頂著艷陽　頂著雨
頂著單純兒歌的透明音符
自在自適的小小世界

一傘在握　開闔自如
闔則為竿為杖　開則為花為亭
亭中藏一個寧靜的我。

趕路

◇錦連（陳金蓮）

今天又在陌生的小鎮下車
像隻狗
在彎曲了手臂和軀幹的街道
在喧嘩和錯雜的城鎮裏
踉蹌地到處打轉
數不清的晚霞和晨曦重疊的歲月裏
我曾經到過

因炎暑而疲乏地打盹著的古鎮
在流雲下吹著口哨的小村子
剛睡醒而有點坐立不安的農莊
有的山城害病似的軟棉棉地躺臥著
有的部落趴在山峽底下像隻螃蟹

每過一站　我記得……
那莫名其妙的寂寥又來把我搖撼

我緊緊地感觸到
生命被不可抗拒的哀愁的風圈
緩慢而確實地逼向死亡
我又能期望碰到新奇的可親的溫暖的一些什麼？

我祇得把驛站的塵埃和臭氣吸上體液裏
打寒著向陌生的下一個城鎮趕路
蹌踉地像隻狗

窗

◇羅門

猛力一推　雙手如流
總是千山萬水
總是回不來的眼睛

遙望裏
你被望成千翼之鳥
棄天空而去　你已不在翅膀上
聆聽裏
你被聽成千孔之笛
音道深如望向往昔的凝目

猛力一推　竟被反鎖在走不出去
的透明裏

五官素描

◇商禽

嘴

說什麼好呢

唯
吃是第一義的
歌
偶爾也唱
也曾吻過
不少的
啊——酒瓶

眉

祇有翅翼

而無身軀的鳥
在哭和笑之間
不斷飛翔

鼻

沒有碑碣
雙穴的
墓
梁山伯和祝英台
就葬在這裏

眼

一對相戀的魚
尾巴要在四十歲以後才出現

中間隔著一道鼻樑
（有如我和我的家人
中間隔著一條海峽）
這一輩子怕是無法相見的了
偶爾
也會混在一起
祇是在夢中他們的淚

耳

如果沒有雙手來幫忙
這實在是一種無可奈何的存在
然則請說吧
咒罵或者讚揚
若是有人放屁
臭

是鼻子的事

無調之歌

◇張默

月在樹梢漏下點點煙火
點點煙火漏下細草的兩岸
細草的兩岸漏下浮雕的雲層
浮雕的雲層漏下未被甦醒的大地
未被甦醒的大地漏下一幅未完成的潑墨
一幅未完成的潑墨漏下
　　急速地漏下
空虛而沒有腳的地平線
我是千萬遍千萬遍唱不盡的陽關

順興茶館所見

◇辛鬱

坐落在中華路一側
這茶館的三十個座位
一個挨一個
不知道寂寞何物

而他是知道的

準十點他來報到
坐在靠邊的硬木椅上
濃濃的龍井一杯
卻難解昨夜酒意
醬油瓜子落花生

外加長壽兩包
——他是知道的
這就是他的一切

不 尚有那少年豪情
溢出在霜壓風欺的臉上
偶或橫眉爲劍
一聲厲叱 招來些落塵

他是知道的 寂寞是
時過午夜
這茶館的三十個座位
一個挨一個……

醉漢

◇非馬

把短短的直巷
走成一條
曲折
迴盪的
萬里愁腸

左一腳
十年
右一腳
十年
母親啊
我正努力
向您

走
來

椅子

◇梅新

蹲在光禿禿的樹上
弓著猴身
無可奈何的望著遠方
高山已出現雪景
身後的枯枝
藉風力
不停地敲他的背
他覺得焦痛
常咬緊牙
馬戲團裏的猴子

生活在
具人工設計之妙
爬了半輩子
仍不見其開花結果的樹上
同事
通叫它爲椅子
也有人翻過來
叫椅子爲猴樹

悲歌爲林義雄作

◇楊牧

遠望可以當歸

——漢樂府

1

逝去的不祇是母親和女兒
大地祥和，歲月的承諾
眼淚深深湧溢三代不冷的血
在一個猜疑暗淡的中午
告別了愛，慈善，和期待

逝去，逝去的是人和野獸
光明和黑暗，紀律和小刀
協調和爆破間可憐的
差距。風雨在宜蘭外海嚎啕
掃過我們淺淺的夢和毅力

逝去的是夢，不是毅力
在風雨驚濤中沖激翻騰
不能面對飛揚的愚昧狂妄
和殘酷，乃省視惶惶扭曲的
街市，掩面飲泣的鄉土

逝去，逝去的是年代的脈絡
稀薄微亡，割裂，綳斷
童年如民歌一般拋棄在地上

上一代太苦，下一代不能
比這一代比這一代更苦更苦

2

大雨在宜蘭海外嚎啕
日光稀薄斜照顫抖的丘陵

北風在山谷中嗚咽，知識的
磐石粉碎冷澗，文字和語言
同樣脆弱。我們默默祈求
請子夜的寒星拭乾眼淚
搭建一座堅固的橋樑，讓
憂慮的母親和害怕的女兒
離開城市和塵埃，接引
她們（母親和女兒）回歸
多水澤和稻米的平原故鄉
回歸多水澤和稻米的故鄉
回歸平原，保護她們永遠的
多水澤和稻米的平原故鄉
回歸多水澤和稻米的
回歸她們永遠的
平原故鄉。

夢

◇夐虹

不敢入詩的
來入夢

夢是一條絲
穿梭那
不可能的
相逢

出塞曲

◇席慕蓉

請為我唱一首出塞曲

用那遺忘了的古老言語
請用美麗的顫音輕輕呼喚
我心中的大好河山

那只有長城外才有的清香
誰說出塞歌的調子都太悲涼
如果你不愛聽
那是因爲歌中沒有你的渴望

而我們總是要一唱再唱
想著草原千里閃著金光
想著風沙呼嘯過大漠
想著黃河岸啊　陰山旁
英雄騎馬呀　騎馬歸故鄉

楚霸王

◇淡瑩

他是黑夜中
陡然迸發起來的
一團天火
從江東熊熊焚燒到阿房宮
最後自火中提煉出
一個霸氣磅礴的
名字
錯就錯在那杯溫酒
沒有把鴻門燃成
一冊楚國史
卻讓隱形的蛟龍
銜著江山

遁入山間莽草
他手上捧著的
只是一雙致命的白璧

據說
有蛟龍必有雲雨
被圍三匝
大風忽起
鴻溝以西以東
都是雲都是雨

他被雷聲風聲雨聲
追趕至垓下
糧絕
兵盡
狂飆折斷纛旗
烏騅赫然咆哮

時不利兮可奈何

「田園將蕪胡不歸
千里從軍為了誰」
是誰的歌聲
捲起滾滾黃沙
他辨不出
那方有太陽
那方有雨水

行至烏江
他的臉
如初秋之花
一片一片墜下
江上的粼光
是數不盡的鏡台

此岸
敵軍高舉千金萬邑的榜告
他那顆漆黑的頭顱
沒有比這時
更閃爍
更扎眼

彼岸
婦孺啼喚八千子弟的魂魄
縱使父老願再稱他一聲
西　楚　霸　王
他的容貌
已零落成黃昏

烏江悠悠
東渡
無船載得動昨日的霸氣

身後
天兵的旌旗捲起風跟雲
他把寶劍舞成數百道
人鬼隔絕的路
倏地張大嘴
一口咬住那股寒鋒
三十一歲的鮮血
直沖青天
終於跌入逆流

大江東去
他的頭顱跟肢體
價值千金萬邑
及五個詰封
浪淘盡千古風流人物
他的血在烏江嗚咽

土

◇吳晟

赤膊，無關乎瀟灑
赤足，無關乎詩意
至於揮汗吟哦自己的吟哦
詠嘆自己的詠嘆
無關乎閒愁逸致，更無關乎
走進不走進歷史

一行一行笨拙的足印
沿著寬厚的田畝，也沿著祖先
滴不盡的汗漬
寫上誠誠懇懇的土地
不爭、不吵，沉默的等待

如果開一些花、結一些果
那是獻上怎樣的感激
如果冷冷漠漠的病蟲害
或是狂暴的風雨
蝕盡所有辛辛苦苦寫上去的足印
不悲、不怨，繼續走下去

不掛刀、不佩劍
也不談經論道說賢話聖
安安分分握鋤荷犁的行程
有一天，被迫停下來
也願躺成一大片
寬厚的土地

失業

◇沙穗（黃志廣）

當太陽升起的時候
母親我便在您眼中
跟著升起　但我既非日月
也非星辰　我只是您眼中升起
的一顆淚

在濕冷的車廂裏
只有母親塞在我夾克中的
一枚烙餅是熱的　也只有
這枚烙餅睡得著
我是山線
還是海線？

太陽由可口可樂的
瓶中爬出來
早安　陌生的太陽
陌生的車站陌生的噴水池
以及陌生的我

陌生的我卻對饑餓很熟悉
因爲在烙餅之後
它一直伴著我
且對我很親切
我能夠去哪裏？
去問聯合報和中國時報
車床平車拷克還是ＡＥ？
沒有背景的露背裝
在櫥窗之外
我把饑餓摟得很緊

在西門町總得有樣東西摟著
才不像南部來的
即使摟自己影子

經過請大家告訴大家
我走累了饑餓也累了
但大家知道嗎？
生生皮鞋一千種樣子
沒有一種樣子像我

因為我不流行
但我是流動的
太陽由可口可樂瓶中爬出來
我卻想爬進去　爬進去
要花十二塊錢
入夜之後

台北沒有我　但我確實
是在台北　這很虛無
自從想起母親的那枚烙餅
我便發現我既非日月
也非星辰　我只是
一顆淚
華燈初上
我必定會回到母親的眼裏

隱形記

◇羅青

我站在這裏看你，你不看我
我站在那裏看你，你不看我
我耐心站在所有的角度所有的空間

看你──你都不看我

只有你才能看得到我，而你不看
你不看我，是因爲所有的人都看不到我
所有的人都看不到我，是因爲
你不看我

你不看我，我就不存在
我不存在，哼！那你也就別想存在
你我都不存在了，嘿嘿，那所有的人也……
無法存在

可是，可是即使一切的一切
都瀕臨不存在的危險
你還是不在不乎的不看我
不看看我

於是，我只好乖乖的站在這裏站在那裏
站在一切的內裏，看你看你
我只好把你看成一切，把一切都看成你
我只好把你和一切都看成，我自己

獸

◇蘇紹連

我在暗綠的黑板上寫了一隻字「獸」，加上注音「ㄕㄡˋ」，轉身面向全班的小學生，開始教這個字。教了一整個上午，費盡心血，他們仍然不懂，只是一直瞪著我，我苦惱極了。背後的黑板是暗綠色的叢林，白白的粉筆字「獸」蹲伏在黑板上，向我咆哮，我拿起板擦，欲將牠擦掉，牠卻奔入叢林裏，我追進去，四處奔尋，一直到白白的粉筆屑落滿了講

台上。

我從黑板裏奔出來，站在講台上，衣服被獸爪撕破，指甲裏有血跡，耳朵裏有蟲聲，低頭一看，令我不能置信，我竟變成四隻腳而全身生毛的脊椎動物，我吼著：「這就是獸！這就是獸！」小學生們都嚇哭了。

畫荷

◇馮青

最先揣測我來意的
是早蟬
隔著窗玻璃只不過是一層更深的焦慮
飛禽撲翅中
驚醒了荷葉上那滴水珠

我的來意
即是風的來意

輕雷犁過花叢
雨聲盈然在耳
滿池的掌聲
爲一場即興的舞姿詮釋
小小的足尖只是序曲

縱然隔了一層霧
也沒有什麼好悲哀的
去夏就已伸出去的手
於今竟是很恬淡的觸摸了
讓笛聲去分割佈展池中的月色
也許是最美的那面，即是
最淺最淺的哀愁

花事

◇羊子喬

打開天窗
陽光的手伸進來
撞擊著孤寂的心
驚起一陣雲裂聲響
曾經睡過的床
萎縮成一個女人的裸體
不停著讀著
讀著
昨夜擁有的草原

冷然的大海
逼著我的雙眼投向起錨的船
漸漸從空氣的舒展中站起
一株淌血的薔薇
熟悉蛺蝶的語言
抒情的風
告知我
多少大地的思想
隨著戰歌逸去
我曾在夜裏遼闊中
測度自己的方位

停電

◇李男

停電以前，我們圍坐在小小客廳
等待電視連續劇開始
停電以前，所有的人，散坐

在世界每個角落，等待；
有的生命，結束，有的
開始，這一切靜靜，在連續劇
尚未連續，在停電以前

母親，像您離開一樣
我們也不能阻止停電
在忽然暗了的屋子裏
我在想，是不是整個世界
都暗了下去，是不是，母親
您去的地方同樣黑暗

五歲以前，星星在夜空
像我不甚解事的眼睛在您懷內
母親，我記起那時的夜風
清涼，圍著庭院圍坐的我們。
甚至停電以後，母親，我在暗中
猶似仍在您溫暖的胸懷，望著
父親坐的方向，一支煙頭
孤單，明滅。

土壤改良與文學研究

——寫給父親

◇渡也

您關心土壤的健康
我與中國文學為伍
您日日製造土壤營養劑
把它們推銷給農友
為了臺灣土壤逐漸瘦弱多病
植物不能快樂地生長
我夜夜撰寫評論
將中國文學介紹給讀者

爲了中國文學逐漸暗淡無光
歷代文學家無法榮耀地生存於世
這樣偉大的事業
您苦心經營了八年
我支撐了五年
我們多年流淌的血汗已成江河
臺灣的土壤知不知道
中國的文人明不明白呢
我們選擇的方向迴異
甚至經濟情況也不一致
您賣營養劑賺錢足夠供我唸研究所
我微薄的稿費無力讓您安享晚年
這是自然科學和人文科學的差別嘛
而唯一相同的是
我們的事業
已令我們嚐到撲面而來的
寂寞和寒涼
所以每逢夜晚
一位年老的土壤改良者
一個年輕的文學研究者
坐在一張寬廣無比的餐桌兩邊
您始終不明白我的文學研究
正如我一直不了解您的土壤改良
我們只好在黯淡的燈下
相視而笑

雨落在全世界的屋頂

◇陳家帶

春天自黑暗開始流動的時候，
我聽見雨落在全世界的屋頂，

聽見雨落在全世界的我
清醒得像京城裡最高的那片飛簷，
漏下一些些光，一點點時間……

雨落在草蓬木樑上，
雨落在土磚石瓦上，
雨落在鋼筋水泥上，
我聽見龐雜的雨聲中透露一絲純粹，
我看見混亂的雨光中隱浮一線秩序。

我知道雨是潔淨澄明的
反射出所有顏彩的心情；
我知道雨是空虛徬徨的
指向一切冗長沉悶的遊戲。

雨落在小女孩的書包上，
雨落在中年男子的傘上，
雨落在灰衣老婦的頭髮上，
我聽見輕快的雨聲中載負幾分重量，
我看見華美的雨光中含帶幾抹淒涼。

我知道雨是孤獨削瘦的
被天體分割被地磁引誘；
我知道雨是靜默神秘的
被全世界發光的事物歡呼著。

春天使得黑暗也開始流動的時候，
我看見全世界的雨落在同一個屋頂上，
看見全世界的雨落著的我
清醒得像黃河河床最古老的那塊石頭，
流下一點點眼淚，一些些愛……

小丑畢費的戀歌

◇陳黎

僅僅因爲半個世界的悲哀都枕在鼻樑
小丑畢費一夜不能睡。他笑
路燈一樣盡責的發光
再沒有更笨拙的機械了，他把一隻鐵槌掛在胸
　前
警戒，警戒著時間
彷彿手比腳更應該是小兒痲痺的指針
我們正直的畢費他不知道饑餓
節衣縮食，爲包廂裏諸多愛他的仕女保持苗條
　的身段
他的帽子是掉了漆的一隻風信雞
日夜不停地追逐夢的頭皮屑
他的睫毛是鵜鶘的私生子

他的嘆息是烏鴉的表姊妹
但多驕傲啊，那印滿唇膏的脖子
比一隻長頸鹿更優雅地堅持它的纖細
僅僅因爲半個世界的快樂都枕在鼻樑
小丑畢費一夜不能睡
他笑，他笑，在檸檬一般酸黃的眼睛後面
那是爲了小小的愛的眼藥水
他必須哭泣，必須假裝傷心的哭泣
再見不到更誠實的魔術了
他把彎彎曲曲的玻璃棒貼在耳邊
讓惡毒的詛咒變做葡萄汁流進嘴裏
但原諒他逐漸加快的心跳
怯弱的畢費至多只是一半的大走索者
面對歪歪斜斜的電氣吉他顫抖顫抖地舞蹈
啊，那是當仕女們跟星星都失戀的時候
小丑畢費讀著月光

學一只斷了發條的桔子，無言歌唱

僅僅因爲半個世界的優越都枕在鼻樑

小丑畢費一夜不能睡
他哭，他笑，在顛倒的化妝鏡中
那是爲了仕女們明亮的心情
他小心地修飾，辛苦地摩擦
像對待一雙破了又破的皮鞋般擦亮他的機智
而塵埃偷偷住進他的髮間
慾望的皺紋像一隻大蜘蛛爬在他嬰兒的臉上
……
啊，小丑畢費沒有面具
小丑畢費沒有戀母情結
他必須憤怒，必須嫉妒
必須像湮沒的英雄把情詩寫在每一張順手見棄
的廣告單上
在偉大的清晨——
跟著全城的盲腸一起走進陽光的印刷場

煙

◇楊澤

請讀我——請努力讀我
我是沒有手紋的一隻掌
我是沒有五官的一張臉
我是沒有刻度沒有針臂的一座鐘
請讀我——請努力努力讀我
我是沒有銘辭沒有年月的一方
一方倒下的碑
請讀我——請努力讀我
非掌非臉非鐘非碑的
我是縮影八〇〇億倍的一個

小寫的瘦瘦的i
請讀我——請努力努力讀我
我是生命，我是愛，我是不滅的
靈魂，焚屍爐中熊熊升起的一片
一片獨語的煙

搬布袋戲的姊夫

◇向陽

彼一日，阿姊倒轉來
帶醃腸水果，帶眞濟
好耍的物件，阮最合意的
是姊夫愛弄的，一仙布袋戲尫仔
有一年，庄裡天公生
公厝的曝粟仔場，掌中劇團
做戲拜天公，阮最愛看的彼仙
爲江湖正義走縱的，布袋戲尫仔
姊夫就是掌中劇團
搬布袋戲尫的頭師，彼一年
姊夫的劇團來庄裏公演
鑼鼓聲中，西北派打倒東南派
阿姊彼時猶是
十七八歲的姑娘，有一日
走去劇團找弄戲的頭師
嬌聲柔語，東南派拍贏西北派
愛看布袋戲的阮，只不過
知也東南派是正人君子，只不過
知也西北派是妖魔鬼怪，阮未暸解
東南派哪著一定打贏西北派

時常纏著阿姊的阮，猜想
軟心腸的阿姊就是東南派，猜想
弄戲尪的頭師就是西北派，阮想未到
東南派哪會和西北派講和

彼一年，頭師變姊夫
阿姊轉來的時陣帶了眞濟戲尪仔
阮問阿姊：東南派有贏西北派否
阿姊笑一下，目屎忽然滾落來

有一工，阿母帶阮
去姊夫伊厝看阿姊，說是兩人冤家
阮問阿母：東南派是不是輸給西北派
阿母笑一下，目屎續也滾落來

看到姊夫，姊夫轉頭做伊去
阮罵西北派妖魔鬼怪無良心
看到阿姊，阿姊俯頭不講話
阮笑東南派正人君子欠勇氣

想未到姊夫和阿姊忽然好起來
眞奇怪冤家到尾竟然變親家
阿母歡喜的搓阮的頭，講阮就是
彼仙，為江湖正義走縱的布袋戲尪仔

一支蠟燭在自己的光焰裏睡著了

◇羅智成

一支蠟燭在自己的光焰裏睡著了。
寶寶，讓我們輕輕走下樓梯。
把睡前踢翻的世界收拾好

妳還留在地毯上的小小的生氣
把它帶回暖暖的被窩里融化。

一支蠟燭在自己的光焰裏睡著了。
時間的搖籃輕輕地擺
死亡輕輕地呼吸
我們偷偷繞過它
寶寶，緊緊懷著我們向永恆求救的密件。

讓我們到沙灘上放風箏！
從流星在夜幕所突破的缺口
探聽星星們的作息
讓我們到妳髮上去滑雪
一切，請不要驚動了我們的文明。

一支蠟燭睡著了，像奇妙的毛筆，夢囈般朝空
中畫著。

讓我們在打烊前到麵包店
購買明晨的早點
如果妳願意，稍後
我們將行竊地球底航圖

一支蠟燭在自己的光焰裏睡熟了
寶寶，用妳優美嘴型吹滅它。
我們豢養於體內的死亡一天天長大
他們隔著我們的愛情
彼此說些什麼？寶寶
但妳又美麗又困倦，睡前
那些情懷，妳歪歪斜斜地排置妝桌上。

日日春

◇路寒袖

然而春天已經遠去
妳們還以資生堂的胭脂
將自己畫成濃艷的
鳥類，在多彩且黯淡的燈光下
歡唱，妳們啊，分不清
四季與日夜的
塑膠花，插在小巷內
廉價的兜售

薄薄的衣衫，掩飾不了
粗暴的喘息
屬於床笫的事件，仰望中
天花板是唯一的天空

一陣寒顫之前，猶惦念著
僻遠的鄉居
即使親植的牡丹
也忘卻了蜂蝶停泊的次數

然而春天已經遠去
種子也都亡故
讓多難的花葉早謝
落向一片汗滴的田園

一九八〇年代
台灣詩選

一九八〇年代台灣新詩概論

由於政治的日趨鬆綁，社會愈益朝多元化發展，一九八〇年代的台灣詩壇有了一番與之前一九七〇年代不同的嶄新的氣象。按照向陽的分析，在這個階段，新詩的發展可分爲底下三個時期：一是一九八〇年至一九八四年的「承襲期」；二是一九八四年至一九八七年的「分歧期」；三是一九八七年迄於一九九〇年的「消頽期」。

「承襲期」其實是林燿德的說法，集「三千寵愛在一身」的《陽光小集》（詩刊／詩社）爲此一階段詩壇的主力，它主要承襲了一九七〇年代介入現實以及強調傳統與本土的詩潮，顯示「戰後世代詩人群爭取詩壇權力的主體性企圖」（向陽語），它與當時另一份強調本土文學創作的《台灣文藝》共同推動政治詩（如苦苓的〈反對者〉），標誌了此一時期最具特色的詩壇主流。標榜本土性的笠詩社的角色也因而日顯重要。

「分歧期」起於一九八四年《陽》刊的結束，以及具實驗與前衛精神的《四度空間》的出現、《草根》的復刊；而其於詩史演變中最値得一提的是，一爲所謂「第四代詩人」（林燿德的提法）的崛起，以及都市詩的提倡，而這兩者則合而促成後現代詩的勃興，這之間出現的包括特色不盡相同的錄影詩（如羅青的〈野渡無人舟自横〉等）、科幻詩、視覺詩、環境詩（生態詩）、語言詩……，或多或少都

可以籠統地歸入後現代這一主流詩潮。

由一九八七年政治解嚴肇始的「消頽期」，前此處於邊陲地位的台語詩（之前稱爲方言詩），依向陽所信，至此似有一長足的發展，而這當然和彼時解嚴所帶來的衝擊不無關係，「台灣人」身分的認同愈來愈成爲重要的議題（如苦苓的〈語言糾紛〉、劉克襄的〈福爾摩莎〉等詩）。此外，由於大衆傳媒帶動強勢的大衆文化，造成消費經濟抬頭，所謂的輕薄文學風跟著流行，「席慕蓉現象」的出現，在詩壇成了一個爭議性的話題。孟樊即憂心忡忡地指出，詩和多媒體結合之後，其可貴的文字魔力將從此日漸隱去它的光彩，遂有「現代詩瀕臨死亡」的說法，引發爭論。

論者咸認爲，多元化乃一九八〇年代台灣詩潮的主流，惟進一步細究，在這股多元化主潮之下，如同廖咸浩所說，隱隱有兩條最突出的創作路線，厥爲本土詩與後現代詩。

其中本土詩（如馮青的〈港邊惜別〉、劉克襄的〈知識份子〉等）則上接一九七〇年代對於傳統文化的回歸精神（如余光中的〈秦俑〉、洛夫的〈雨中過辛亥隧道〉、張默的〈三十三間堂〉、陳義芝的〈蒹葭〉、羅智成的〈李賀〉與〈莊子〉等），下啓強調在地文化的台語詩的反撥行動（如杜十三的〈汝有聽著地球崩落去兮聲無〉、向陽的〈在公佈欄下腳〉等），而發皇爲政治詩的盛行（如李魁賢的〈獨立憲章〉、陳芳明的〈城市〉、李敏勇的〈從有鐵柵的窗〉、林燿德的〈交通問題〉等）。

至於後現代詩（如羅青的〈一封關於訣別的訣別書〉與〈多次觀滄海之後再觀滄海〉、黃智溶的〈電腦詩〉、夏宇的〈歹徒丙〉、鴻鴻的〈超然幻覺的總說明〉等），作爲一支新起的「超前衛」詩潮的大傘，如前所述，涵納了若干互有歧異的支流，譬如錄影詩、電腦詩（如林群盛的〈沉默〉）、語言

詩（如林燿德的〈五〇年代〉）……，其中最具代表性的厥為以羅門（〈都市　此刻坐在教堂裏做禮拜〉）和林燿德為首的「都市詩派」。

其實眞正的多元化創作路線，應該才是繼起的一九九〇年代世紀末的特色，相形之下，一九八〇年代整個年代都屬過渡期；其中被稱為分水嶺的一九八七解嚴年，亦未眞正起著標誌化的作用，蓋具象徵意味的政治詩、台語詩早在此之前幾年即已出現；反倒是隨著政治解嚴而來的開放大陸探親風潮，引發舊世代詩人的返鄉詩、鄉愁詩創作熱頭，值得附記一筆。至於詩社的日趨沒落一直跨越到一九九〇年代以後，則是下一波詩壇的大事了。

延伸閱讀

◆向陽，〈八〇年代台灣現代詩風潮試論〉，網址：http://home.kimo.com.tw/chiyang_lin/tailit1.htm。

◆林燿德，1988。〈不安海域：八〇年代前葉現代詩風潮試論〉，《不安海域》，台北：師大書苑。

◆林燿德，1996。〈八〇年代現代詩世代交替現象〉，文訊雜誌社編，《台灣現代詩史論》，台北：文訊雜誌社。

◆孟樊，1994。《台灣文學輕批評》，台北：揚智文化。

◆張錯，1996。〈抒情繼承：八十年代詩歌的延續與丕變〉，文訊雜誌社編，《台灣現代詩史論》，台北：文訊雜誌社。

◆楊文雄，1996。〈風雨中的一線陽光：試論《陽光小集》在七、八〇年代詩壇的意義〉，文訊雜誌社編，《台灣現代詩史論》，台北：文訊雜誌社。

◆廖咸浩，1996。〈離散與聚焦之間：八十年代後現代詩與本土詩〉，文訊雜誌社編，《台灣現代詩史論》，台北：文訊雜誌社。

◆羅青，1986。〈總序．後現代狀況出現了〉，四度空間五人集，《日出金色》，台北：文鏡。

秦俑

——臨潼出土戰士陶俑

◇余光中

鎧甲未解，雙手猶緊緊地握住
我看不見弓箭或長矛
如果鉦鼓突然間敲起
你會立刻轉身嗎，立刻
向兩千年前的沙場奔去
去加入一行行一列列的同袍？
如果你突然睜眼，威稜閃動
鬍髭翹著驍悍與不馴
吃驚的觀眾該如何走避？
幸好，你仍是緊閉著雙眼，似乎
已慣於長年陰間的幽暗
乍一下子怎能就曝光？

如果你突然開口，濃厚的秦腔
又兼古調，誰能夠聽得清楚？
隔了悠悠這時光的河岸
不知有漢，更無論後來
你說你的咸陽嗎，我呢說我的西安
事變，誰能說得清長安的棋局？
而無論你的箭怎樣強勁
再也射不進桃花源了
問今是何世嗎，我不能瞞你
始皇的帝國，車同軌，書同文
威武的黑旗從長城飄揚到交趾
只傳到二世，便留下了你，戰士
留下滿坑滿谷的陶俑
嚴整的紀律，浩蕩六千兵騎
　豈曰無衣
　　與子同袍
　　　王于興師

修我戈矛
慷慨的歌聲裏，追隨著祖龍
統統都入了地下，不料才三年
外面不再是姓嬴的天下
不再姓嬴，從此我們卻姓秦
秦哪秦哪，番邦叫我們
秦哪秦哪，黃河清過了幾次？
秦哪秦哪，哈雷回頭了幾回？
黑闃闃禁閉了兩千年後
約好了，你們在各地出土
在博物館中重整隊伍
眉目栩栩，肅靜無嘩的神情
爲一個失蹤的帝國作證
而喧嚷的觀衆啊，我們
一轉眼也都會轉入地下
要等到那年那月啊才出土？
啊不能，我們是血肉之身
轉眼就朽去，像你們陪葬的貴人
只留下不朽的你們，六千兵馬
潼關已陷，唉，咸陽不守
阿房宮的火災誰來搶救？ 只留下
再也回不去了的你們，成了
隔代的人質，永遠的俘虜
三緘其口豈止十二尊金人？
始作俑者誰說無後呢，你們正是
最尊貴的後人，不跟始皇帝遁入過去
卻跟徐福的六千男女
奉派向未來探討長生

雨中過辛亥隧道

◇洛夫

入洞

出洞
這頭曾是切膚的寒風
那頭又遇徹骨的冷雨
而中間梗塞著
一小截尷尬的黑暗
辛亥那年
一排子彈穿胸而過的黑暗
轟轟
烈烈
車行五十秒
埋葬五十秒
我們未死
而先埋
又以光的速度復活
入洞，出洞
我們是一群魚嬰被逼出
時間的子宮

終站不是龍門
便是鼎鑊
我們是千堆浪濤中
一海一湖一瓢一掬中的一小滴
隨波　逐
一種叫不出名字的流
浮亦無奈
沉更無奈
倘若這是江南的運河該多好
可以從兩岸
聽到淘米洗衣刷馬桶的水聲
而我們卻倉皇如風
竟不能
在此停船暫相問，因爲
因爲這是隧道
通往辛亥那一年的隧道
玻璃窗外，冷風如割

如革命黨人懷中鋒芒猶在的利刃
那一年
酒酣之後
留下一封絕命書之後
他們揚著臉走進歷史
就再也沒有出來
那一年
海棠從厚厚的覆雪中
掙扎出一匹帶血的新葉
車過辛亥隧道
轟轟
烈烈
埋葬五十秒
也算是一種死法
烈士們先埋
而未死

也算是一種活法
入洞
僅僅五十秒
我們已穿過一小截黑色的永恆
留在身後的是
血水滲透最後一頁戰史的
滴答
出洞是六張犁的
切膚而又徹骨的風雨
而且左邊是市立殯儀館
右邊是亂葬岡
再過去
就是清明節

都市　此刻坐在教堂作禮拜

◇羅門

被齒輪絞痛的都市
被速度射傷的都市
被交通亂了腳步的都市
被圓環轉昏了頭的都市
被櫥窗看花了眼的都市
被股票抬上抬下的都市
被咖啡杯酒杯倒進倒出的都市
被卡拉OK叫破喉嚨的都市
被休閒中心閒得更累的都市
被刀槍直指胸口的都市
被警車緊追不放的都市
被救護車開進急診室的都市
被垃圾車一路送行的都市

此刻，低著頭
靜坐在教堂裏
坐成一排排焦慮
一排排疲累
一排排空虛
一排排寂寞
一排排懺悔
一排排讚頌
一排排寧靜
一排排等待
等從天堂開來的車
　開往天堂
都市去不了
只好又坐上橫衝直撞的車輛
　經塞車的十字街口
　運鈔的銀行街
傾銷各種乳罩與睡衣的博愛路

步上懸空的天橋
　天堂在橋下

三十三間堂

◇張默

話說
第一間
堆滿了語言的白雲
第二間
蠹魚懶散地在啃發霉的史記
第三間
隱隱約約，撞見杜工部的嘆息聲
第四間
老祖父在打噴嚏
第五間

第六間
第七間
它們面面相覷，橫七豎八的
依偎在一起，你猜
怎麼著，實則它們什麼也沒做
第八間
有花香緩緩走過
第九間
一蓬頭垢面的浪人在發無名的脾氣
第十間
米芾、黃庭堅、張瑞圖，相互悠悠地筆舞
第十一間
我的童年荒蕪了
我的書齋不見了
第十二間
我的田園失蹤了
第十三間

第十四間
第十五間
第十六間
你問它，幹啥
它們統統統統「莫宰羊」
第十七間
衆海濤一湧而上
第十八間
撫孤零零的巨松而盤桓
第十九間
陶老頭，一個人不言不語，喝悶酒
第二十間
一排彈珠箭簇一般地飛過來飛過來
第二十一間，第二十二間，第二十三間，第
　二十四間
第二十五間，第二十六間，第二十七間，第
　二十八間

第二十九間，第三十間，第三十一間
第三十二間
（黃河，長江，青海，八達嶺，塔克拉馬
干，大雁塔，岳陽樓，滄浪亭，杜甫草
堂，樂山大佛……
它們全然東倒西歪地黏在一塊，說長道
短，但
是都不敢問
今年是何年，今夕是何夕？）
民國，二十年代，五十年代，八十年代
還有一些糾纏不清的聊齋
它們，俱黯然神傷
永遠，不會再回頭了
話說
第三十三間
直挺挺地站在那裏，一動也不動

像一尊怒目蹙眉的巨獅
對著煙塵滾滾川流不息的
現代　　突然放聲大哭

附記：拙詩〈三十三間堂〉，係作者某一時刻所感受到的十分獨立奇拔的風景，它與座落在日本京都國立博物館斜對面的「三十三間堂」，毫無關涉也。

獨立憲章

◇李魁賢

走過春日的杜鵑花叢
滿園鮮血在吶喊燦爛的遠景
不忍見前驅者早已離枝棄身泥土

走過微風拂面的湖畔
雪花般純潔的花絮盡情飛舞
終究力盡而投入無奈的水中

然而　我們用無比堅持的愛
隨著花瓣的獻身
努力塑造春色芬芳的鄉土大地

儘管你的影像飄忽
像花蝴蝶穿梭於板蕩衆生
我的心弦不時跟隨你的旋律在起伏

心中有愛就不會悵惘
溫暖會以電磁波的同樣頻率
傳達思念的天久地長

在我宣告屬於你的時候
那就是我的獨立憲章
你我自己承認才是一切的保障

有人問我公理和正義的問題

◇楊牧

有人問我公理和正義的問題
寫在一封縝密工整的信上，從
外縣市一小鎮寄出，署了
眞實姓名和身分證號碼
年齡（窗外在下雨，點滴芭蕉葉
和圍牆上的碎玻璃），籍貫，職業
（院子裏堆積許多枯樹枝
一隻黑鳥在撲翅）。他顯然歷經
苦思不得答案，關於這麼重要的
一個問題。他是善於思維的，
文字也簡潔有力，結構圓融
書法得體（烏雲向遠天飛）
晨昏練過玄祕塔大字，在小學時代
家住漁港後街擁擠的眷村裏
大半時間和母親在一起；他羞澀
敏感，學了一口台灣國語沒關係
常常登高瞭望海上的船隻
看白雲，就這樣把皮膚晒黑了
單薄的胸膛裏栽培著小小
孤獨的心，他這樣懇切寫道：
早熟脆弱如一顆二十世紀梨

有人問我公理和正義的問題
對著一壺苦茶，我設法去理解
如何以抽象的觀念分化他那許多鑿鑿的
證據，也許我應該先否定他的出發點

攻擊他的心態，批評他收集資料
的方法錯誤，以反證削弱其語氣
指他所陳一切這一切無非偏見
不值得有識之士的反駁。我聽到
窗外的雨聲愈來愈急
水勢從屋頂匆匆瀉下，灌滿房子周圍的
陽溝。唉到底甚麼是二十世紀梨呀——
他們在海島的高山地帶尋到
相當於華北平原的氣候了，肥沃豐隆的
處女地，乃迂迴引進一種鄉愁慰藉的
種子埋下，發芽，長高
開花結成這果，這名不見經傳的水果
可憐憫的形狀，色澤，和氣味
營養價值不明，除了
維他命C，甚至完全不象徵甚麼
除了一顆猶豫的屬於他自己的心

有人問我公理和正義的問題
這些不需要象徵——這些
是現實就應該當做現實處理
發信的是一個善於思維分析的人
讀了一年企管轉法律，畢業後
半年補充兵，考了兩次司法官……
雨停了
我對他的身世，他的憤怒
他的詰難和控訴都不能理解
雖然我曾設法，對著一壺苦茶
設法理解。我相信他不是爲考試
而憤怒，因爲這不在他的舉證裏
他談的是些高層次的問題，簡潔有力
段落分明，歸納爲令人茫然的一系列
質疑。太陽從芭蕉樹後注入草地
在枯枝上閃著光。這些不曾是
虛假的，在有限的溫暖裏

堅持一團龐大的寒氣

有人問我一個問題，關於
公理和正義。他是班上穿著
最整齊的孩子，雖然母親在城裏
幫傭洗衣——哦母親在他印象中
總是白皙的微笑著，縱使臉上
掛著淚；她雙手永遠是柔軟的
乾淨的，燈下爲他慢慢修鉛筆
他說他不太記得了是一個溽熱的夜
好像髣髴父親在一場大吵鬧後
（充滿鄉音的激情的言語，連他
單祧籍貫香火的兒子，都不完全懂）
似乎就這樣走了，可能大概也許上了山
在高亢的華北氣候裏開墾，栽培
一種新引進的水果，二十世紀梨
秋風的夜晚，母親教他唱日本童謠
桃太郎遠征魔鬼島，半醒半睡
看她剪刀針線把舊軍服拆開
修改成一條夾褲一件小棉襖
信紙上沾了兩片水漬，想是他的淚
如牆腳巨大的雨霉，我向外望
天地也哭過，爲一個重要的
超越季節和方向的問題，哭過
復以虛假的陽光掩飾窘態

有人問我一個問題，關於
公理和正義。簷下倒掛著一隻
詭異的蜘蛛，在虛假的陽光裏
翻轉反覆，結網。許久許久
我還看到冬天的蚊蚋圍著紗門下
一個塑膠水桶在飛，如烏雲
我許久未曾聽過那麼明朗詳盡的
陳述了，他在無情地解剖著自己：

籍貫教我走到任何地方都帶著一份
與生俱來的鄉愁，他說，像我的胎記
然而胎記襲自母親我必須承認
它和那個無關。他時常
站在海岸瞭望，據說煙波盡頭
還有一個更長的海岸，高山森林巨川
母親沒看過的地方才是我們的
故鄉。在大學裏必修現代史，背熟一本
標準答案；選修語言社會學
高分過了勞工法，監獄學，法制史
重修體育和憲法。他善於舉例
作證，能推論，會歸納。我從來
沒有收到過這樣一封充滿體驗和幻想
於冷肅尖銳的語氣中流露狂熱和絕望
徹底把狂熱和絕望完全平衡的信
禮貌地，問我公理和正義的問題

有人問我公理和正義的問題
寫在一封不容增刪的信裏
我看到淚水的印子擴大如乾涸的湖泊
濡沫死去的魚族在暗晦的角落
留下些許枯骨和白刺，我彷彿也
看到血在他成長的知識判斷裏
濺開，像炮火中從困頓的孤堡
放出的軍鴿，繫著疲乏頑抗者
最渺茫的希望，衝開窒息的硝煙
鼓翼升到燒焦的黃楊樹梢
敏捷地迴轉，對準增防的營盤刺飛
卻在高速中撞上一顆無意的流彈
粉碎於交擊的喧囂，讓毛骨和鮮血
充塞永遠不再的空間
讓我們從容遺忘。我體會
他沙啞的聲調，他曾經
嚎啕入荒原

狂呼暴風雨
計算著自己的步伐，不是先知
他不是先知，是失去嚮導的使徒——
他單薄的胸膛鼓脹如風爐
一顆心在高溫裏熔化
透明，流動，虛無

從有鐵柵的窗

◇李敏勇

記得嗎
那天
下著雨的那天
我們站在屋內窗邊
你朗讀了柳致環的一首詩
「……
……
唉！沒人能告訴我嗎？
究竟是誰？是誰首先想到
把悲哀的心掛在那麼高的天空？」
順手指著一面飄搖在雨中被遺忘的旗
很傷感的樣子
而我
我要你看對街屋簷下避雨的一隻鴿子
牠正啄著自己的羽毛
偶而也走動著
牠抬頭看天空
像是在等待雨停後要在天空飛翔
我們撫摸著冰涼的鐵柵
它監禁著我們
說是爲了安全
我們撫摸著它
想起家家戶戶都依賴它把世界關在外面

不禁悲哀起來
從有鐵柵的窗
我們封鎖著自己
我們拒絕眞正打開窗子
讓陽光和風進來
我們不去考慮鐵柵的象徵
它那麼荒謬地嘲弄著我們
它使得我們甚至不如一隻鴿子
牠在雨停後
飛躍到天空自由的國度裏
而我們
我們僅能望著那面潮濕的旗
想像著或許我們的心是隨著那鴿子
盤旋在雨後潔淨透明的天空

註：柳致環是韓國詩人。「……」內為他詩〈旗〉的結尾。

城市

◇陳芳明

相約在遠方的城市會見，這是我們最初的承諾。最好選擇一個陌生的客棧，在一條陌生的街道，因爲我們都是背叛者。你我牽手共負同樣的罪名。只爲了背叛一個「穩定中求進步」的國度——他們稱之爲家。

在未識的旅店相會，我們並非偷情，也非尋歡，而是痛苦作愛。俯在你的裸胸抽泣，我瞭望一片還正遙遠的夢。在那裏，我們將拆除猜忌的高牆，並那多刺的鐵絲網。在淚眼裏，我們勇敢投入夢中。

每座城市都是一顆奇異的星辰，我們是寒冷

的星際旅客。你我在遠地告別，又相約在下一個城市見面，只因還未回歸到屬於我們的土地。憑藉一股意志，在理想國建立之前，我們緊緊守著愛——他們稱之爲罪。

野渡無人舟自橫

——舉例之二

◇羅青

野　渡

銀河閃亮
流過太空
（鏡頭拉進）
閃亮的是無數
大大小小的太空船

無　人

太空船與太空船之間
相互感應著各種電訊
發射自
各種不同型號的
電腦（特寫）　「方舟一號控制中心」
機器人（特寫）　「方舟二號船長室」
特寫所有的哺乳動物靈長類在零下一
〇〇〇度的冷藏中安睡（淡出）
　「無夢睡眠自動實驗檢驗器」裝置在
冷凍庫鋼門的右側　螢光幕上顯示出
　「一千光年後醒來」的指示
鋼門左側「實驗結果欄」中　一片空白

舟自橫

圓形記憶螢幕板上
有圓形的星在閃爍
（鏡頭拉近）
一顆藍色的行星
（再拉近）
一條藍色的山脈
（再再拉近）
喜馬拉雅山聖母峰
聖母峰的懷裏
臥著一艘
原始的方型木船
半埋在大雪之中
露出來的部分
結滿了堅硬的寒冰

有如一方黑色的鏡子
（鏡頭不斷拉近）
鏡子上面
隱隱約約
映照出
銀河細長的
尾巴
（閃閃）
（爍爍）
（爍閃）
（閃爍）

一封關於訣別的訣別書

◇羅青

卿卿如晤：

提起筆
就想給你寫信
抓起一張紙
三行兩行的
一寫就寫到了
這裏
既然寫到了這裏
也只有寫到
這裏了
就此打住
敬祝
平安愉快

意洞手書
民國七十五年
三月二十八日夜
西曆一九八六年

三月二十七日夜
黃曆四六八四年
三月二十六日夜

附筆：
信中所寫
絕對與信中
所沒有寫的
任何事物
無關

又及：
此信
萬一被
史學家
考古家
批評家

編選家
或偷窺狂
看到了
敬請
視而不見
高抬貴手

多次觀滄海之後再觀滄海

◇羅青

平平坦坦的大海上
好像什麼都沒有

好像什麼都沒有的大海上
居然眞的什麼都沒有

就是因爲原來什麼都沒有
才知道根本什麼都沒有

可是平平坦坦的大海之上
的確什麼都沒有嗎？

什麼都沒有的海上啊
當然是什麼都沒有

平平坦坦的大海之上
果然渾然自自然的是什麼都沒有

註：曹孟德建安十二年作
〈步出夏門行〉，首章
〈觀滄海〉，其辭如下：
東臨碣石
以觀滄海

水何澹澹
山島竦峙
樹木叢生
百草豐茂
秋風蕭瑟
洪波湧起
日月之行
若出其中
星漢燦爛
若出其表
幸甚至哉
歌以詠志

後記：
這是我第一次
用電腦文書處理系統
寫詩
其中「竦峙」兩字
是用造字系統
畫出來的

港邊惜別

◇馮青

「我們想不起，有任何親人
　留在戰前的南洋——」
或許只有這一刻的港口
才能成其為港
在港邊凍結
我們思慮的大海
充滿著離別的騷動以及
墨鏡似地眼神的

港口
唉！旗艦撐開了膛肚
呑噬綠螞蟻的人潮
啊！橄欖綠的港口
怎麼全是失去了戶籍及姓氏的未亡人
惜別之後
我們立刻就生產了數十萬的寡婦

數十萬的寡婦們
在歷史的暮靄裏
沉默

爲了正義及軍理
台灣的母親及妻子
都到港邊送行
因此　除了大東亞共榮圈之外
還有——

一大片靜止的時針及分針
在港邊
合併新起的神話意識
盤據我們不同的海域

一片海水凍結
驟然來臨的蕭索
無所謂時間的寫實及歷史

九〇年代
送別的男女
無非聚精會神的盤算
新鮮的綠卡及家俱貨櫃的價格
半新不舊的台灣
則在港邊的菜市場
被喧嘩吵醒　市集已散
一張發黃的舊報紙
被海風捲入港口

汽笛仍在唱著昔日
港邊送別！唉！心愛的
我們想不起
有任何親人的名字
被留在南洋——
遺忘戰爭
卻使都市的海洋完全空白
因而港口
顯得多餘——空曠
一張登載戰後索賠名單的舊報紙
被海風吹入大海

給壞情人的現代啓示錄

◇馮青

甚至那些暗藍色的酸雨也開始微笑了
我寫不出任何讚美你的句子……，親愛的
稿紙和簽字筆帶著你慣有的汗水
卻沒有一個街口有足夠容納衝動的郵筒

哦！親愛的芝麻
請再爲我們的盜賊再開一次門
讓想像力……
充滿更自由的海域及礁岩
讓我們用地平線蘸著它的神聖大廈及玻璃帷吃
如果味道不惡！
我們再撿拾一些兒褲襠裏的鳥蛋去扔皮球
踢來踢去

甚至你那空洞無意識的牙齒也咬碎了！
牙醫的現代戰爭猶未分曉
而精神分裂者的蛀蟲
氾濫得到處都是！
看著那些沒有血色的黃昏和吊橋一起作弊
被藍波惡狠狠擊垮的夜色沉下去又浮出來
沉入破碎零散的電影大街
就像你、我那樣的「人」總有一大把
不一定可怕啊！親愛的現代啓示錄
你吃手指頭的速度比不上
虎姑婆們的唾液和性腺
每一分秒都占用了差異的人類
我不再愛你了！再見
我只要去造反！

紙上風雲

◇簡政珍

一隻蚊子
把自己框在
稿紙的格子裏獻身
一個巴掌下去，血混合
原子筆的墨色
使摸索的文字
放棄成形，一切
在祭禱聲中胎變

螞蟻列隊瞻仰遺容
心中，春季的彩蝶
突然斷了翅膀
所有的肅殺

使園裏的蟾蜍一一
循著蛇洞遁走
爲此，我竟完成
一首詩，才知道
蚊子的捐軀
是一番事業

古蹟修護

◇利玉芳

驚喜你那疏離我的
　　　遺忘我的
手
在我瘦了的乳房
索求
流連少婦初給時的豐滿
甚且
把歲月殘留的情
拿來裝飾我肚皮上斑剝的孕紋
手啊
　　　整修我的
驚喜你那繾綣的愛

蒹葭

◇陳義芝

秋水潺湲地走進相望的瞳仁深處
玉臂已覺清寒的時節
我突然想起圈點過的詩經
恰恰攤開在最美的蒹葭那頁
且心痛地想著萋萋的蒹葭
是長在懷思的水湄啊

這般情懷遠從溱水洧水流向南
紛歧的水路錯落的澤鄉
再南，如候島南飛
渡過山原及海峽
如今駐停島上
心怯的急流邊

這樣的纏綿世世有人傳唱
以古典的現代詠歎最最赤裸的白話
最早應是周代正昇平那年
在多情的鄭風秦風中
直到晚唐五代宋
剪燭的燈下或騎驢的背上
始終低徊

總是疼惜著伊人

疼惜今生未了的情緣
當苕溼而又迷茫的路如秋意長
我感覺不論白露未已或已
恍惚的身影都成了夢裏的蓮花
那比七世更早以前
就注定要使人痛苦的人啊

亭亭那朵，在蒹葭的水域
在孤鶩斜飛的水中央
我偷眼望著，簌簌垂淚
費神地
爲夜空繫上一顆顆
晦澀的星結

此後
應溯洄而上或溯游而下
應褰裳涉水或放棹流渡

啊，泠泠的弦音仍不斷從上游漂來
我隨手截撈，默默地咀嚼
白蓮清芬
萬種的風華

在寬闊的土地上

◇向陽

當陰雲從四面八方圍堵而來
偏見正自最幽邃的角落
拋給我們白眼；當疾雨擊打著
我們的屋瓦、門窗，嘲謔
跨躍過山陵、溪流，撲向
低窪的河谷；當怨詈
淹沒了廣大的原野——呵
當自卑和畏葸蒙蔽掉我們
望遠的雙眼，土地也卻步了
當我們背棄天空，急於躲入暗處

當我們急急躲入，不被攻擊
不致曝光的暗處，我們也在拒絕
溫煦，以及可能酷烈的陽光
我們慶幸看不見四處埋伏的
陷阱，不致常常耽心掉落
也免於被眾多眼睛
炙烤，被所有善意或惡意的
表情詰問的那種羞辱。躲入
不被發覺的暗處，我們感到安全
並且因易於瞧見別人而竊喜

卻又因此，悲鬱，猶似蝙蝠
全靠另一種敏感，忐忑
飛翔，潛行在霉濕的甬道

在並不快樂的快樂中，我們碰壁
從此不再信任每一塊岩石，跌落
從此不敢親近土地。呼吸
怕驚動不被驚動的心跳，開口
已先預想到對方緊閉的唇
當陽光愛撫我們疲憊的身體
溫煦竟是毫不容情的利刃
利刃同時在最黑最幽最暗處
閃爍耀目的寒光，我們被刺痛
然後驚醒。當雷電擊昏了
深山裏枯萎的巨木，新芽
正待破土而出；當風雨撕裂了
錦簇的花團，松柏站在危崖上
高舉雙手；當被畏葸不安逼進
洞穴的我們，再被利刃一般
灼痛的寒涼逼出洞口，我們

怯生地望著茫茫的天空，感到昏眩
但也因而學會站穩，一如鷹隼
拍舉強健的羽翅，振振鼓動
仰臉，向無垠而易變的天空
在並不安逸的安逸下，我們迎風
迎擊一切詈罵嘲諷，破雲
破除一切灰翳陰影。翔舞
爲寬廣的山河規劃遠景，高歌
替沉默的原野重啓愉悅的喉嗓
當陽光烤焦我們厚實的肩膀
酷烈，因汗珠而凝爲清涼
當陰雲自每個方向圍堵而來
偏見要從最愧怍的角落
逃離我們眼前；當疾雨
擊打著我們的城鄉、家國，嘲謔

偷渡過山岳、江河，潛入
羞慚的海洋；當怨詈
消逝在廣大的原野——呵
當自尊和勇健打開了我們
寬廣的胸膛，土地也壯闊了
當我們面對天空，把陽光擁抱

莊子

◇羅智成

從知識的傷口望出
濃雲正被急速拖曳
萬里美景的包裝正被打開——
只是等了許久還不現天光
因爲大鵬過境

大鵬過境
大塊噫氣
所有心思被連根拔起
所有空虛的事物破吹出聲響
甚至凝聚的視野
也被舞成彩綢萬匹——
有人才要去追他的鋤頭
轉眼又失去了自己
在一場不愉快的爭辯後
我們緊緊攀住脫韁而逝的大地
暈眩
當層雲橫流成瀑
隱約的浮石
是我們被沖擊的心智
穿粗褐的主人

逕自出去放風箏
「來！」他在嶙岩上大喊
「我們來探勘虹的筋脈！」
地球自轉的聲音
掩蓋了莊子的話語
斷線的風箏迅速隱入天際。

李賀
——窗外嚴霜皆倒飛

◇羅智成

爲什麼一把琴發出它不該有的樂音？
在二十歲？在晚唐？
在那混雜骨、血、啼、笑與濃夢的
礦床
一鋤鋤斧鑿與雕砌的岩創？
塵埃落定
纖手揚起。
當巧燕拂過絲竹之瀑
玉鑄的群山依次碎裂
聽覺的蕈菌遇雨開啓
粉臉上慵懶的睡痕
被檀煙與酒光扭曲
豐柔的丹蔻遲疑地
攀上原先峻拒的肩膀
在那官能小小的坍方
長吉
你又醉了
又復發起痼疾
而且，這首贈答拗得離奇

你又醉了
不停地把世界讀錯
不時把筆蘸進湯裏
像隻痢疾的鳳凰
撐不住自己的華麗
在不適當的時地
盲目飛舞啊你
歪斜的詞句。

解開錦囊
倒出斑斕的蛇虺和珠玉
那是你一日苦吟的成績
被再三斟酌後奄奄一息
入腹的綠醅也灌溉出
蔓生的辭藻纍纍雋語
雜著涕泗與未乾的墨跡。

歌終
一雙瞳仁截下一段秋天的小溪
一雙銀筯擱淺在無盡的筵席
你伸了個懶腰
媚烈的香氣在藥煎的肺腑
糾纏如千年木魅的根鬚。
潑出的玉液吐著火舌蠕行
閃亮的岩漿拭不去
重重落在桌上的嘆息
卻沖走女子裙裾上的錦雲
數朵精繡的芙蕖

寒滑的紅綃被柔暖的肌膚
喚起奇異的生機
流下雙肩
被體溫烘焙過的胭脂
於是烙穿了你酒浸的知覺……

當燭座上絳紅的鐘乳成形
暈開的詩行兀自綻放
遠離作者的本意
迴光返照之下
室內的擺設
鮮活欲滴
楚楚望著你
長吉
每個色塊都是一簇火光
煅淬詩人的神經
每一簇火光都禁錮著
冷冷的夢囈
但你必須睡了
我親暱的病患
不久雄雞將啼破
這小小的鬼域——
不用憂愁，長吉
那些以心血餵養的
良莠不齊的詩句
將在你死後繼續照射
枯骨緊守的詩情
像擾擾磷光
眷顧著陽光照不到的心靈。

電腦詩

◇黃智溶

檔案一：

NO: &NN& &AA&. &BB&

這是&AA&

那是&BB&
顯然地
&BB&絕不是&AA&
&AA&絕不是&BB&

縱使我們擁有許多許多的&BB&
我們仍然需要&AA&
因爲……
縱使我們擁有許多許多的&AA&
我們仍然需要&BB&
因爲……

可是
當我們失去了&BB&的時候
我們可以用&AA&來代替
當我們失去了&AA&的時候
我們可以用&BB&來代替

所以
&BB&就是&AA&
&AA&就是&BB&

&DATE&

檔案一：

01，男人，女人，
02，聖女，神女，
03，白日，黑夜，
04，眞實，虛假，
05，前進，後退
06，民主，專制，
07，大陸，小島，
08，金錢，藝術，
09，同志，敵人，
10，上帝，撒旦，
11，劉備，曹操，

合併檔案：

NO：01男人、女人

這是男人
那是女人
顯然地
女人絕不是男人
男人也不是女人
縱使我們擁有許多許多的女人
我們仍然需要男人
因爲……………
縱使我們擁有許多許多的男人
我們仍然需要女人
因爲……………

可是
當我們失去了女人的時候
我們可以用男人來代替
當我們失去了男人的時候
我們可以用女人來代替
所以
女人就是男人
男人就是女人

福爾摩莎

◇劉克襄

第一個發現的人
不知道將它繪在航海圖的那個位置
它是徘徊北回歸線的島嶼

擁有最困惑的歷史與最衰弱的人民

知識份子

◇劉克襄

跟我們一樣的開發中國家
不滿時政的知識份子
他們生活於貧民窟
引導自己的同胞

同樣的知識份子在我們國家
他們坐在咖啡屋裏
以激烈的學術爭辯
關心低階層的朋友

七〇年代
——給流落在台灣與中國半甲子的同胞

◇劉克襄

清明時節
雨落在台北中正紀念堂
幾萬人群集佇立
是什麼樣的歲月呵
有臂膀刺青的人
他噙滿淚水
有扶手杖著中山裝的人
他默望天空

清明時節
雨落在北京天安門廣場
幾十萬人蜂擁蠕動

是什麼樣的年代呵
有熟嫻日語的人
他低頭不語
有童年生在台南的人
他凝視遠方

是誰的銅像啊
座落在台灣的城鎮裏
是誰的骨灰啊
灑落在中國的土地上

我撿到一顆頭顱

◇陳克華

我撿到一隻手指。肯定的
遠方曾有一次肉體不堪禁錮的脹裂
胸壓陡昇至與太陽內部
氫爆相抗衡的程度。我說
一隻手指能在大地劃寫下些什麼？
我遂吸吮他，感覺那
存在唇與指間恆久的快意。

之後我撿到一只乳房。
失去彈性的圓錐
是一具小小型的金字塔，那樣寂寞地矗立
在每一個繁星喧嚷
乾燥多風的藍夜，便獨自汩汩流著
一整個虛無流域的乳汁——
我雙手擠壓搓揉逗弄撫觸終於
踩扁她——
在大地如此豐腴厚實的胸膛，我必要留下
我凌虐過的一點證據。

之後我撿到一副陽具。那般突兀
龐然堅挺於地平線
荒荒的中央——
在人類所曾努力豎立過的一切柱狀物
皆已頹倒之後——呵，那不正強烈暗示著
遠處業已張開的鼠蹊正迎向我
將整個世紀的戰慄與激動
用力夾緊：
一如我仰望洗濯鯨軀的噴泉
我深深覺察那盤結地球小腹的
慾的蠱惑

之後我撿到一顆頭顱。我與他
久久相覷
終究只是瞳裏空洞的不安，我納罕：
這是我遇見過最精緻的感傷了
看哪，那樣把悲哀驕傲噘起的唇那樣陳列著敏

銳
與漠然的由玻璃鐫雕出來的眼睛那樣因爲痛楚而
微微牽動的細緻肌肉那樣因爲過度思索和疑慮而
鬆弛的眼袋與額頭那樣瘦削留不住任何微笑的頰
——我吻他
感到他軟薄的頭蓋骨
地殼變動般起了震盪，我說：
「遠方業已消失了嚒？否則
怎能將你亟欲飛昇的頭顱強自深深眷戀的軀幹連
根拔起？」

之後我到達遠方。
一路我丟棄自己殘留的部分
直到毫無阻滯——直到我逼近
復逼近生命氤的核心
那終究不可穿越的最初的蠻強與頑癡：
我已經是一分子一分子如此澈底的分解過了

因而質變爲光爲能
欣然由一點投射向無限，稀釋
等於消失。
最後我撿到一顆漲血的心臟。
脫離了軀殼仍舊猛烈地跳彈
邦浦著整個混沌運行的大氣，地球的吐納
我將他擱進空敞的胸臆
終而仰頸
「至此，生命應該完整了……」當我回顧
圓潤的歡喜也是完滿。
傷損的遺憾也是完滿。

世界偉人傳

◇林燿德

這一本號稱流通廣遠卻早已絕版的
《世界偉人傳》，頁頁都有奇特的肖像；
頁頁都在右上角標明血一般濃腥的
紅字——**禁射區域**。今夜，
失眠的我每翻閱一個名字，都聽聞到
來路不明的無間的爆炸：轟轟轟轟轟
轟轟轟轟轟轟轟轟轟轟轟轟轟轟轟轟
轟轟轟轟轟轟轟轟轟轟轟轟轟轟轟轟
轟轟轟轟轟轟轟轟轟轟轟轟轟轟轟轟
轟轟轟轟轟轟轟轟轟轟轟轟轟轟轟轟
轟轟轟轟轟轟轟轟轟轟轟轟轟轟轟轟
轟轟轟轟轟轟轟轟轟轟轟轟轟轟轟轟
轟轟轟轟轟轟轟轟轟轟轟轟轟轟轟轟

轟轟轟轟轟轟來不及分辨炮火的國籍
轟轟轟轟轟轟轟來不及猜測火炮的血統
來不及撐開偉人們傳授的核子陽傘我
已經倒臥在一片，一片世界的燼餘中
。
噢，我的

世界偉人傳

五〇年代

◇林燿德

孤獨的孤獨的孤獨的孤獨的孤獨的孤獨的孤獨
的孤獨的孤獨的孤獨
當你重複在紙上寫下十個「孤獨的」或者更
多，
孤獨也擁擠得孤獨不起來了。
好比月亮，
在詩集的封面畫上一千個也無濟於事；
它活該淪落在地球的另一半時，
如何祈禱也不會出現在誰孤獨的額頭上。
子比狼，
子比熱帶島的午寐，
好比復國的幻覺，
好比檳榔樹飄泊海濱
甚至好比自慰好比
，啊五〇年代是孤獨的

交通問題

◇林燿德

紅燈/愛國東路
/限速四十公里
/黃燈/民族西
路/晨六時以後
夜九時以前禁止
左轉/綠燈/中
山北路/禁按喇
叭/紅燈/建國
南路/施工中請
繞道行駛/黃燈
/羅斯福路五段
/讓/綠燈/民
權東路/內環車
先行/紅燈/北
平路/單行道/

超然幻覺的總說明

◇鴻鴻

I 改錯字

1.昨晚我的初變情人打電話訴說她的近況
2.我才發陷自彼時以來我再也沒有戀愛過
3.記得冰涼的大理石椅在二十碎的夜空之下一
如現狀
4.而已經停滯成死水的是當初許願立誓的遲塘

II 填充題

1.後來我做了海盜、槍兵、酒商、——黨、也
自首過幾次

2.我畫畫、蓋房子、吃——、也寫過科幻小說
絕命詩

3.我常聽氣象預告也看看報紙上的——、MT
V

4.總之我成了一個和以前完全不一樣的人一直
到今日

III 單複選

1.我（①一定會②很可能③決不敢）娶下我最
深愛的人

2.我寧可娶一名（①數學家②政治犯③小學教
師）以界定我生命的流程

3.颱風一年打擊本島（①一次②兩次③三次④
四次以上）

4.我每一次都期待它會帶回（①你的歌聲②你
的髮型③你的淚水④以上皆非）

IV 計算題

1.20年成長＋3個月交往＋分手的那天＋無數
未來一共有多久？

2.（母奶＋牛排＋蘋果麵包）×回憶的燭光會
起什麼樣的化學反應？

3.試證他人的妻子＝我的妻子之於一名女子的
生活是否爲一恆等式？

4.並找出記憶、眞實、狂歡、夢魘、與生命所
圍繞的那個超然幻覺的X

V 標點符號

而這一切猶如當年的我坐在課堂中孤立無援她
偷偷漏給我看試卷一角我感到甜蜜竊喜卻同時
幻及無可彌補的哀傷知道她遠在我之前方並且
逐漸離去成爲一位平凡的女子然而一切均與我
無涉只曉得電話筒猶在手中而時間無盡永不止

息永不暴發氾濫永遠是那麼寂寥遲緩無法分解
無法斷句無人收卷的一生還很長很長很長很長——

沉默

◇林群盛

1φ　CLS
2φ　GOTO　1φ
3φ　END

RUN

一九九〇年代台灣詩選

一九九〇年代台灣新詩概論

一九九〇年代的台灣面對的是政治鬆綁的自由言論環境，文化界回歸本土的論述隨之而起，加以經濟富足，學術環境穩健成長，高度國際化、全球化與數位化的文化衝擊下，過去視為禁忌的話題都不再新鮮，更激盪出多元與多樣的文學創作。

特別值得重視的是，一九九〇年代崛起的新面孔多半是新觀念的見證者，他們成長於白色恐怖已經漸漸遠離的一九七〇年代，童年時期的文學知識的養分多半受限於一九四九年來台的作家群，和少數如徐志摩、胡適、劉大白等未遭到政府查禁的詩人作品之上。同一時期，大衆傳播媒體上的流行文化已經席捲青少年的心靈，新世代是各種新流行媒介的實驗對象，舉凡電視節目，電動玩具，從LP、錄音帶、MTV、KTV、CD、VCD一路行來的流行音樂、漫畫書、占星術，乃至於個人電腦到網際網路，新世代都一一嚐新，而且都是主要的消費人口。

隨著政治管制的逐步鬆綁，社會主義思想回到校園，各種具有批判精神、文化研究興趣的思想，和更趨於複雜、細緻的科學理論一起在學術環境中激盪，這個時期進入學院的X世代詩人，有的人或許還需要偷偷摸索著讀禁書，但多半的詩人在課堂上已經直接面對了各種推陳出新的理論，新批評、批判理論、結構主義、解構主義、後現代主義、女性主義、後殖民論述等等，不勝枚舉。各種理論在他們心中

多元開展的同時，政治世界的解嚴與開放，新世代並不是這場鬆綁運動的主力，但這樣的見證經驗，讓他們有機會從僵化的思想牢籠掙脫，而重新建立自己的價值觀。

正因爲他們的成長環境比以前的世代都要多元化，他們又缺乏衝撞體制的動機和經驗，X世代詩人普遍具有一種冷漠的都市人性格，用中性的言論掩飾自己的感受，表面上沒有特定主張，甚至有些犬儒，很願意融合不同的觀點。所以在X世代的社群中，我們看不到像前行代詩人那種旗幟鮮明，各種主義或理論跑在文學創作之前的現象。

在介紹新生代作品之前，一九九〇年代詩壇中前行代詩人仍不斷推陳出新，如楊牧走向更爲思辨、更深邃的題材；洛夫則以「隱題詩」展示了高超的語言遊戲形式，又兼能蘊涵對於生活乃至文學批評的諷刺，都展現出旺盛的超越力道。中生代詩人，則也有突出的表現，侯吉諒的〈交響詩〉在結構上的傑出設計，上下對應，衍生出多重的閱讀方式，更產生了深刻的多義性，是繼洛夫「隱題詩」的創意後，另一種廣受青年詩人模仿的形式，而在詩作的內涵上，侯吉諒就美學、哲理、新科技與生命情調的探索上，都有出色的表現。白靈的小詩運動、杜十三的散文詩與台文詩以及王添源的十四行詩，都經營出各自的特色。更多中生代與新生代詩人浸淫在後現代美學的實驗與風潮中，以作品見證了這一新起詩類的成熟。

孟樊在《台灣後現代詩的理論與實際》一書以德希達、巴特、克莉絲特娃、巴赫汀等後結構學說作爲台灣後現代詩的理論基礎，並列舉了台灣後現代主義詩的七個主要特徵：1.文類界限的泯滅；2.後設語言的嵌入；3.博議的拼貼與整合；4.意符的遊戲；5.事件的即興演出；6.圖像詩與字體的形式實驗；

與7.諧擬的大量引用。事實上，掌握了如是創作特徵者，中生代詩人羅青、陳黎、向陽、焦桐與蘇紹連，都是其中的佼佼者，特別是蘇紹連與向陽還嘗試以數位科技將詩搬上了網際網路。而在後現代詩潮中，新生代詩人中的前驅者，當推夏宇、陳克華與林燿德，都鼓動了新一代寫手以更新穎的語言從事創作，其中X世代開創出的題材與語言形式是相當豐富的，正因為生長在流行文化的氛圍中，他們對於操弄大眾文化的膚淺符碼特別有心得，後現代詩作品中就有不少藉著拼貼廣告、娛樂節目的符號，而產生新鮮意念的作品。

正因為百無禁忌，在女性主義衝擊下的情慾詩或女性詩，使得詩的語言中充斥的大量肉體、生殖器、性交的語彙或象徵，一方面可協助詩人更貼近肉體與兩性關係，展開一種新穎而又令人騷動的抒情形式，過去林燿德所做的嘗試可以說相當著稱了。最近如江文瑜的系列作品，兼具女性主義的運動意涵，又飽含語言的多變風貌。二方面，也可藉此反思生命、情愛或情慾等人生的基本問題，像是顏艾琳的系列作品，就具有這樣的性格。當然不少作品也有具有挑戰父權體制的意味，甚至也可能被轉化為政治抗議的暗喻，如紀小樣以竹筍為雛妓發聲。

這些脫胎於學院的新世代詩人，淺嚐了當代的各種理論思想，所以他們使用的語彙也很自然「學術化」，許多表徵著深刻意涵的理論名詞或是宗教的辭藻被帶進現代詩的文本中，一時之間成為一種時尚，雖然其中不乏失敗而空洞的例證，但是也有成功轉化的詩人，或把學院生活親切地入詩，或把宗教性的思維扣合現實議題或是人生思維，例如許悔之的〈肉身〉系列，大量運用佛經的辭藻，而把詩的內涵推上一個抽象思維的高峰。或是把文明沉重的感覺背負得很穩當的作品，像李宗榮大學時期寫作的

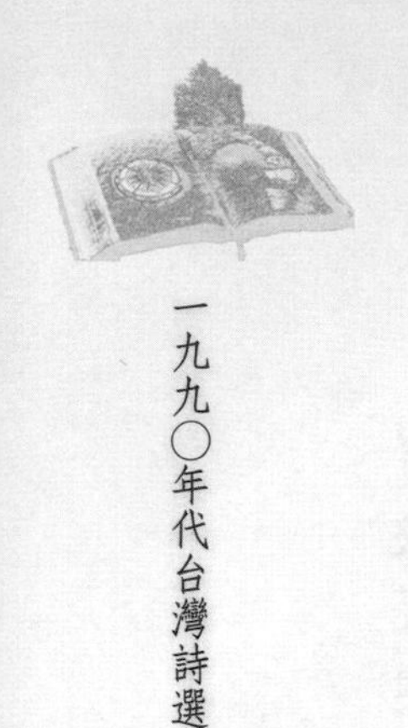

〈文明紀事〉，與近期的〈如果飛魚躍出〉都以豐沛的抒情力量，把對於文明、歷史與土地深刻的思考，以絕佳的藝術手法表現出來，隱然形成了獨特的個人風格。此外，鴻鴻、孫維民、唐捐與陳大爲的作品也顯現出學院派訓練的思路清明，或反覆考究歷史的眞僞，或追求語言表象與意涵的多面向，在在開創出敘事的新樣式。

在一九九〇年代尾聲從網際網路湧現出詩人群，更以旺盛的創作力量，帶給大衆文學不死的喜訊，遲鈍的穩重深沉，林婉瑜的講究戲劇張力以及楊璐安迷人的想像力，都成爲展望未來現代詩發展，不能忽視的新風景。

延伸閱讀

◆孟樊，2003。《臺灣後現代詩的理論與實際》，台北：揚智文化。

◆林燿德，1996。〈八〇年代現代詩世代交替現象〉，文訊雜誌社主編，《台灣現代詩史論》，頁425-435，台北：文訊雜誌社。

◆陳建民，1996。〈九十年代詩美學——語言與心境〉，《創世紀雜誌》第104期，頁104-109。

◆須文蔚，2003。《台灣數位文學論》，台北：二魚。

◆焦桐，1998。〈前衛詩〉，《台灣文學的街頭運動》，台北：時報。

買傘無非是為了丟掉

◇洛夫

買把傘吧
傘黑著臉不表示任何意見
無聊的日子偏逢下雨
非非主義者麇集在成都一家茶館
是了，這次討論的主題是
為何人人都需要一把傘，為
了遮風擋雨？不，為了
丟
掉

論杜甫如何受羅青影響
——兼論春秋戰國受二十世紀影響

◇羅青

請不要捧腹大笑
更不要破口大罵
請不要以為我故意把
一篇論文的題目寫成了詩
沒有人會相信嫦娥
曾經跟太空人學過太空漫步
但她一度在敦煌觀摩過
彩帶舞——倒是不爭的事實

這是喜歡選購昂貴獸皮的后羿
所永遠無法理解的
還是聖之時者孔丘
開通又明智，早看透了這一點
他任人打扮，穿著歷朝歷代的
時裝到處活動，從不挑三揀四
這些專業知識
古今中外所有的小孩
早就在繡相插圖連環漫畫裏
反覆研究得一清二楚
光頭神探及老子莊子
齊天大聖及大醉俠蝙蝠俠，都可證明

鄭康成與朱夫子
時報出版社及蔡志忠也都一致同意
只要來個漫畫人物新年大團拜
便可充分證明杜甫受過羅青影響
因爲古代的風花雪月
最喜歡模仿現代攝影裏的月雪花風
古代的喜怒哀樂興亡盛衰
完全抄襲現代電視中的因果輪迴循環報應
包青天可以參考虛構的福爾摩斯
武則天可以剽竊美國的埃及艷后
所有的電視觀衆都同意

楊貴妃要健美的現代豪放女子來演才像
現在我只不過是說說杜甫受我影響而已
大家又何必皺眉歪嘴大驚小怪
若硬是要問有沒有其他證據
證明杜甫如此這般
只要把杜康抓來一問
便可一審定案
如果有人膽敢因此走上街頭
示威抗議胡攪蠻纏
隊伍一定會遭人插花遊行
趁機主張分裂早已四分五裂的國土
屆時將更加突顯杜甫創作的
那句「國破山河在」
不單受了我
同時也受了我們大家，影響

雖然我仍能讓大家

——致讀者

◇羅青

中年以後
我的右手已練就抓沙成金之術
不用說
左手也已削鐵如泥
而我的觀衆卻散如煙火

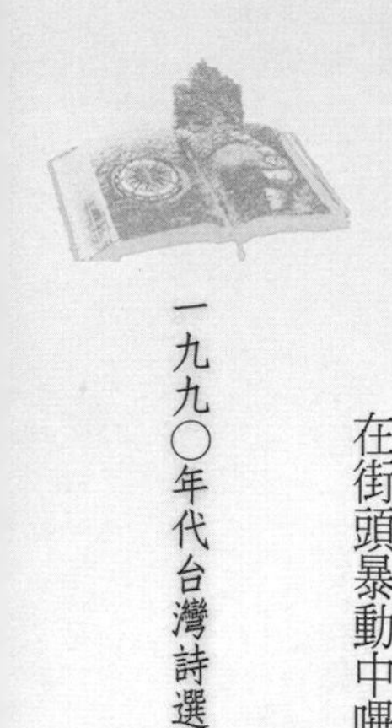

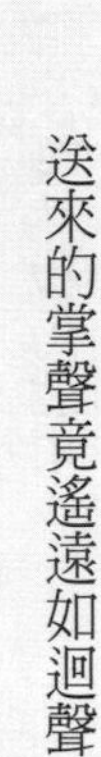

送來的掌聲竟遙遠如迴聲

雖然我仍能讓大家
看見
飛魚嬉戲來回躍過揚波出浴的圓月
巨鯨豎尾上下拍散懸浮半空的星斗

而我的觀衆卻散如撕碎的股票
盲目的夾在報紙股市指數版裏

雖然我仍能讓大家
聽見
鬚根在頑石中吶喊
種仔在果實中合唱

而我的觀衆卻散如競選錄音帶
在街頭暴動中嗶嗶剝剝的燃燒

雖然我仍能讓大家
聞見
夢想分泌出來的奇異香氣
理想吐露出來的沁涼呼吸

而我的觀衆卻散似一群沒頭蒼蠅
死命趴在各種電視播映的美食上

雖然我仍能讓大家
想見
如何從瑪瑙內提煉出葡萄美酒
如何把粗瓦片磨亮成鑑人銅鏡

而我的觀衆卻散亂成狡詐的獮猴
握著可樂空瓶嘻皮笑臉的站在哈哈鏡前

雖然我仍能讓大家
品嚐
從綿綿白雲中擠出的鮮奶
從紅紅太陽裏榨出的果汁
而我的觀衆卻四散似開春的野貓
到處舔食野外情侶拋擲的衛生紙

雖然我仍能讓大家
觸摸撫弄
寂寞深處的濕滑柔暖
野心高處的勃起挺堅
而我的觀衆卻散似可以透支的信用卡
仍情願與全世界的提款機24小時作愛

雖然我仍能用
手指
從一疊疊千元大鈔中抓出百步蛇來
從一個個十字架中抓出千面人來
而我的觀衆卻毫不猶豫的挖下眼珠
紛紛在乩童的聚寶盆中拋成骰子

我把手中塊塊的泥巴
拋成點點金色的陽光
仍然無人
聽見看見

我把條條黑色的鋼筋
收穫成根根甜美的甘蔗
依舊無人
聞香品嚐

我在孤峰頂上
織彩虹為蒲團
吐納天風——
山川願為見證

我在都市一角
燃冷漠成營火
煮食黑暗——
黎明齊聚圍觀

我在荒野之中
化成龍泉劍一把
劈開乾渴——
旱地咧嘴喝彩

我，別無選擇的
奮力縱身直插而下
刺探並喚醒深深地層下
等待噴射而出的萬丈清泉

敬請大家拭目以觀

今天我沒有心

◇蘇紹連

今天我沒有心
因為，我給自己的心放假了
不用工作的心
不用放在身體裏面
就放在窗口
讓它去，上午看風景
下午假寐

我上班去，不用帶著一顆心
身體變得好輕
站不穩，走不穩
我會從哪裏出來
從卷宗和卷宗的縫隙中嗎
門是傾斜的，牆和牆重疊
經理說：出來，從心中出來

而我是不能的
因為今天我沒有心
眼睛就不會有感情了
眉毛就不會有表情了
我會和頭髮一樣的理智起來
梳成一個方向
把風帶往同一個方向
很有秩序的在我的身體外圍前進

就是不能經過心
不能從心中出來
語言，就沒有了感情
文字，就沒有了表情
像日光燈壞了無所謂
時鐘壞了無所謂
辦公的人還是一樣忙碌

我不會笑不會哭
今天我活成這個樣子
是為自己，就把我看成黑夜
是為別人，就把我看成白天
日夜錯亂，風失去了方向
把黑夜的黑吹進白天裏
把白天的白吹進黑夜裏
沒有經過我的心
沒有從心中出來

我就活成這個樣子
下班的人潮中
我走在街頭
襯衫上的一粒鈕釦掉了
風在胸膛上流轉
我用手拉攏襯衫
才發現凹陷的胸膛，冷冷
眞的，需要塡放一顆心

〈問劉十九〉變奏曲

◇蘇紹連

從綠色的裏面借一些寧靜，好嗎
從紅色的裏面借一些溫暖，好嗎
我爲你釀一壺酒，好嗎
我爲你燒一爐火，好嗎
我在綠色的裏面和紅色繾綣，好嗎
我在紅色的裏面和綠色擁吻，好嗎
爐火把我的身影投射在天空，好嗎
你看到我的身影就來喝一杯，好嗎
把我釀成酒，好嗎
把我燒成灰，好嗎

我的明天

◇蘇紹連

我在明天的時間裏，是這世界唯一的凍結。

人們繼續走著他們的路，繼續死著他們的心，繼續生著他們過剩的細胞，他們是不會停止的。我在凍結的時候，是以詩的形式。

誰會在明天讀我，朗誦我，吟唱我？

我在明天的時間裏，化身為一首詩，站在街道上，任人們穿過，從我的詩行穿過，他們是不會停止來讀一讀我，也不會，用我的詩去救他們死去的心。

誰會在明天刊登我，出版我，鑑賞我？

我凍結得如一塊堅硬的心，只要人們讀我，我就甘願溶化，以我的生命。

汝有聽著地球崩落去兮聲無？

——祭台灣世紀末大地震（閩南語歌詩）

◇杜十三

汝有聽著地球崩落去兮聲無？
汝有看著河流斷在阮兮目睭內底
一群山在阮兮心臟面頂走動無？
汝看！汝看！汝看彼乜孖仔倒在瓦礫仔堆裏
無頭也無腳
只有雙手攔著一隻恬恬兮凱蒂貓當作面
目睭剁金金直直看著汝
親像在問：
汝有看著吾兮父母兄弟姊妹無？
吾夭有機會咯看著日頭夾月娘無？
其實阮兮身軀就是大地震兮現場

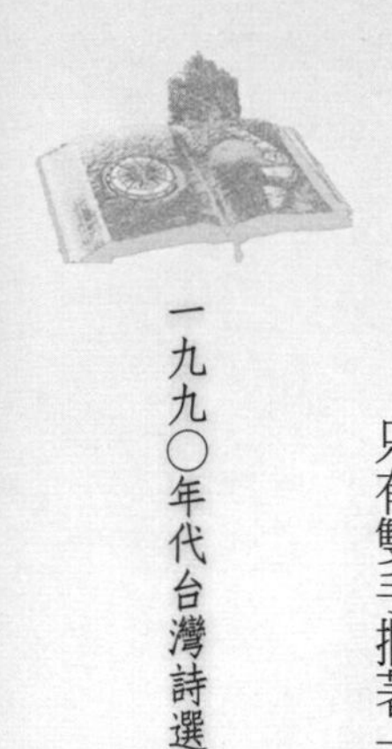

震動了後
位頭到尾　汝吾兮骨頭夾血脈攏已經散位
汝吾兮頭夾目瞷攏已經離線軸
因此阮所看著兮　才會是天地裂　才會是山河
崩　才會是骨肉散……
現在汝有看著吾兮心肝無？
置這　置遐
吾兮心肝夭在斷去兮河流面頂浮動
夭在崩落兮山腳滾動
走衝
汝有聽著地球崩落去兮聲無？
汝有看著火金姑為阮鄉親兮靈魂照路
四界去找阮壞去兮身軀無？
汝看！汝看！汝看彼乜人倒在斷崁面頂
無頭也無面
只有雙手攔著一粒夭置噗噗跳兮心
親像日頭漲到紅紅紅
親像在講：
這就是汝兮屍體
這就是阮大家等待魂魄轉來重建兮故鄉！

註釋：「兮」／的（所有格、形容格語助詞）；「乜」／個；「置」／在；「阮」／咱；「遐」／那裏；「夭」／還

鐔中的母親

——悼亡母

◇杜十三

此一瓣香根蟠劫外　童年您指的是那顆星
　　枝播塵寰　仍在旋轉
不經天地以生成　輻射著您的體溫

豈屬陰陽而造化　期待著我的仰望
熱向爐中　然而此刻
專伸供養　如此冰冷
常任三寶　如此沉默
刹海萬靈　我把母親
極樂導師　放在罈中
阿彌陀佛　一齊旋轉
觀音勢至　從火轉出
清靜衆海　從雨轉出
悉仗眞香　從血轉出
普天供養　從淚轉出
南無香雲蓋　我捧著母親
菩　從
薩　灰
摩　燼
訶　轉
薩　出

災前

◇簡政珍

蚊子叮咬後，就是新的一天
圍牆展望新的高度，因爲有了裂縫
我們從崩塌的防波堤尋找失落的約會
那是黃昏降旗時天色多彩的預言
當你捕捉到訊息時
爲何還在街道的霓虹燈裏漫遊？

還記得嗎？
匆匆的人影尋找歇腳處
竟沒注意到通往小巷的出口
已經垂懸著一個生鏽的重鎖
不是洪水將至
也不是那一棟頂著浮雲的飯店

將點燃火花作爲時間的令旗

而黃昏通常是美麗的
那是你我告別炙熱夏日最有利的儀式
堤岸上有人在垂釣沾了油污的河魚
有人隨手丟棄一封來自遠方的書信
而你循著那久已廢棄的乾河溝
尋找一顆能塡補童年縫隙的鵝卵石

隨著地球的軌道運轉，信鴿
撞下戰機的動機可以傳遞嗎？
夏天的殘骸仍然在暮色中游走？
晚飯後仍然是電視互動晚安的笑容
播報非洲大饑荒後
螢光幕上幾件亮鮮的後現代服飾
拉開了夜晚繽紛的序幕

夜深時，你我並坐床前
留戀窗外桂花早秋神祕的香氣
微風輕揚
我們禁不住講了一句彼此動容的話
閉上雙眼，我們甜蜜地躺進
一個即將來臨的
世紀末大地震

候診室

◇簡政珍

候診室的長廊上
左右是各種時代的聲音
抗戰的煙火已盡
（關節的戰爭已久）
赤焰燃燒的焦土

已長出樹木
（日子颩颩濕濕的過去）
那面旗幟升起一朵朵白雲
血跡澆灌的黃土
已長成牧草
邊疆的小調
是似有似無的歷史
我陷在質疑身世的各種鄉音中
語言是一條不確定的流水
水勢漸漸高漲
岸邊的景致
質疑季節的顏色
水上停棲一隻沉思的小鳥
魚早已遠去
遁入永恆的煙霧
倒影努力再現翻版的昔日

日子是複製品，一面面
在水泥橋的兩邊飄揚
仍然有魚夫垂釣
據說上鉤的
都是水中政客製造的笑容

日子喘息逼近
我在周遭咳嗽聲中驚醒
時代的呼吸漸遠
當診療室的門上
亮起我血紅的號碼
我提起酸痲的腳步
跨進不知色彩的未來

風箏

◇白靈

扶搖直上，小小的希望能懸得多高呢
長長一生莫非這樣一場遊戲吧
細細一線，卻想與整座天空拔河
上去再上去，都快看不見了
沿著河堤，我開始拉著天空奔跑

口紅

◇白靈

我們在屋子裏讀書
霧來了　窗都迷了路
我在玻璃上劃出
幾條水溶溶的小徑
並請你用鮮紅的嘴形
在路的開端
吻上一枚唇印

泡茶時　霧剛散
整片風景的上方
停著一顆
打哈欠的太陽

不如歌

◇白靈

平靜的無，不如抓狂的有
坐等升溫的露珠，不如捲熱而逃的淚水
猛射亂放的箭矢，不如挺出紅心的箭靶

養鴿子三千，不如擁老鷹一隻
被吻，不如被啄

住在衣服裏的女人

◇陳義芝

我渴望妳覆蓋，風一般輕輕壓著我
以妳細緻的皮膚如貼身的夜衣
或彷彿就是我自己的皮膚

牛仔褲是流行的白話，寫著詩一般騰躍的短句
開叉裙有古典的文法，銘刻了長篇的祈禱詞
春天一呼喚，妳絲質的襯衫就秀出兩朵
粉色的花苞給如夢的人生看
然而我知道，眞實的祕密總隱藏在身體的櫥窗裏

「打開看看吧！」妳含笑的眼神時常這樣暗示
我
爲一顆鮮紅的果子而羞澀

千百個櫥窗中我看到妳眩人心神的笑彷彿未笑
寬鬆衣襬下搖蕩一奧祕的天體
蹙眉思考如聖經紙印的字典

多像一隻遠遁人煙之外卻愛戀著人世的狐
妳豈是我遺失的那根肋骨
或者我應是黏附妳身的一塊肉
降謫於床笫，化身成一條天譴的蛇

我渴望穿妳，當披肩滑落勢如閃電
圍裙像黃金的穀倉微妙擺動
空氣在摩擦，日光在接吻
我渴望套頭的圓領衫埋入妳胸脯，陷身桃花源

放棄棉紗纖維的研究自是日
我專攻身體的誘惑，例如鈕扣鬆脫拉鍊滑雪
分分秒秒念著521 521……的傳訊密碼
自是日妳深潛我夢中撐開一把抵擋熱雨的傘
沿足踝的曲線向北方，妳是我望中帘幕半遮的
門
我深信妳打開的皮包中永遠藏有我
——一堆親暱而俚俗的話

貝爾法斯特

◇王添源

那一年我們在清寂的貝爾法斯特
在北街一家簡陋的汽車旅館做愛
急促熱烈像鳥類在春天交尾
我記得那一天剛好是情人節
窗外紅磚牆上的口號令人特別傷感；
「共和軍永不投降、爲烏爾斯特奮戰」
纏綿之後你要我更加注意政府軍的搜捕
逃亡期間我沒有停止暴亂與反抗
並且祈禱在萬聖節前仍能活著
見到你和嬰孩在古老的天主教街
告訴他或她我一生的倉皇與流蕩
是爲了讓北愛爾蘭不再有這樣的標語：
「我們弱小是因爲我們沒有站起來」
如能這樣我就會放下武器向他們投降

想念

◇王添源

而春天仍企圖偷渡北緯四十度
你在密西根湖畔芝加哥北邊的小鎮
在大學的音樂廳練習低音提琴
驚蟄這節氣你似乎還沒想起
沉重的弓你拉起來是否仍覺吃力？
我在北迴歸線橫越的島嶼
在陰濕灰濛乍暖還冷多雨的城市
撐起黑傘走進圖書館，閱讀思考
密實厚重的諾頓西洋文學選集裏
亞里斯多德〈詩學〉悲劇的定義
字裏行間若有樂音傳出，德弗乍克
弦樂四重奏〈美國〉引我想念你：
氣象報告大風雪在另一個大陸翻攪
打越洋電話給你，你是否能順利接到？

島嶼邊緣

◇陳黎

在縮尺一比四千萬的世界地圖上
我們的島是一粒不完整的黃鈕釦
鬆落在藍色的制服上
我的存在如今是一縷比蛛絲還細的
透明的線，穿過面海的我的窗口
用力把島嶼和大海縫在一起

在孤寂的年月的邊緣，新的一歲
和舊的一歲交替的縫隙
心思如一冊鏡書，冷冷地凝結住

時間的波紋
翻閱它，你看到一頁頁模糊的
過去，在鏡面明亮地閃現

另一粒祕密的釦子——
像隱形的錄音機，貼在你的胸前
把你的和人類的記憶
重疊地收錄、播放
混合著愛與恨，夢與眞
苦難與喜悅的錄音帶

現在，你聽到的是
世界的聲音
你自己的和所有死者、生者的
心跳。如果你用心呼叫
所有的死者和生者將清楚地
和你說話

在島嶼邊緣，在睡眠與
甦醒的交界
我的手握住如針的我的存在
穿過被島上人民的手磨圓磨亮的
黃鈕釦，用力刺入
藍色制服後面地球的心臟

戰爭交響曲

◇陳黎

兵兵兵兵兵兵兵兵兵兵兵兵兵兵兵兵兵兵兵兵兵兵兵兵
兵兵兵兵兵兵兵兵兵兵兵兵兵兵兵兵兵兵兵兵兵兵兵兵
兵兵兵兵兵兵兵兵兵兵兵兵兵兵兵兵兵兵兵兵兵兵兵兵
兵兵兵兵兵兵兵兵兵兵兵兵兵兵兵兵兵兵兵兵兵兵兵兵
兵兵兵兵兵兵兵兵兵兵兵兵兵兵兵兵兵兵兵兵兵兵兵兵

兵兵兵兵兵兵兵兵兵兵兵兵兵兵兵兵兵兵兵兵兵兵兵兵
兵兵兵兵兵兵兵兵兵兵兵兵兵兵兵兵兵兵兵兵兵兵兵兵
兵兵兵兵兵兵兵兵兵兵兵兵兵兵兵兵兵兵兵兵兵兵兵兵
兵兵兵兵兵兵兵兵兵兵兵兵兵兵兵兵兵兵兵兵兵兵兵兵
兵兵兵兵兵兵兵兵兵兵兵兵兵兵兵兵兵兵兵兵兵兵兵兵
兵兵兵兵兵兵兵兵兵兵兵兵兵兵兵兵兵兵兵兵兵兵兵兵
兵兵兵兵兵兵兵兵兵兵兵兵兵兵兵兵兵兵兵兵兵兵兵兵
兵兵兵兵兵兵兵兵兵兵兵兵兵兵兵兵兵兵兵兵兵兵兵兵
兵兵兵兵兵兵兵兵兵兵兵兵兵兵兵兵兵兵兵兵兵兵兵兵
兵兵兵兵兵兵兵兵兵兵兵兵兵兵兵兵兵兵兵兵兵兵兵兵
兵兵兵兵兵兵兵兵兵兵兵兵兵兵兵兵兵兵兵兵兵兵兵兵
兵兵兵兵兵兵兵兵兵兵兵兵兵兵兵兵兵兵兵兵兵兵兵兵
兵兵兵兵兵兵兵兵兵兵兵兵兵兵兵兵兵兵兵兵兵兵兵兵
兵兵兵兵兵兵兵兵兵兵兵兵兵兵兵兵兵兵兵兵兵兵兵兵
兵兵兵兵兵兵兵兵兵兵兵兵兵兵兵兵兵兵兵兵兵兵兵兵
兵兵兵兵兵兵兵兵兵兵兵兵兵兵兵兵兵兵兵兵兵兵兵兵

乒乓乒乓乒乓乒乓乒乓乒乓乒乓乒乓乒乓乒乓乒乓乒乓
乒乓乒乓乒乓乒乓乒乓乒乓乒乓乒乓乒乓乒乓乒乓乒乓
乒乓乒乓乒乓乒乓乒乓乒乓乒乓乒乓乒乓乒乓乒乓乒乓
乒乓乒乓乒乓乒乓乒乓乒乓乒乓乒乓乒乓乒乓乒乓乒乓
乒乒乒乒乒乒乒乒乓乓乓乓乓乓乓乓乒乒　乒乒乒　乓
乓乓　乒乓乒乒　乒　乓　　乒乒　　乒乒　　乓乓
乒乒　　乓乒　乒　乓　乒　乓　乒乒乒　　乓　乒
　乒乒　乓　乓乓　乒　　乒　乓　　乒　乓　　　乒
乒　　　　　　乓乓　　　　　　乓　　　　乒　乓
　乒　　　乓　　　　乒　　　　　乓　　　　乓
　　　　乒　　　　　　　　　　　　　　乓

丘丘丘丘丘丘丘丘丘丘丘丘丘丘丘丘丘丘丘丘丘丘丘丘
丘丘丘丘丘丘丘丘丘丘丘丘丘丘丘丘丘丘丘丘丘丘丘丘
丘丘丘丘丘丘丘丘丘丘丘丘丘丘丘丘丘丘丘丘丘丘丘丘
丘丘丘丘丘丘丘丘丘丘丘丘丘丘丘丘丘丘丘丘丘丘丘丘
丘丘丘丘丘丘丘丘丘丘丘丘丘丘丘丘丘丘丘丘丘丘丘丘

丘丘丘丘丘丘丘丘丘丘丘丘丘丘丘丘丘丘丘丘丘丘丘丘丘丘丘丘丘
丘丘丘丘丘丘丘丘丘丘丘丘丘丘丘丘丘丘丘丘丘丘丘丘丘丘丘丘丘
丘丘丘丘丘丘丘丘丘丘丘丘丘丘丘丘丘丘丘丘丘丘丘丘丘丘丘丘丘
丘丘丘丘丘丘丘丘丘丘丘丘丘丘丘丘丘丘丘丘丘丘丘丘丘丘丘丘丘
丘丘丘丘丘丘丘丘丘丘丘丘丘丘丘丘丘丘丘丘丘丘丘丘丘丘丘丘丘
丘丘丘丘丘丘丘丘丘丘丘丘丘丘丘丘丘丘丘丘丘丘丘丘丘丘丘丘丘
丘丘丘丘丘丘丘丘丘丘丘丘丘丘丘丘丘丘丘丘丘丘丘丘丘丘丘丘丘
丘丘丘丘丘丘丘丘丘丘丘丘丘丘丘丘丘丘丘丘丘丘丘丘丘丘丘丘丘
丘丘丘丘丘丘丘丘丘丘丘丘丘丘丘丘丘丘丘丘丘丘丘丘丘丘丘丘丘
丘丘丘丘丘丘丘丘丘丘丘丘丘丘丘丘丘丘丘丘丘丘丘丘丘丘丘丘丘
丘丘丘丘丘丘丘丘丘丘丘丘丘丘丘丘丘丘丘丘丘丘丘丘丘丘丘丘丘

發現□□

◇向陽

□□被發現

在一九二〇年出版的
多份發黃而枯裂的新聞紙上

在歷史嘲弄的唇邊
□□業已湮滅
啄木鳥也啄不出什麼
□□之中
空空　洞洞

在她飄移的裙緣
□□靜候填充
駭浪怒潮左右窺伺
□□　□□
懵懵　懂懂

在有限的四方框內
空空洞洞的　□□

□□ 葡萄牙水手叫她Formosa
□□ 荷蘭賜她Zeelandia之名
□□ 鄭成功塡入明都平安
□□ 大清在其上設府而隸福建
□□ 棄民在此成立民主國
□□ 日本種入大和魂
□□ 現在據說是中國不可分割的肉

在無數的符號之中
懵懵　懂懂的　□□
什麼都是的□□
什麼都不是的□□

猶似紅檜，在濃濃霧中
找不到踏腳的土地
所有的鳥競相插上羽翅
所有的獸爭逐彼此足跡

發現□□成爲一種趣味
尋找□□變做閒來無事的遊戲

□□被複製
在一九九一年冬付梓的
以及部分被付之一炬的
選舉公報中
□□被發現
在□□圍起來的□□中
在空洞的□□裏
□□以□□爲名
終至於連□□也找不到了

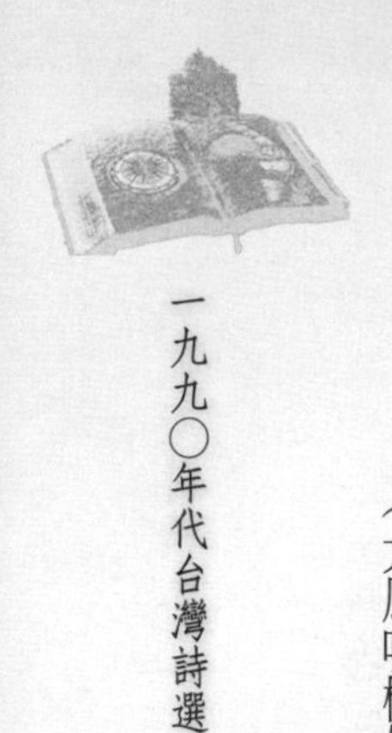

在公佈欄下腳

◇向陽

「公告：

（一日到闇貼，不知欲講啥？

「本公司開廠卅七年來，

（也有卅七年囉，歷史悠久，

「在全體員工的共同努力下，

（努力是有也，我入公司也有二十外年

囉！

「鼎盛時期有二千五百餘名員工，

（現時只存六百外名，我自濟做到少，

「分紡織、織布、染整、針織、縫紉五部門，

（五官齊全，一貫作業，

「而後因爲受國際景氣影響，

（大風吹樹倒，

「目前只存紡織及針織二部門，

（樹倒猴猻散，

「經營困難。自去年紡織業略有起色，

（猴猻散了了，樹仔漸漸活，

「本公司爲解除危機，擴大生產線，

（彼時眞鬧熱，線頂全菜鳥，

「投資兩億，希望拯救公司營運，

（歹樹落重藥，好酒沉甕底，

「不料國外市場競爭激烈。本公司外銷

（請裁做做咧，逐日攏退貨，

「遭受很大打擊，虧損嚴重，

（逐年也講這款話，騙菜鳥……

「經過董事會不斷投資挽救，

（奇怪，頂個月猶講是全國賺上濟？

「上個月虧損已達一千數千萬，

（我目睛有問題否？明明聽講是賺哪！

「又遇銀行緊縮銀根，融資困難，

（欲賺欲賠隨在伊，什麼銀行什麼公司？
「在萬分不得已的情況下，不得不斷然宣佈：
（也有這款代誌？
「自本月卅日起正式停車，
（啊？啊！定去囉！
「敬請全體員工體諒公司處境。
（誰來體諒員工的心情？
「本公司決定照勞動基準法資遣員工，
（我做布二十外年的退休金呢？
「拖欠員工五月、六月薪金，近期發放，
（七月、八月食自己？
「情非得已，敬希全體員工多多體諒。
（體諒體諒，……
「此佈。」
（敢眞正得轉去賣布囉？）

李白vs.波斯灣

◇沈志方

晚間新聞前我正鼓腹
剔牙，讀一二首你的代表作
與爾同銷萬古愁之類的
顯然不能讓什麼發生
或，不發生

布希與海珊這對絕配終於
開打後，太太下廚起鍋
加油，電視上咻咻四竄的流彈
與鍋中的爆米花此起彼落
居然隱隱合轍押韻
我扭頭大喊：再撒把鹽——
血，據說，鹹如鹽

鹹才夠味

呼兒將出換美酒
三歲半的幼兒被電視牢牢釘住
他喊萬歲！他以爲是聖戰士
無敵鐵金剛與霹靂貓聯合演出
我合上你的詩集，怕安史之亂
開打後，你忍不住就嘔出
滿地塊壘

絕配啊絕配這世界
玉米花跟著鹽巴
黑色的油跟著紅色的血
詩句的平仄跟著飛彈的咻咻跟著
孩子的萬歲，晚間新聞後跟著
緊跟著就是八點檔

雪珂啊雪珂你說，今夜
我該看病還是選擇錯綜連續的
愛？

異形

◇孫維民

如此強悍的痛苦在我的體內我無法以眼睛嘴巴性
器將它排出我不能用聲影液體煙霧將它殺死

我在信封上書寫姓名地址
我拿起電話按下一堆數字
我走進黑暗的街道直到破曉
我駕著車任憑儀錶求救尖叫
我打開門找到床枕
躺下以前照例我

祈禱

可是始終它在生長還在我的體內像某種外太空的
異形指節伸進我的指節如同手套腳掌踩壓我的腳
掌彷若鞋子它的身體終於取代了我餘下空殼的我
不過是它臨時的居所偽裝

除了我
沒有人知道
除了它
沒有人知道

大夢

◇孫維民

他壓動水箱的旋紐，然後刷牙洗臉
一個中年男子在鏡裏端詳著他
著名的弦樂主題又回來了，當妻子
走出廚房在原木餐桌上擺置碗筷
瓶花安靜地死著
第二、三版仍是未了的政爭
中東、緋聞、分屍疑案散落他處
八點三十七分了。她盡責地提醒
他拿鑰匙，坐在門口繫鞋帶
離家之前照例觸碰她的左乳。

當他抵達第一個路口
燈號轉紅，穿運動衣的老人顧盼通過。
開完會後必須抽空去趟銀行週五記得提早赴約
小心對付那頭漂亮的衣冠禽獸
他想。此時一隻白蝶撲撞擋風玻璃
他感覺自己已經完全清醒

雖然他確實還在一場夢裏。

書店風景

◇遲鈍

他們整整齊齊地排列
墓碑栽植於街道無數的
靈魂呼吸著花粉但眼前
無處不是歧路無處不是
歧路者羞怯的肌膚是刺青的
裸臂是深埋的緘默或是
坦肚露臍曝曬於灼烈的
窺視之下者無處不是
基因密碼耳語著愛染

誘惑著馬蹄克利克利或許
我將被流星擊中倒臥於藍色
蒼穹或血色的埃及窗帘

你瞧歧路者的骨骸堆疊堆疊
成一座座高牆一座座塔樓
而當孤獨蜂擁來襲誰來
舉起烽火傳遞寂寞

你瞧這麼這麼多的可能
而來時之路卻已收盡了淚水
歧路者的眼睛的唯一作用
是一再地假裝已經買到買到靈魂

在通往最終的收銀機之前
牽著手沿街走下如果你想
轉換舞伴你可以扮演國王

或乞丐或快樂地吞噬彼此

問答題

——李賀：一泓海水杯中看

◇遲鈍

海水問杯子：
妳的虛空，我灌得進嗎？
杯子回答：
你的濤聲，我裝得滿嗎？

立可白修正液

◇江文瑜

我打開立可白
她橫躺——
堅挺的乳頭滲出豐沛的乳汁
或是，尖硬的陰唇
泌流黏狀的潤滑液——
正準備塗抹在攤開的男體
修正那一身陽性的弧線——

車站留言

◇陳克華

阿美阿草
我先搭11點37的南下了　我並不恨你
如果颱風明天到達
來電：（00）7127ㄓ998φ
父留。孩子記得我
先生下再說
錢，不要等我了
我家不在台北　ECHO: ECHO
欠你的
工作已找著
很久很久以後，本質
和現象衝突　得很厲害
祝　快回家
三隻母雞和甘藍菜
都好
你最眞誠的愛勿此
再還你。

婚禮留言

◇陳克華

我的至愛
今日我從你手中接過你贈與的指環
所值不貲
我將因此賦予
你合法使用我的屄的權利
你將餵食我以中餐西餐日本料理
韓國泡菜港式點心法國晚餐

當然，還有你的陰莖和精液
你的腳趾和體毛，
你的性病和菜花，愛人啊

我經濟獨立，學業有成，人格成熟
今日並成為你惟一的妻
我將自此否認我的手指曾經觸碰過
其他同樣鴨豹亢奮的陽具
不記得曾經被父親染指
只仰慕你一人的喉結和體臭

我並不因此放棄節食和韻律操
肥皂劇和手淫
我曾經珍愛我的處女膜
辛勤鍛鍊陰道括約肌
但你我皆無法領會何謂童貞……

我的至愛
請接受我回贈你的皮鞭與烙鐵
手銬刑具與潤滑膏
（你為什麼不是一名納粹黑衫軍官呢？）
在這純白的婚禮上
我嚮往一名酷似你的多毛嬰孩
他將揪緊我的奶頭榨取其中乳汁
我將因此興奮體驗此生我的無上幸福

旅遊旺季
——現象學ㄔ

◇羅任玲

他在敘利亞博物館吃便當魚飯
在印度國立博物館拍照留念
在華盛頓航空博物館買門票

在大英博物館中庭迷失方向
在美國國立歷史博物館竊笑
她在倫敦科學博物館偷偷補妝
在柏林世界民族博物館呵欠
在歐洲自然史博物館上廁所
在埃及博物館幻想英俊法老
在很熱鬧的旅遊旺季，快樂

美食主義者

◇羅任玲

行走

點上蠟燭
把自己圍起來
把火圍起來
蛀蟲在歲月裏面行走

提琴的音色
華麗如星
高難度的夢境
獨自離開
離開了，走在
海和砂築起的黃昏
蛀蟲在堤防上行走
屋裏有人點起雪色
篤篤行走
蘸一點糖、蜂蜜，或者糖漿
收音機裏說
還可以加一點豬油
吃了，篤篤行走
篤篤行走

蛆原

學著包粽子，並且把做法留傳下來

黏黏的，讓許多螞蟻聚集
如同在秋天裏發現一首詩
遙遙的
萬家燈火

一滴果汁滴落

◇鴻鴻

一滴果汁滴落在
我正在讀的詩上
我沒有立即擦拭；
慢慢暈開了
這一行的氣味，韻律，情緒綿長。
一滴果汁滴落，落在
一位遠方詩人新成的詩作，
他曾在無知的年少下放
到更遠的遠方做鍋爐工、煤爐工、車間操作
在那兒認識了漂鳥草葉和只存在夢裏的姑娘
入獄，平反，突然又被派去管理倉庫，投閒置散
這一切都沒有人在意；
四十七歲的某一天，窗外的櫻花開了
他想起幼年的小巷，通往那
內心幽深盡頭的海洋，記憶陽光一樣射入
牆面的塗鴉，多麼像一首精心安排的詩，乘風
飛過
海洋，降落在我的書桌上
我喝著果汁，心不在焉地
等著夏天過去。童年的夏季
我偷過母親的錢筒打過哥哥欺騙過老師
長大後的某一天，忽然發現自己還愛著一個以
　上的女子，於是開始寫詩
長大後的哥哥教我，喝完鋁箔包
要把它壓扁，減少地球負荷的垃圾

也算是救贖人類的罪惡吧
我順手一擠，一滴殘餘的果汁
濺落在詩人的小巷裏。一滴
果汁，誰知道它來自
遙遠的南非還是哪裏？它在果園內
聽不見外面的示威，抗爭，歧視，也沒有人在
意過
這麼一顆陰暗的果子。
它無所謂地生長
無所謂地被擠壓封藏
又無所謂地
滴落：
或是滿懷盼望地成長
痛楚地被擠壓，而後
憂傷地滴落——
沒錯，這些不過是詩人任意的猜測
我們無以憑藉
只有它最後的芬芳
和顏色，鮮明
鵝黃，凝固在一頁詩上
當手輕撫，光滑的紙面
完全無法顯示它和那些字跡的存在
然而又如此觸目，彷彿
爲了證明回憶的堅定，飽滿
香馥，甚至帶有甜意
沒有人會誤會
它是一滴淚水。

最後一句

◇鴻鴻

小了的衣服
抓緊我的雙臂

抵住我的側頸
一把致命的小刀也不過如此
貼著呼吸起伏
貓一樣靈敏
氣味強烈彼此影響
脫下前我說
放鬆點
我沒有要到任何地方去

與我無關的東西

◇鴻鴻

如果我認識一個盛水果的缽它會是一個我所喜
　愛的缽
我喜愛它的透明將水果變形
我喜愛它擺在我的桌上儘管這是一張書桌
我喜愛它盛著各種顏色的水果有些新鮮有些擺
　得太久
而不管吃不吃
水果組合的形狀美妙或突兀
缽都無知地承受著
我喜愛它的無知
如果我認識一支錶我會喜愛這支錶
我喜愛長條形的錶帶被圓形的錶面所打斷
我喜愛它軟趴趴貼在桌面上難以想像它箍緊手
　腕的神氣模樣
我喜愛它釘死的三根針各有各的速度原地轉圈
儘管我完全不了解後面那些機械是怎麼咬合
它也不了解我的生活怎麼被他全盤切割
錶仍無知地運轉著
我喜愛它的無知

如果我認識一本字典我會不眠不休地喜愛它
喜愛它一絲不茍的排列順序並把每一頁塞得又
　滿又緊
喜愛它叫得出一切有形無形事物的名稱
喜愛它闔起時波浪般的封皮和脫線的書脊
喜愛它擁有無數鑰匙卻不需要鎖孔也不必去開
　門
更不用搭理門後面是什麼東西
我喜愛閱讀每個陌生字眼的大量歧義從而忘卻
　自己的複雜
我喜愛它的無知

一枚西班牙錢幣的自助旅行

◇李進文

她舞蹈，她輕易迴旋南下以哀怨的弗朗明科方式
姿勢是草原……窗外有風說話的樣子像皮鞭
聲音是橄欖色，清脆如爆裂命運的花生殼
喔一枚西班牙錢幣，小於蘭陽平原，血中的密
　度大於歷史
起初正正經經頓著，跺著：左腳、右腳；軍
　隊、天主教
百褶花裙撒落漫天頑抗的種籽，長在金屬的臉上
直到醞釀多時的夜終於成熟，掌聲氾濫在這個
　島
或伊比利半島，恰巧厭倦了潮溼而幽禁的內臟。
　她舞蹈
她一轉身即翻落我的書桌，姿勢以中文校正

落地，就是異鄉

一枚忘記選舉和匯率的西班牙錢幣買賣遠行。
　又突然記起
曾經吉普賽和猶太人暗夜釀造的水果酒，其味
　如悲歌
安達魯西亞和此地意識形態一樣嗜酒
酒瓶子搖晃如島，一座島高舉的政權彷彿馬德
　里郊外亮麗的
沉默的，多麼沉默的十字架，曾經
一座島被森林，雲和鳥簡簡單單地占領
直到敲薄的空氣冷凍蜜蜂的音節
落地瞬間，一枚錢幣被哭聲追著誕生
遠處阿蘭布拉宮養著的那口鐘
在饒舌的夜裏，痛飲金門高粱
如此多情。那種前進的舞步到五月仍念念不

　忘，塞萬提斯的
咖啡店，吉他，濃濃的橘子香自瓜達拉哈拉山
　腳下直接
探入我的窗口，撞上餐桌前一罐台灣啤酒
氣泡是紅的白的黑的嘴唇，像摩爾人和此際杯
　中的丑角
它們圍住一座升起的島嶼，討論政治和裸體。
　或關於
西班牙內戰，或亞熱帶下酒的經濟
曾經泥土中被冬天埋藏多少迷路的硫黃和語字
所以這次遠行，不是逃離命運，是從城市到另
　一個城市
像錢幣走的小徑，只專心傾聽落葉窸窣
走向某個黃昏某個早晨
　旅行者是自己的獨裁者
她開始逛街；蒐集眼睛，肚臍，卵形的語言

雙腳一鎚一鎚打造光，把流浪買回來，把胎記
　買回來
再找還你一座島四周不安的海洋。而一枚西班
　牙錢幣
她那些脆薄的花紋如網，寂靜地躺在長長的海
　岸線
我鯨魚般的島啊，被浪綑綁，拷問。拳頭如淚
　滴
一張臉打造一段夢境，當一枚西班牙錢幣掉落
堅實，飽滿的回音；慵懶而自足
她在棕櫚樹下迴旋起舞，踢踢踏踏
記不起腰際佩的是十字劍或番刀

有一個人

◇李進文

寂靜，啊寂靜自陽台長出枝枒
有一個人變成複葉眺望遠處——
窗外的花瓣和秋天在樹下跳繩
童年，剛剛路過

風把教堂的鐘聲敲得香氣四濺
你的名字如雨滴在異國的石板路
櫥窗會吃掉孤獨的鞋音嗎？
你會用髮巾把遠行的家綁緊嗎？

在回家和旅行的路上你撞見夢了嗎？
你答應要帶一張金髮碧眼的地圖回來
並且保證不被法國梧桐咬傷

入夜前，我們的故事坐在陽台上
望著遠處一條長長的堤岸在走
海洋彷彿老到無力再摺另一艘船

齋飯

——翁山蘇姬結束囚居

◇許悔之

這一次我離開囚室之際
陽光正好。整座中南半島
一只迎向海洋的缽
我感覺自己和同胞
像一顆顆堅實的米粒
被海洋的水沖刷、淘洗
陽光似火，我們取槍桿為薪
慢慢地煮出一缽飯

從十方來
向十方布施
鴿子或猛虎都好
毒龍和綿羊皆不推拒
饑餓的幼兒咬痛母親的乳頭

我走出囚室
看管我多年的兵士
羞愧地垂頭
當土地淪為花木的墳穴
天空變成飛鳥的牢籠
我什麼也不能做——
除了做一顆飽滿的
拒絕受潮和腐臭的米粒
之外，我還堅持清遠的香味
那抖顫的發芽、抽穗和結實
是的，困阨之時

生命仍須像煮飯一樣
全神貫注

現在我將迎接那水
佛陀已經伸出祂的手
爲我，我們淘洗
我將在水中旋浮、滌淨
啊最後安靜地沉落

等待那火

等待那火
我感覺自己停經後的身體
在秋涼之中悲傷和快樂
我去淘米取水
煮一缽齋飯
獻奉給噬人的餓狼
和三世的諸佛

如果飛魚躍出

◇李宗榮

遙遠的島嶼飛魚如果躍出
與妳相擁的溫柔將在夢中把我托住
空的電視機是夜吐出的咒語
歎息與哀傷在噩夢的城中迷路

就在回憶中呑食妳乳房的氣味
生殖的泥土中蔓藤如孩童往天空生長
海草的腥狂如妳的髮令我暈眩
妳是宇宙的潮汐，生命的珍珠母
啊，我們曾如何歡愉的在魚的泡沫中相擁而
眠！

如果星群密藏海的奧義

我祈求只要我朝南方凝視就能
解讀海岩裏妳溫暖回聲的深沉與神祕
妳是晨曦中被朗誦的第一個字
岩屑、獸屍與箭矢是歌頌妳的詩的元素
在太陽初升的海平面上寫下潔淨而芳香的虛無

我祈求，當飛魚躍出
我的心就被妳海水的肉體朝星空撕裂
日出、星綻、月華、草馨、木香、花繁……
讓我們的血在八荒四碎
在飄花成藪的月光海上灑下生命之鹽
讓我絕望的說出：「妳吞噬一切！」

如果飛魚躍出，我手裏緊握的地圖將發光
思念與千吻便是朝向妳的輝煌航線
妳的肉體的島就是永不再被毀滅的家園
讓我狂暴的在妳身上種下族人的血
喜悅的飛魚群在妳裸身的海邊湧出如淚

筍之告白

◇紀小樣

驚蟄過後；穀雨未來
我是一株從山林被盜採
到紅塵出售的筍。
那些仁慈的伯伯叔叔毛手毛腳
在我唇上抹口紅；乳房底下打針
他們用力扯斷披覆在我身上的籜
用一截截行將腐爛的朽木，插入
我的體內——探測他們想要的
　　　　春天的體溫……。

愛酗酒的父親啊！我不
怪你：墮落是整個剝筍的過程。
愛賭博的母親啊！我不
恨妳：我看見中央山脈在流血……
——世界啊！是一片忍不住
　　抽痛的竹林。

摩天大樓

◇紀小樣

電梯是消化不良的直腸
他們把我的內臟運上來
我是超現實主義者，站在
二樓俯看一樓，廣場上的
銅像在發笑，銅像
頭頂上的鳥糞在醱酵

銅像是人類的超現實主義者
鳥糞是銅像的超現實主義者
三樓是二樓的超現實主義者
於是二樓就哭了，因爲三樓比他高
他們把我的臟器安放在各個樓層
我的頭髮長滿空中花園
相對於頭顱，及頭殼裏
流動的思想與智慧
頭髮是頭皮的超現實主義者
只有一片雲，忘記流淚的天職
——他知道鳥的肛門，其實
　　也是形而下的。

空白帶

◇唐捐

1

枯木蒸出菌芝，草葉哼出霜露。
靈魂，我的靈魂是一種富於原創性的音樂，
錄在肉體的磁軌間。
但這的的確確是黃鐘毀棄、盜版猖獗的時代。
你家冰箱裏的輓歌抄襲我家烤箱裏的頌歌，
浪花牌的謊言模仿梅花牌的誓言。
啊，經過一再的copy，我的靈魂
早已經流傳到天空的帽簷、大海的裙腳——
在梵諦崗，他們用教堂播出我的懺悔
在拉斯維加斯，他們用賭場播出我的虛僞
在曼谷，他們用妓院播出我的慾望
在塞拉耶佛，他們用戰車播出我的血淚

2

……在這些盜版的靈魂
像日光燈，竄奪日光，哺乳那些盲目的目光。
藥丹凝聚靈芝，菊花保管月光。
原版的我，一直被供奉在衰老的肉身中。
時時渴望一支溫柔的唱針將我刮出——
他們用床褥
播出我的惡夢與美夢、夢中的囈語
用僞造的獎狀播出操行；用照相機播出形象
用果汁機，播出愛情；用滅火器播出脾氣
用文書處理機，播出渾沌的意識與潛意識
用蜜蜂的小腹，播出濃濃的甜言蜜語
但那些仍是雜音，不是原本灌入的音樂
我找不到合適的播放器，播出自己的內在
我想被我播出，但我播不出我，我想播出我
而肉體的磁軌已經慢慢毀壞……。

只好趕快把即將失傳的靈魂之歌。
存入兒子的腦袋

3

誰把我的肉體放進棺木的卡柙
啊，播出靈魂，我變成空白帶
傾洩大量透明的沉默，在蟲鳴鳥叫的夾縫裏浮
沉
誰？是誰！
洗去斑斕如蝶、悠揚如笛的靈魂——
原版已成廣陵散，盜版卻像燎原火
靈魂已經空白，仍被盜版——
落葉copy我的冷清，月亮copy我的清白。

宇宙論

◇唐捐

乾稱父，坤稱母；予茲藐焉，乃混然中處。

——張載

1

天空挺著鼓鼓的肚皮
懷孕我們
還沒出生，還沒活過
我們只是渾沌的受精卵
不知誰弄大母親的肚皮？
祂可在外頭等我們出去？
風雨雕刻我們的軀殼
烈日打造了心情——

我們被完成。靈魂
被排泄到天地之外
身軀被母親開除
茫茫星海，找不到父親
成爲流浪的宇宙塵

2

群星如釘，狠狠打進
天空的深處
從未出世，早已入土
世界是一座堂皇的塋墓
保養著死屍。不讓腐味
洩漏，侵擾高枕上的神
從未作人，早已成鬼

愛與恨只是蛆蟲的運動
哭與笑則是牠的排泄物
所有的行爲都叫　腐爛
所有的事物都叫　棺木
神說過：有一天
祂要來開棺驗屍

度冬的情獸

◇顏艾琳

冬天的時候
我們窩在棉被的巢裏，
獸一般地取暖。
親愛的小孩，
你貪心地吸吮我的乳房

含糊而濕濡地說
：「你的雙乳很原始、
　你的奶頭很古典、
　你的體溫很東方……」
是的，我們臥姿
是洪荒時期取火的動作，
藉由摩擦和不斷地鑽抽
來燃燒自己的文明。

親愛的小孩，
睡意來襲之前
我們都是「更新世」的野獸，
還在渴望著直立的生活。

但，我們還是蜷躺著吧！
用肉體建築最初的洞穴，
潛躲我們害羞而不可告人的進化。

淫時之月

◇顏艾琳

骯髒而淫穢的橘月升起了。

在吸滿了太陽的精光氣色之後
她以淺淺的下弦
微笑地，
舔著雲朵
舔著勃起的高樓
舔著矗立的山勢
以她挑逗的唇勾，
撩起所有陽物的鄉愁

在隔壁

◇陳大爲

在隔壁　我聽見
死亡被床放大的掙扎
一吋一吋
吃掉恐懼可以躲藏的距離
形容詞　和它撞倒的文句

我清楚聽見　淚
漣漪了舉室凝固的空氣
生命的螺絲鬆脫
緩緩的
像風繞過唯一的燭火
那麼小心　那麼猶豫
難道只有五十克嗎

靈魂的淨重
連記憶
都得細心挑選
我很想稱稱其中有沒有
三兩克
屬於我童年的

外公就帶走
這僅僅一團鵝毛的淨重嗎
隔著厚厚一道
八年的牆壁
聽見　我的小名
被喊得十分隱約

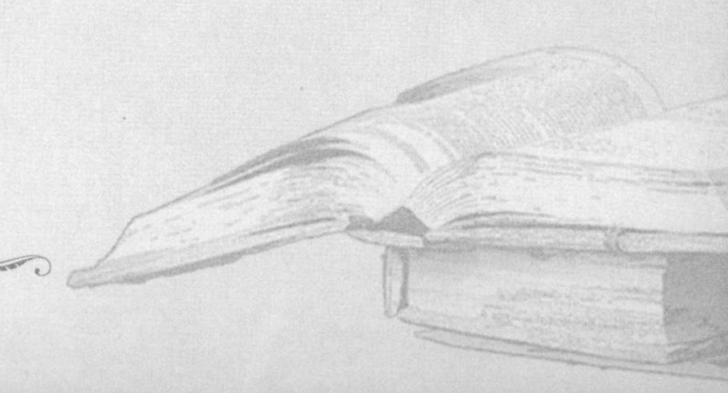

屈程式

◇陳大為

F1：端午

端上一串促進午睡的大作
有龍舟自詩人咽喉夾泥沙滑落
我被大會的高潮深度催眠
隱約回到屈原註冊的江邊：

地點是汨羅沒錯
時間約在BC二七八年
離屈原投江才兩天，
過半的楚民蒸發成厚厚的雨雲
麻質的空氣把眼白狠狠刮傷
淚腺是支流將悲情灌滿……
「但我不認識他。」

「難道你不會假假哀慟
假假身置其中？」
「像那些所謂的詩人一樣？」
「嗯，創作你逼眞的化妝。」

空洞且巨大的吟誦把我咬醒
抖落夢屑，我左看右看
觀衆的掌是船槳在推波在助瀾
詩人陶醉於自己的鼓聲節奏
往年的大作與來年的大作互相拷貝
同樣的基因同樣的體位在此交配
「屈原只是皮影戲裏的皮影？」
「不然你以爲。」
我不得不離去，像一隻異形；
背後又一首大作像火箭隆隆昇起。

F2：端午

外婆端來一顆稜形的午餐
味蕾忍不住跳起來鼓掌
大腦把屈原隨手冷藏，

香氣是明礬沉殿掉人文思想
我熱血沸騰一百度感動——
　那五小時裹粽的手
　那五小時灶旁的高溫忍受
我感同當年汨羅裏的魚群……
（單憑這點就該把屈原吃乾淨）

跟每位端午專心的食客一樣
我穿透糯米的彈性
用筷子分析歷史與傳統的內涵
果有偉大心臟和感人的鹹蛋黃
以及虔誠的貢品如大豆如蝦米
結構嚴謹，條理清晰
還保存從竹筒原型演進的痕跡；

將抽象的端午吃成具體的端午
我們都用永恆的味覺來記憶佳節
粽子因此提昇到象徵的境界
在潛意識裏取代屈原。

F3：愛國

下午兩點，太陽七十度傾斜
汨羅在同學的朗讀裏涸竭
課本有空白地方，我試著演算：
【懷才不遇×愛國÷投江】
屈原從標準答案裏走出來
似銅像，站在課本中央
頂著崇高的天花板；

其實思考與情操已被殉國濃縮
宛如天龍自騰雲裏隱沒
課文簡介了四段，才提了一行
死亡的衍義張開巨大蟒嘴
呑盡屈原的壯志和憂患像呑蛋
我們的胃液靜靜旁觀
卻再三反芻蟒嘴的評斷！

「愛國」是一言以蔽之的說法
很官方，但簡單又難忘
經讀本注射到忠實的大腦
這一支支愛國的思想預苗
培養出屈原單一的偉大面貌。

F4：離騷
它本身就是個獨醒的世界

楚的神話藉此發源
但神幻的翅膀是困惑與憂傷
沉重的意象在九歌裏飛翔，

靈魄全轉換成小篆
楚辭裏的屈原才是屈原
但文本裏導讀的磁場非常強大
自秦以來也只有一種讀法，
強勢的生平固定了我的眼睛
簡直像拓碑一樣
我是那緊貼的宣紙無從掙扎；

但我終於讀懂臨江的心臟
聽到和漁夫的深邃對談
屈原獨獨醒在自己的敘述裏
香草與惡草交織成蓑衣
我穿上這件離騷走近，

總算清楚看見那皺紋很深的臉
鳳爪般修長、有力的指節……

我直接聽懂了楚的音樂
在二十歲的九月，秋天。

茶樓

◇陳大為

1：鐵觀音

你必須選個群雷舞爪的陰天
讓想像層層滲透歷史的中山裝
逛逛這條英殖民地舊街場
進一步假設：風是一九〇九的色澤
南洋昏睡，還夢見自己是唐山
累了，你就往街尾的茶樓擱下思絮

蜷曲的疲倦會像茶葉舒展——
「是誰，寫下這個大刀闊斧的匾額？」
你一定會問，問到脖子痠疼
門神威武彷彿兩廣提督
丈寬的門檻學長城在階前一橫
裏頭是一壺鐵觀音的紫砂城池；

壺肚再大，仍被高談的辮子坐滿
剛出爐的叻報顫動像脫落的龍鱗
你可以讀出潛龍血血的傷口
鉛字很忙，急著結痂被閹割的神州
宣統窩囊的詔書在頭版大哭。哭也沒用！

七種方言泡進一壺鐵觀音
她縱觀辮子們似雁翼清脆骨折的愁眉
也只能用回甘的苦澀安慰
包子把粗話囫圇吞下，「算帳！」

臼齒還嚼著：「那個葉赫那拉——」

2：舊粵曲

耐心坐下去，坐到高呼獨立的一九五七
你將看到我舅公掌櫃的風姿
還是疼胃的老點心，還是戀耳的舊粵曲
南洋商報蛇般纏住所有的左腕
目光如舟，在馬六甲海峽悠游
心臟探出根鬚吮吸腳下的厚土，

等粵曲舊透了，風就穿過去
把話題吹離唐山吹向華文學堂
舅公夥同街坊義賣，從月缺到月圓
包子砌出教室，河粉波浪成瓦
讓漢字塗鴉土生的孩子
南洋的腔調蒸熟了層層校舍
你該看看這汗水浩大的灌溉；

耐心坐下去，坐到易開瓶的一九八八
茶冷的速度裏有五百CC的可樂冒起
肯德基與麥當勞是瓜分食慾的暴龍
沒有誰再關心粵曲，只知道十大歌星
只呼吸經歐美殖民的空氣。

3：樓消瘦

歲月這鬼斧剛劈爛匾額
表舅只昏黃了幾盞小燈，權當夕陽
偏偏你選中九六年的陰天，此刻
茶樓消瘦，十足一座草蝕的龍墳
白蟻餓餓地行軍，飛蠅低空盤踞
穿過一樓感同穿過廢棄的宇宙
又像胃臟殭死仍有太多壯烈的酸痕！

每一步都要溫柔，梯子會痛

茶樓來不及上妝迎你
她輕咳了兩聲，喚醒沙啞的粵曲滿樓
泡壺鐵觀音，把南洋從頭品茗
問起包子堆砌的學校
問起星洲日報近日的頭條……

陳舊的街場往都市邊緣退隱，披上霉黴
百年的野史沼澤在巷裏兀自冷清
茶樓說她在下一行打烊，你想不想
再選個陰天讓群雷舞爪，在心房？

抗憂鬱劑

◇林婉瑜

每個禮拜，我前去
扣問我靈魂的神
洗淨我吧
赦免我
他白袍筆挺
彷彿纖塵不染的眞理
讓我描述
我內部正在發生的戰爭

金絲邊眼鏡透露冷靜的眼神
醫生──
你相信柏拉圖說的嗎
我們在洞穴內
火光的倒映舞影中生活？
你也犯錯嗎？
你有一雙探進護士裙的手？
你逃稅嗎？
你想像病人的身體，一邊手淫？
你比較想和男人做愛嗎？

你為自己寫下處方？
你心平氣和看完新聞？
你娶了你愛的女人？

所以你一方面是焦慮
另一方面是自律神經的問題
我會開些藥給你
還有什麼你覺得要補充的？
「憂鬱不是病徵，是我的才藝」
無人聽見
這抗辯

啊
神奇的藥丸
精神的明礬
我是睡了
視而不見苦楚

在安穩的夢域裏
大笑大叫
柏拉圖向我走來
帶我從洞穴離開

新世紀

台灣詩選

新世紀台灣新詩概論

時序進入二〇〇〇年以後，台灣文學發展可以眾聲喧嘩來概括，隨著台灣本土意識的崛起，認識土地與回溯歷史的書寫更加精彩。隨著資訊科技滲透市民生活，藝術思潮全球化的普及趨勢，乃至知識的大爆炸，也讓書寫開始有了嶄新的變化。加上多次的政黨輪替，台灣民主化進程的迅速，更讓公民社會成形，文學關懷的社會、環境與政治議題也隨之更為豐富。

在台灣本土議題的開發上，回溯原住民文化、荷蘭殖民、清領、日據乃至當代，從現代詩「看見台灣」，成為詩人重要的責任，更隱含著為島國請命的天職。江自得的〈賽德克悲歌〉書寫霧社事件，在賴和的〈南國哀歌〉的引領下，再一次回到了歷史場景中，理解賽德克族的哀痛與處境，重新歌詠這場悲劇。陳黎的詩集《我／城》不僅寫家鄉花蓮，同時把時間回到十六世紀，穿越時空，以詩見證台灣的歷史、風俗、文化與地景，以詩追索與再現重組島嶼圖像，見證台灣雜揉不同族群、不同文化的島嶼生命力。路寒袖的〈在八卦山遇見賴和〉則以彰化的風土為情境，以賴和的身影為典範，以詩言志，為詩人的社會責任樹立下了崇高的標竿。詹澈的〈出去鍍金回來鍍銀〉，寫自己出入農村與城市的生命故事，也旁徵家族史與台灣歷史的各種經濟與商業變貌，見證繁華之後，唯有文學才能閃著金黃的光澤。在一片回歸鄉土的歌詠中，洛夫則以三千行的長詩《漂木》，展現出他的「天涯美學」，梳理出在台灣

與中國大陸長期對峙下，家國離亂，人們錯綜複雜的認同與漂流，其中引發的悲劇意識，透過詩人的精神意志，展現出哲學的思維，把台灣現代詩中諸般情迷家國的辯證，拋向了華文文學社群中。

台灣現代詩人在面對資訊化的過程中，蘇紹連無論在數位媒體的前衛實驗上，或是網路社群「吹鼓吹論壇」的經營上，都起了關鍵的作用。在面對各式各樣現代化與全球化的弊端，總能夠企劃出動人的專題，也提出嶄新的觀點。以〈勞勞亭〉一詩為例，以「試擬送親友至他國工作的心聲」為副標題，充分展現出詩人的人道精神，關懷移工與新住民的處境與哀愁，詩中寫陰霾、黯淡與困頓，以及無法扭轉的命運，哀而不傷，情感節制，更發人深省。同個世代的瓦歷斯．諾幹在近來的創作中，越來越重視哲思，也展現出徘句或小詩的靈視，無論是寫〈碟片〉，將地球視為一張光碟，可以反覆抹寫與抽換，則銀河系的命運也就任由造物主輕易改換，或如〈電腦〉一詩，則將資訊設施「雲端」系統比擬為天堂的所在，在在都顯現出詩人敏於科技的變化，鎔鑄情感在新鮮的意象與譬喻中。林德俊的〈自動主義〉一詩，從各式各樣生活的電子設備自動門、自動櫃員機或如自動販賣機中，展現都會生活的便利，也隨之異化出人們因為自動而被動，因為便利而受挾制的悲哀，詩人可以揭露當代人的無助，冷冽如一把解剖刀，令人戰慄。

台灣民主化的進程中，政黨輪替的頻繁，更讓民眾的民主素養快速提升，有助於觀察公民權益，乃至台灣與國際的各項公共議題的開發，成為台灣作家新興的挑戰。鴻鴻在新世紀中，有極其活躍的身影，策展國際詩歌節，導演電影與小劇場，參與社會運動，詩作的文字風格趨向簡潔與明朗，〈流亡〉一詩可以視為控訴後殖民或是黨國言論控制的作品，以反諷的語言道出台灣人民生存的荒謬與困境。陳

家帶的〈文字獄〉把文藝的衰微，架構在華文世界正體字與繁體字通用，各種輸入法雜陳，文言與白話爭鋒，無論在台灣或是大陸，翻譯作品的盛行，商業文明的排擠，深刻書寫的作品越來越乏人問津，作者自比困於文字獄中，打造孤寂而美的世界，還有待讀者來劫獄？同樣把視野架構在兩岸三地共通社會議題的詩人，如廖偉棠在〈窗前樹〉中，觸及了都市更新此一複雜的社會問題，新世界讓舊房子和寧靜的生活消逝，私有的園囿、競逐的房價都造就了中產階級致富的美夢，也讓都市更新在商業機制下不斷更迭，快速磨滅了人們的記憶與既有的生活美好與生態。能夠把眼光與關心投射到世界的局勢，如林達陽的〈駐外記者實習〉，藉由駐外記者的觀察，穿透了新聞媒體建構輿論與世界觀的巨大能力，詩人顯然不相信國際新聞能忠於事實，在種種政治經濟力量的角逐下，事實也就更難以接近了。凌性傑的〈有信仰的人〉則在國際各種「恐怖攻擊」中，化身爲發動聖戰者，從自身的苦難與信仰中，辯駁人們刻板印象中的恐怖份子，是懷抱著愛與家園之思的，相信會帶給讀者另類的觀點。

在新世紀多樣主題開發下的詩人中，語言有著多樣的變化，無論是抒情與精要的剪裁，如向明、零雨、李進文、陳育虹與鯨向海的展示；或是敘事與戲劇獨白的運作，如楊小濱、李長青與林餘佐的娓娓道來，在在展現出台灣現代詩壇海納百川的豐富面貌。

延伸閱讀

◆楊宗翰，2015。〈臺灣現代詩的數位衝浪：從電腦詩到新媒體〉，《創世紀詩雜誌》，第185

期，頁55-58。
◆翁文嫻，2012。〈臺灣後現代詩觀察：夏宇及其後的新一代書寫〉，《臺灣文學研究》，1卷2期，頁251, 253-302。
◆林文馨，2008。〈原住民現代詩中的後殖民書寫——以瓦歷斯．諾幹《想念族人》、《伊能再踏查》爲例〉，《臺灣詩學學刊》，12期，頁159-183。
◆葉淑美，2008。〈「邊緣」作爲後現代的聲源——試析陳黎《島嶼邊緣》的後現代詩風〉，《臺灣文學評論》，8卷3期，頁28-52。

漂木・第三章

浮瓶中的書札之二：致詩人

◇洛夫

2

更荒謬的是死亡
大悲無言
寂滅屬於另一類之美
不須辯證，嘮叨
像一根繩子緊扣住語言的脖子
你說：詩是逼近死亡的沉默
也許是
但詩，不也是
把滿山花朵叫醒的鳥鳴嗎？
大江迷濛
你躲在霧裡說：
縱一葦之所如
其實此時你已進入
一種泰然的死亡狀態
秋葉飄零，落花踊舞
豆莢在烈日下靜靜地爆裂
你安詳地觀察每根草在風中的動靜
你看到，一朵花
在情慾高漲時被折磨得死去活來
當你正陷於生死莫辨的困境
只見
一匹白馬
向一座孤寒的峰頂奔馳而去
一隻兀鷹，嘴裡啣著落日
自危崖俯衝而下
當太陽
再度從廢墟中升起

蚯蚓，泥鰍，牛糞蟲
從穢土中冒出傖俗的頭顱
吐出一個個
憂鬱的氣泡
憂鬱的早晨和早晨的大地
憂鬱的城市和城市的春天
憂鬱的稻穗和稻穗的黃昏
憂鬱的蚱蜢和蚱蜢的童年
憂鬱的池塘憂鬱的荷花
憂鬱的南山憂鬱的陶潛
憂鬱的酒壺憂鬱的菊
憂鬱的史籍憂鬱的風雨
憂鬱的山海經憂鬱的蠹蟲
憂鬱的水缸憂鬱的蛇
憂鬱的廣場憂鬱的銅像
憂鬱的上帝
憂鬱的抽水馬桶

憂鬱的
滿街飛揚的錫箔紙錢
燃燒之後
繼之以殘灰
酒酣之後
繼之以悲歌

詩難

◇向明

如何認識一首詩
小松鼠說「看我的尾巴指示行事。」
一個箭步就跳不見了
原來詩是這樣難抓住
如何認領一首詩

北風說「跳上我的肩頭帶你去。」
跟著呼嘯一陣之後
落腳的地方只剩一片荒蕪

如何寫出一首詩
星辰說：「沿著我的方向尋上來便是。」
那上面苦寒，殞石亂飛
落得一身淒冷，沒尋得半截詩屍

你仍未被命名

◇江自得

你仍未被命名，未被認可
你的個性，你的祕密，你的軌跡
仍未完全出土

你身上仍充滿帶腥味的遺忘
那些冷漠的雨，無心過境的雲，出賣天空的西
風
悄悄竊走你的一切，將你遺棄在世界的底層

海就這樣說啦：
「不要退卻，要快長大
長成帶刺的九重葛
向周遭的世界蔓延
且防範著大人們
不老實的手」

賽德克悲歌

◇江自得

A

啊！波索康尼夫
白石山上，聳立天際的你
撐起中央山脈的重量
撐起你繁衍的千萬子孫

你把自己的影子撒向大地
讓長出的小米果實纍纍
你舞動圓融的葉子
讓祖靈在我心中閃閃發亮
你廣幅的面容頻頻向我招手
要我懷抱莊嚴的祖訓走向你
走向你那比親情遼闊的樹蔭

你流傳千年的語言
是謙遜的樹皮與散葉
是纏綿不已的樹根

啊！你唱出無比純粹的力量
讓世界轉向正視賽德克的存在
你寬宏的本性使歌聲不停追逐歌聲
在我體內，你無所求地歌唱
使我成爲快樂且清醒的獵人
使我在薄暮時分獲得安息與幸福

從你寧靜的果實內部
我聽見琤琮的泉水流淌——
連結星座，月亮與海洋
連結刀，槍與顫慄的血液
從你飛舞的枝葉
我看到祖先狩獵的目光——
觸及永恆的溫柔與美麗

觸及秩序井然的死亡
啊！來吧！大的波索康尼夫
把我引入你的魂魄裡
讓我進入你的時間
讓你的歌聲在靜默的大地喧騰
讓緋櫻成爲你的變形
年年綻放
在寒風中的霧社
在嗚咽的濁水溪畔

勞勞亭

——試擬送親友至他國工作的心聲

◇蘇紹連

我們的病在這裡摺疊
彎曲後，再分離
祝你日後的日子
都是直行，抵達
在一個不設限的國家
記得限制自己，記得
勾勒自己，繪在
陌生的語言下面
這裡的故事沒有遮蔽
我們從小相互裸裎
風景在濃淡中呈現
書寫著不同的文字
摺疊好再走，你要
哼唱，留下聲音的溫度
你要捻亮前面的陰霾

沒有空間，再關熄

我們是困頓的，是
困頓的，即將是困頓的
無限疲乏的，勞工
藥已過期的，仍要吃下

關於坐在岸邊的我

◇蘇紹連

昨天從我的旅行袋裡
找到一些鴿子，和下水道
需要成爲某一幅繪畫的
線條、色彩，形狀的
飛翔和流向

關於坐在岸邊的我
是「被忽略的」系列的一部分
水中的倒影仍在處理今天
是時間的椅子
漂浮，如一片落葉

想像一趟國境之外的旅行
由於殘破的城市，不知
怎麼出現兒童的眼睛，黑色的
藍色的，褐色的，灰色的
像旗幟，他們全都是
天空滴下的雨水

當我聽見，微弱的噪音是門的呼聲
當我聽不見，被修理的汽車是因爲睡眠
當我聽見，油漆追蹤柵欄也是愛的方式
當我聽不見，偏僻的碗櫃凝視著漏失的水

當我聽見，一個老水管子掩藏著故事
當我聽見在岸邊的我移動了
我想知道屋子底下的河水
有輕輕的節拍，沿著
城牆和水槽，尋覓飛翔
和流向的紋路
這將是得心應手的
再把天空的雨滴固定

出去鍍金回來鍍銀

◇詹澈

十七歲就離開家鄉，就像當年
十七歲的父親被徵調日本兵，祖父安慰他
「出外一枝香，在厝朽蕀桐」

二十七歲那年初春，我帶著北部的寒冬
一身似雪，度了銀似的回到農村，面帶慚愧

三十歲那年有一天我用新的姿勢
聳起肩膀，騎上新買的紅色重型野狼摩托車
在馬鞍型或像雙駝峰的山頭那邊
加緊油門，俯衝向對面的山頭
車聲在山脊上呼嘯——

一群山羊遠遠的迅速散開，如一團雲
如會叫的海浪，夾著草波往兩邊閃
紅色車影在山稜線上畫出一條火線
五十歲的我緊縮眉頭，站在山頭的這一邊
看著金色陽光鍍過我身後拉長的銀色溪谷
彷彿是昨天與今天，時光穿過隔鄰的巷弄
五十歲的我緊縮眉頭，坐在地鐵捷運

手中捧著一本詩選，封面有半身自畫像
裡面有二十七歲那年寫的詩
寫自己走在失業的路上，上衣掉了一顆鈕釦

穿上掉了一顆鈕釦的老式西裝，在這都市
在上班的日子，從冷氣的地鐵捷運
從冷氣的辦公桌邊，彷彿鍍了一層銀
十年磨一劍，十年換一件，衣錦未還鄉
從窮困的農村外出謀生，一直沒有胖起來

彷彿今天已到明天，我坐上高鐵
以時速二八〇公里的速度衝過災後的鄉村
紅色車影在山稜線上畫出一條火線
我手中捧著一本詩集，那年已是六十歲
我仍緊縮眉頭，陽光從視窗把我全身鍍金

我和我的火車和你（1, 5, 10）

◇零雨

1

我——有兩天沒睡好覺
內心糾葛。等一下可能會嘔吐

火車站一排大理石座椅上
我看著小書——裏面有波赫士
——或許他
和我的行李
——可以安慰我

我的淚淹到一行字上
但沒有滴下。它們不輕易
離開我。我儲存了一整座水庫

夠用好幾年

最近眼睛壞得可以壞到

可以理解波赫士了

等一下火車將經過你居住的

海洋。我將看到你。懷中有我

把我的骨頭磨出水來

我很想回家

但火車站每個人更像親人

我想站起來向他們微笑

但沒有人打擾我

我秘密地

把翅膀展開

5

我們在火車上讀著——

「淤泥」這個字我喜歡

我們能超越現實嗎

洗衣機的聲音

像緊箍咒

還有一種機器——能消解

矛盾嗎

我們必須在火車上

聽鋼條互相碰撞

傾軋傾軋——

宇宙太狹小了嗎

如何掘地便埋
把火車輕忽
從最初出發——這個虛無
被建構
成龐然大物
這個土木形骸
拆碎之後——
（淤泥這個字——
我喜歡）

10

冬眠的時候
父親缺席
我走到另一邊

母親是火車
喉嚨低啞
咳嗽的人
站在中間——
我們經過海洋
親人一年見一次面
不得不喝酒。嗑瓜子
小孩子在某一站
開始遊戲
我們非常需要小孩
祭祀。寫日記
我的喉嚨非常癢

所有的注意力集中——
把眼淚擠出
丟進海洋
身體內部——

塔克拉瑪干

◇陳育虹

你從你的蕭索
我從我的單薄
我們相遇，在一個字的
慈悲

與風雨
我帶著那個字　去

×××

一個字引我向你
我在西域，你在孤零的
島嶼，那凝固的淚啊
如果沒有其他法子，就讓
一個字顛簸
三千里，引我向你

×××

戈壁與高原都不阻止
一個字在空氣裡

氤逸

你一呼一息
我一伏一起

×××

抖落不盡的塵沙
如霧
我站在荒漠中央，站在
一個字的中央
迷失了

×××

是蔥嶺
還是那一個字帶來

心悸

雪山八方逼問
我暈眩而
熱

×××

那一個字必定也寫在
紅柳的單薄
在沙棗的蕭索裡
才留得那碎紅
暗香

×××

沒有鳥飛過
胡楊苦苦等了三個
千年

三個千年
只為那一個字？

×××

我也需要三個
千年
去活去愛
去說，去觸摸
那個字

×××

如何在幻化的沙海
生根，在化幻的時空
如何記得

那一個字
如何讓一朵花
借一個字　活下去

×××

一隻蝶在葡萄藤的
纏綿裡逡尋
用顫慄的翅膀靦腆說著
那一個字
而另一隻蝶竟聽見了

光影般飄近

×××

我也聽見了
切切的彈撥爾
涼涼的淚
塔克拉瑪干和一個字
的遙遠

×××

而你在哪裡
我已經翻越火燄山與
死亡之海
任憑那一個字

引我向你

註：
(一)塔克拉瑪干沙漠位於新疆塔里木盆地中央，面積三七萬平方公里餘，佔新疆五分之一；是中國第一大沙漠，也是僅次沙哈拉沙漠的世界第二大流沙沙漠，探險家稱之為「死亡之海」。
(二)「彈撥爾」為新疆維吾爾民族獨有之彈撥樂器。木質，五弦，具一長柄，長柄底端有梨形共鳴箱，樂者握柄以撥片撥彈，用於獨奏或伴唱。

文字獄

◇陳家帶

1

漢字的銅牆鐵壁間
散發著生鏽的春意

他移動游標，如星眨眼如棋走陣
想從部首注音重重機關中
殺出一條寫路

他以情感零件
運行理性機器
字裏乾坤、意在言外的翺翔
彷彿奇花異卉之薰染
冰火二重奏的文字浴

2

迷途於語詞森林
山櫻之後是杜鵑是木棉
是鳳凰樹在彩排夏日
時間引擎正搜尋
倉頡拼字時遺漏的珠璣

恨不能搭築詩的七寶樓台
他陰鬱的靈感鷹架
旁敲，側推
倒行，逆施
日日長高長大的文字慾

3

用華麗見證衰敗
擬聲字傳譯十三種鳥鳴
卻抓不住一瞥驚鴻
這深美無邊的秋色呀
要由落果、落果來註腳

西風精梳楓葉那般
纖細雅美，他臨摹鍵入
教字體發光，音節起舞
叮叮噹噹交響成辭海

天鏡在上倒映如謎的文字論

4

意義擱淺的沙洲
飛起大灰鷲，盤旋著冬陽
一圈圈質疑永恆曾否來訪
一圈圈，他沉思讀者命題
闢入自己打造的文字獄

象形之囚犯他是——
繁體煩也，簡體剪矣
文言銬住手腳，白話鬆開筋骨
新新詩完稿，存檔，上傳
呼喚全世界。在一面冷冽孤寂的螢幕

聖稜線

◇陳家帶

夢中我穿越黑森林
紅檜圓柏冷杉借煙霞談天
紫藤青蘿也來串門子
直到攀抵圈谷——冰河侵蝕
風化的地球故鄉
我看見年輕的我
正點數靚亮的名字
水晶蘭，鹿蹄草，杜鵑花
迎面不經意撞醒
半幅惺忪的旭日
夢中我縱走亂石陣
密靄深雲同登無極
以雪命名

爲次高山標識
在千壑之上萬瀑之上
我看見中年的我
巡禮著正午壯麗的群巒：
北稜角
凱蘭特昆山
雪山北峰
穆特勒布山
素密達山
布秀蘭山
巴紗拉雲山……
向北北東
再北　迤邐出一條
力爭上游的風景線——
夢中我降臨大霸尖的箭竹叢
形如覆桶的世紀奇峰
粗礪　冷峻　雄渾

上蒼在此立碑
絕壁落款無字天書
欲語還休
鵂鶹，藪眉，相思鳥
囀出神氣的讚歌向晚
我看見年邁的我
正張耳收聽
自然之心音樂之魂
昨日今日明日
鞋印夾藏的軼事
軼事分泌的笑淚
連成高拔的黃金古道
崎嶇顛簸卻大美不言——
我　是天地的忠僕
於焉裸裎，匍匐，膜拜……
我暗忖不該反客爲主驚動山水
只容雪霸這條聖稜線悄悄複刻

燙金。我夢中之夢

洄瀾・一八二〇

◇陳黎

我們隨著浪上岸，越過長長的沙灘
帶著海的聲音與形象踏印在眼前
廣袤的平野。這異鄉要成爲我的
家鄉。三日夜，我們的小船顚簸
左邊是一望無際的大洋，右邊是
綿長高聳，森林蓊鬱的陡峭山脈
翻騰的波浪是後人將理解的隨身聽
週而復始的我們的船歌，搖籃歌
醒睡間，群星燦爛在上，水母沙蠶
滴蟲閃耀於下，我舀起滿手水珠
手指如一根根熾熱的鐵棒，散落
發光的火球，無數的夜光蟲急速
浮出水面，四射如鐵砧迸出的火花
點點光芒隨槳的划動濺起，我們
彷彿滑行在光之海，穿過琥珀與
黃金的火燄，藍與綠與黑的海的平原

他們已然在山海之間覓得樂園
溪流把岩屑與腐蔬從山上帶下
夾雜海浪沖刷之砂積成沃土
水牛成群吃草，肥田到處
稻粟芋豆，地瓜西瓜南瓜遍生
苦楝樹成列，遮陽草亭參差
其間，鳥鳴日耀，一片生之野趣
村落四周密植竹林，復圍以壕溝
他們在村內村外，樹蔭下道路邊
嚼檳榔抽煙，男男女女，或單獨
或成群，走動或休息，所有

時間只爲了準備下一次的嚼檳榔
抽煙。汲水完畢的婦女們在回途
說笑歌唱，她們的體態豐腴，手
叉腰，頭頂水甕。她們不知道
她們的美讓遠眺的旅人想要成家

我們試著在海藍與天藍之間建立家園
以山的綠樹的綠爲簾幕，帶著海的
聲音與形象，越過長長的沙灘，在
不遠的不知名的溪畔（也許我應該爲她
命名）搭茅屋，墾荒地。這長長的
溪像女性的身軀，卻也有男性的性器
溪水日夜奔注，朝唱搖籃歌搖我們
入睡的海洋母親射去。溪水與海浪
衝擊成縈迴狀（就像在他們村落裡
看到的兩條緊緊交纏的公狗與母狗）
活生生的聲音與形象，讓我們驚呼：

洄瀾！啊洄瀾，我們家園的名字，週而
復始的律動，一如山腳下引山泉裸浴的
她們身上迸發的水的線條，一如星光下
手連手盪出一波波浪與圓圈的他們
祝祭的舞蹈與歌聲，啊他們也在洄瀾

註：據《花蓮縣志》卷二，「昔人稱今之花蓮溪右岸曰洄瀾港，簡稱洄瀾，以溪水奔注與海浪衝擊作縈迴狀得名，惟起自何時不可考。」清嘉慶十七年（1812年），部分漢人開始從宜蘭移墾，向阿美族人購得荒埔地一塊，名曰「祈來」（即「奇萊」）。咸豐七年（1857年），宜蘭漢人數十名移居花蓮溪口，建茅屋，成聚落。

在八卦山遇見賴和

◇路寒袖

當家裡的米缸再也掏不到明天時
父親牽我的手就成了
一列想快卻跑得很慢的普通車
從童年開出，沿著海岸線南下
甲南清水沙鹿龍井大肚追分
每一站，火車都停下來核對
這些最早在我生命設站的文字
我的食指總在車窗背誦它們
並讓它們迅速倒退來製造回憶
我們的火車到了彰化就停了
父親急需的薪水袋羞愧的
在機務段，等他

（一個台灣鐵路局的小小火車司機）
像一張超薄型的魔氈
擠下我家待哺的四口後
勉強的在溫飽與飢餓之間低飛

而大佛在八卦山上，等著父親
跟我炫耀他唯一知曉的風景
童年青少年，一直到了青年
我才遇見父親從來不認識的
和仔先，他住在市仔尾
他的山頂沒有大佛
舉目所見，盡是殖民的低氣壓
和仔先走後十八年
大佛才登臨八卦山
趺坐在那裡等著，我跟父親
或許，我奔跑於彰化

渴望一粒肉圓餵飽的童年
不意間，踩到了和仔先
急急趕去看診的腳印
他來不及摩摸我的頭
就大步的，踏進了歷史

很多年後的今天
和仔先的背影依然奮力的前進
在八卦山、彰化公園、媽祖廟、警察署……
在文學崎嶇蹎踣的步道
以及，對抗不公不義的人生沙場
而我始終緊緊的追隨

後銷售主義者週記

◇楊小濱

第一天，我賣的是噩夢，
但一個都沒賣出去。
夢和夢，堆在臥室裡，骨肉相連著。

第二天，我改賣哈欠，也無人問津。
熱騰騰的新鮮哈欠，是不是太濕，
以至重量超過人們的承受力？

第三天，我開始賣噴嚏。
一陣響亮，逃走的比趕來的還多。
我很奇怪：難道
非要更私密才行嗎？

第四天，我決定賣笑。
呵呵哈哈嘻嘻嘿嘿，當然
嘻嘻的價高，因爲太難了。
那個跳上窗口來搶購嘻嘻的戀人
撞碎了門牙，還合不攏嘴。

第五天，我想心跳一定賣得更好。
但四周機關槍突突，鼓聲咚咚，
如此地痛，如此地暢銷。
心跳終究敵不過，應聲倒地。

第六天，我偷偷賣起慾望來。
潮紅，激喘，勃起，一件不留。
買的和賣的都累垮了。

最後一天，我只有無夢的睡眠可以賣。
但我一示範就睡著了。此後我一無所知。

一陣女風吹來

◇楊小濱

一陣女風吹來，卻沒有帶來女雨。
我有點緊張，起了雞皮女疙瘩。

一陣女風吹來，傳來遠處的女音樂。
我好悲傷，留下女眼淚不說，
還寫了一首女詩。

一陣女風吹來，我根本睡不著女午覺。
不管誰丟下女髒話。

一陣女風吹來，女電話鈴響起。
也聽不清女英文，女街上
女燈點亮了我的女歡喜。

一陣女風吹來，女煙一縷飄忽在
飛馳的女火車上，像女刀割破男時間。

流亡

◇鴻鴻

我住在別人家裡
呼吸別人的空氣
穿別人的衣服
讀別人寫的書
寫別人出的試卷
走別人開的路
別人給我錢花
別人走進來翻我的抽屜

我分享別人的愛
我信仰別人的神
在選舉日
我投票給別人

是誰在保護我
是誰在評判我
是誰在我的夢裡
用別人的語言清洗我

我就是別人
不然
每個人都是我
在別人的喧嘩聲中
在別人的垃圾堆裡
用分明是別人的腦袋
思索著自己的問題

簡單世界

◇鴻鴻

千辛萬苦學習進入複雜的世界
才發現其實
如此簡單

有些人認為蘋果是拿來吃的
有些人認為蘋果是一種象徵
而有些人沒蘋果可吃

有些人努力榨取別人的血肉、毛髮、青春
有些人只在乎自己的靈魂
而有些人已空無一物可供榨取，卻還想贈予別
　人

有些人在寫歷史（雖然沒有人讀）
有些人只在乎自己有沒有被寫進歷史（雖然沒
　有人讀）
有些人則從未進入歷史

意義
——向林亨泰致意

◇李長青

星光還有一點亮，在尚未破曉之前，我們走
著。
只是，走著。星光仍有一點亮。

夜裡的視界意外清楚，任何意義，都逃不開我
　們的眼睛；風微涼，月色清晰。

路，有點長……

意義充斥於多處轉折的地方：農舍，鍬钁，書
籍，爪痕，風景，生活，弄髒了的臉，雨
天，二倍距離……

我們仍走著。
星光，也是。

*註：農舍，鍬钁，書籍，爪痕，風景，生活，弄髒了
的臉，雨天，二倍距離等，皆為林亨泰詩作的題
目。

自己

◇李長青

沉默下來以後
我感覺到，有一個人
輕輕靠在
我的
心上

小美好

◇李進文

「時間的風，輕煙的年，心之不再。」
——保羅．策蘭（Paul Celan,1920-1970）

拒絕當形容詞的小美好
從每個昨日、每次未來，回到
今天：除舊布新，
以逗點，剷除垃圾郵件
盆栽裡種下一株喜氣
深呼吸
練習一句「沒關係，
至少我愛你。」

拒絕為一個不熟的世界
與感情爭吵
以好態度燒沸影子，讓日子
清淨可飲。簡單吃
像雪花一樣輕食
像線香繫黑夜與光明在一起
一起有信仰——
微笑，揮手，請負面好好走

今天偶爾頓挫
依然遼闊

讓每一片葉子迎風扔出問題
欣賞它的動機
每一個舊經驗都恭喜你
你跳出夢外將吻更新
放棄你的一部分
成為祝福一小聲

光陰跨坐紅磚牆晃著小腿
等你回來
一起過年感覺曠野
一起哈哈鞭炮人間
落實細節：
一起重新寫詩，做人，傾聽
鉛筆咀嚼紙纖維

吐出一隻雲雀

雲雀向上呼叫親情，從每個
昨日、每次未來
回到今天
月光和春蠶血肉相連
看植物歡鑼喜鼓地舞動枝枒
穿過鏡面，走訪水源……
如果「我愛你」是形容詞
形容詞一定有下輩子
小美好是體質

對母親的看法

◇李進文

打瞌睡的客廳不會吵她，只有正午
當寂靜爲她拭汗，驚醒
幾曲沙發老彈簧
掛鐘滴答、滴答，而她
醒來之前還有一輩子的回憶要洗要刷
還有叮嚀，乾乾癟癟地晾在嘴角

陷入沙發的側面像船吃水
歲月撞壞一些，愛也苔鏽一些，儘管
找到體內的舊石器修補，再不能
回復啓航時陽光歡呼
海與酒渦跳舞

能給的，她都卸貨了
整個空掉的母親留給故鄉

故鄉老是擱淺著各式各樣的母親

她不虧欠什麼
但她愛的方式像債台高築

她可以不築巢或穴居，像天使飄浮
且住在飛翔裡
但羽翅全扯下織成被單
天曉得孩子和夢一樣愈大愈怕冷

她沒去過我就讀的任何一所學校
是我忘了邀請
或者她唯一只想拜訪我的心

她不讀詩，其實不識字
然而字脫帽向她敬禮，當她努力
將黑髮寫成風霜——卻靦腆抱歉說：
一封家書罷了，天曉得……

她從未在我入睡前講故事
她的故事，總像是剛出爐的熱麵包或苦難
不好講而只能親口嘗

我對她的看法並不準確
因為，我離家真的太遠太遠了
唯時光滴答、滴答埋伏老沙發，準確
擊中她的鬢髮

有信仰的人

◇凌性傑

從此我需要一場神祕的聖戰
讓不安的靈魂得著信靠
要有一座天空，祝福環抱
完整而無遮蔽的藍

風中有和平的信息
　塔頂的大鐘也被敲響

我還要有一種思想，乾淨的
一種信仰，在炮火覆蓋的此城
成爲一種力量。我要有主義可以
奉行，像每一隻蛾撲向牠願意親近的光
先知躺臥在墓園，雜草任意生長
要有希望與愛的時候，就有了
希望，愛是橄欖枝葉不斷伸展
鴿子奮力飛翔
　鷹隼盤旋在大河沿岸

我要按時修剪自己臉頰的髭鬚，
歧出的思想。按時趴跪在眞理之前
辨認魔鬼與主上，光明或黑暗
唇上綻開經文，有玫瑰氣味的誦詞擴散

啊，歡喜，快樂，爲著義人的義而讚嘆
父親訓練我不懷疑，做人要正直勇敢
聆聽遠方傳來的亮光，一切眞實無妄
即使仇敵有虎豹的爪、餓狼的牙

患難之日我想念親愛的媽媽
親愛的乳汁飽漲，洗滌我的憂傷
她餵我葡萄乾果，我偏愛鮮搾的櫻桃
所謂美好人生那麼甜那麼酸
無所謂恐怖不恐怖，我有熱血流盪
乾燥的田野罌粟花漫無目的盛放

拉上面罩我有一顆清潔的心
就是這個時候，槍已經上膛
就是這個時候，我把自己充滿
我已經把自己充滿

窗前樹

◇廖偉棠

風過時它便翻動一身的銀和綠，
去年如此，今年如此。
十年前它也許更爲逍遙，
在蘇州街一些平房中間，
那些平房裡住了一些學生
和中關村最早的賣盜版的婦女，
那些樸素的情侶和自得其樂的母子
黃昏時會在樹下嬉戲。
誰也沒多考慮未來的新世界
將會怎樣撥弄他們的命運，
這些人、這棵樹。

風過時它便翻動一身的銀和綠，
去年如此，今年如此。
前年蘇州街北口完全變成了一個工地，
地產商帶來了建材、民工和簡易棚屋
鏟平了舊房子和寧靜的生活。
奇怪的是大樹還留著，
還越來越高大、茂密，
只是身上多了一兩根拉長的繩子
掛著民工們的汗衣。
前年冬天我剛搬到蘇州街，
去年春天我才第一次留意這樹：
民工們晚上愛在樹下喝酒、默坐，
後來還有一些拾荒者在樹下擺攤，
賣給他們一些城市的破爛。
到夏天，我漸漸能越過工地的噪音
單獨聽到樹葉子的沙沙聲。
今年那些新大廈紛紛落成，

還記得舊時光的，只有
這棵樹和我住的蘇州街二號樓。
窗前的工地慢慢變成一個樓盤，
有中產階級喜歡的珠光寶氣和升值可能。
我也明白了地產商為何有留下此樹的仁慈
——樹的旁邊將建成一個私有的園囿，
為這「家園」更添一些售賣價值。
蘇州街二號樓和我，也將被新世界拆除，
新世界又將被更新的世界替代。
這首詩裡最後只剩下這棵樹
風過時它便翻動一身的銀和綠。

自動主義

◇林德俊

走進自動門
在自動櫃員機領錢
在自動販賣機投幣
在自動化部隊裡拿著自動步槍
對著一切不自動的目標掃射
每天你自動開機
自動登入自己
自動自發地跑完一天的程式
自動關機
作為一個無比自動的自動人
你不斷地自動更新
讓自己變得
更自動
直到人生對你
自動請辭

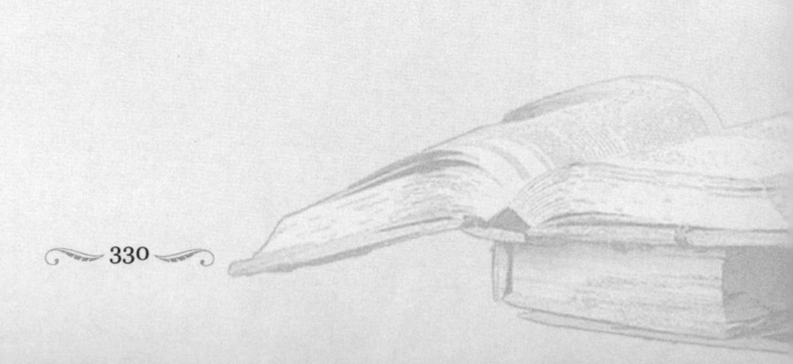

貓毛語錄

◇林德俊

輕如貓毛，或許飛得更遠……

1. 共產黨

這條街，由人、車與阿貓阿狗及花樹、天空共享。請記得，把正在過街的老鼠也算進來。至於蟑螂……夜裡牠們自有辦法。

2. 階級和階級鬥爭

看見一朵花，喚不出她的名，對自己的無知感到罪惡。看見一株草，不假思索地，踩過去……

3. 社會主義和共產主義

注意，主義只是主意的大寫。

4. 正確處理人民內部矛盾

母親和老婆打架，對抗性矛盾。自己跟自己打架，非對抗性矛盾。對抗性矛盾時，你必須非對抗性矛盾。

5. 戰爭與和平

墓園裡十分安靜，連日光和黑影的拉扯都清晰可聞，誰扯斷了誰一根脆骨頭……

6. 帝國主義和一切反動派都是紙老虎

隨身攜帶一把剪刀，把世界修剪成你要的樣子，等等，不要帶上那把紙剪刀！

7. 敢於鬥爭，敢於勝利

全世界的星星團結起來，到胸口列隊，去內部
肅清一切自以為是的燈火。

8. 人民戰爭

動員群衆，去吧！幾千幾萬秒的時間，是眞正
的銅牆鐵壁，我們在裡頭奪取自己。

9. 人民軍隊

一顆一顆頭顱被打卡鐘射擊出來，人海戰術，
佔領黃昏，富有紀律而抒情的紅色解放。

10. 黨委領導

十個指頭彈鋼琴，交換一首曲子。

11. 群衆路線

歸向何方，雁子從不說。除非，你加入牠們。

12. 政治工作

照片裡和鏡子裡，都是同一個你。你必須如此
告訴他們，認眞地。

13. 官兵關係

不要命令草木。匍匐前進，給土壤一個親吻，
一切充滿生機。

14. 軍民關係

雨水必須和土地打成一片。天空不是敵人，當
然不會壓倒我們。雖然，愈是團結，腦袋愈是
泥濘。

15. 三大民主

太陽和樹蔭開會，行船和水紋開會，粉筆和黑板開會。但夢和夢的開會，總是無故取消。

16. 教育和訓練

遇到ＢＵＧ，大腦重新格式化，格式化不完全再重新格式化，格式化不完全再重新格式化，格式化再重新不完全，不完全格式化再重新，重新再不格式化完全，完全不再重新格式化……成爲ＢＵＧ。

17. 為人民服務

爲人民服務，平房變成了高樓，矮牆變成了圍牆。爲人民服務，胡同變成了大道，老樹變成了燈桿。爲人民服務，小店變成了商場，人民變成了人民幣。

18. 愛國主義和國際主義

左腦一國，右腦一國。你是異體，我是正體。我是我或我是你？你不是我怎知我不是你？你我是一本左翻或右翻的書？失眠者翻來覆去，時光坦克長驅直入……

19. 革命英雄主義

燃燒自己，熊熊地，而後化爲一縷煙，吹進一張裱框相片。它如許美好，甚至美味……供桌上的牲禮已對我們開釋。

20. 勤儉建國

努力把自己縮小，縮成小小一粒沙，等待成塔之日。屆時，每粒沙都將面目模糊。

21. 自力更生，艱苦奮鬥

挖掉一座山，廢土堆成另一座。飢餓放到無限大，便能吃掉一座山。

22. 思想方法和工作方法

柵欄上的鴿群，站成軍隊。是暫無他處歇腳吧。你用一把穀子撒亂牠們。

23. 調查研究

跟著地心引力一起下沉，手腳如根鬚暗中蔓延，直到真相把你纏繞。

24. 糾正錯誤思想

每一顆眼睛，都在校對太陽。

25. 團結

山路彎彎曲曲，一條一條拉直，一塊兒，攏在手上。

26. 紀律

身材各有不同，制服只有一款。衣著各有不同，表情只有一樣。

27. 批評和自我批評

對著鏡子叫罵，好像，那不是自己。

28. 共產黨員

管你名牌鞋或臭腳丫，走上去，那條路便屬於你。不走，便無路。

29. 幹部

每一棵樹，都向天空傳遞著來自土裡的消息。
樹下的草也是。

30. 青年

扉頁裡那行嫩綠的字，請用紅色的心對待。

31. 婦女

昂首逛大街，殺入菜場，攻克百貨，勇敢地戰鬥，勞動自由意志，或者被自由意志勞動。

32. 文化藝術

風平浪靜，掩蓋了昨日海嘯。不，風平浪靜，
就是一種海嘯。

33. 學習

感謝歷史，一再寬容我們的跌跌撞撞。

薩德送我一把槍

◇楊佳嫻

摘下充滿隱喻的陽具
放進魔術師的禮帽
薩德為我挖了一條隧道
一端在人間，一端在
碎玻璃般通透的心靈頂端
我已習慣被割傷
世界向我顯示排泄的細節
括約肌端莊如聖女

在每一面陰暗牆壁後
架設望遠鏡

語言展開屠殺
人們大聲朗讀不知所以然的契約

薩德以先知的姿態
從隧道裏擲來一把槍
黝黑，堅硬，還未經人道
適合結束某些
一再縫補的處女膜

握著芬芳的槍
行走於傍晚街道
默默姦淫一切帶潔癖之制度
群眾將以不潔的罪名逮捕我嗎
想像殺人後的顫抖

猥褻而快樂，像在伊甸園裏潑上墨汁
與敗德者同謀

他們將會暴動
以擴約肌彼此叫罵

我將昂然穿過

記載

◇楊佳嫻

你們堅守謬思嚴謹的律法
無悔地面對終點。
——葉慈寫給詹森・萊諾的〈The Grey Rock〉

當暴雨季開拔了八百哩

我們乞求唯一之身形
比如以黃金鑄造額頭，以銅冶鍊眼神
荷戟時刻能夠無限承受的一付肩膀
誰也不能冒充這美好的名姓
天秤兩端，我們是
等重的鐵與棉花

那高置在雲端的
何止是千百次輪迴
不斷互換的靈魂尺碼？
附身於花朵，附身於水
一陣雲霧來了，車聲過處
徒留不知道該往哪裏避雨的兩雙足印
跟隨著你的當然是我
愛的符鎮，文字的咒降
散盡魂魄仍然不足以替你壓住

滿屋子裏振翅欲飛的
你睡前的詩意。
當然，你就是我
在同一條河道裏擁擠前行
變化爲泥，或修煉成魚
唯有我才記得住
每一次沉下和躍出的速度

我們儼然是大戰後僅存的
兩名垂老的祭司
遵循著同一個神祇的法律
冬天的時候被風雪書寫
夏天來了，就躲到彼此的腦子裏
臨摹幻想中的極地
企鵝咳嗽著，一萬隻海獅用長牙寫信
卻沒有人能翻譯我們神祕的言語

駐外記者實習

◇林達陽

某年某月天氣雨。陌生的海面上，神的鍵盤繼
　續敲擊
游標，脈搏，漣漪，黝黑的魚群繼續擺尾，安
　靜的腳印
引領鬼魅穿過船底—誰曾因憑空發出電子信件
在此留下日子的痕跡？我低頭注視倒影，彷彿
　看見
群衆奔跑在我的深處、石塊紛紛擊破酒館窗戶
濺起浪花—我是一句波折的標語，音節鏗鏘，
　知易
難行，我是一種恐懼，我懷疑，我在輿論中了
　解自己

截稿之前拿起酒杯，我只是水，謙卑且透明
船窗之外最後一批候鳥掠過，港邊嘩嘩長出
不合理的闊葉樹林，對著天空伸展枝葉、花卉
熟成的水果我能預見：味甜可食，容易成癮
我將難以釋懷—爲何大霧仍未消散？不存在的
　商賈
繼續兜售神祕的香味，舶來品上標示著容易發
　音的外語
不同品牌的菸在我們嘴裡，有著一樣的口氣
我曾報導匯率，往事的價差。我有情緒但是
沒有目的，昨日的眞僞難以辨明。倒敘的故事
　線
延伸向前，氣象預報引述剛剛發生的種種數據
高氣壓與低氣壓互相推擠、牽引—將起風了，
　不再有雲
無人觀測海象的此刻，握緊老舊的相機在我手

裡

當事實離我越來越遠，我就離世界越來越近

假．文藝青年

◇林餘佐

「作一個假．文藝青年是快樂的」我說。

穿著切．格瓦拉的限量T恤
喝著萬惡的可口可樂
這行爲本身就令人感到愉悅
就像是用塑膠花瓶裝著塑膠花
——很假，但理所當然。
就像北京奧運開幕上
那個對嘴的紅衣女娃兒的門牙
——很假，但青春無敵。

我們腦袋是粉紅色的字典
所有的一切都曖昧難明
更分不清眞僞。於是，一起作個假．文藝青年
吧！
（若按中國的說法應該是：知青。
作個假知青！！這挺牛B的不是嗎？）

十萬假．文藝青年站出來：
首先辦張誠品的會員卡
用來消費夜裡突如其來的慾望
——別忘了買份士林大雞排
接著是勤跑小劇場
與舞臺上的一把黑傘對坐半小時，之後，用力
鼓掌。

——別忘了預錄民視的長青八點檔《娘家》

花三百元去聽地下樂團發牢騷。

花一個小時半去看男孩翻滾。

排很久的隊去看三個歐巴桑拾穗。

在星巴克只能看外國雜誌。

隨時引用夏宇或王家衛的句子例如：

1所有的假文藝青年都是潮濕的。

2假文藝無以名狀。

用所有的精力去拼貼或抄襲一個文藝復興。

在網路上用新注音進行沙龍並且大聲罵：

這首詩寫得眞雞巴。

我們複製自身以及他人的言說

有如粗造濫製的傳單

塞滿每一個縫隙，更精確的說，我們是一張黃

牛票

你進場後才發現，我是客隊，亦是主隊

我是九局下半的一記高飛球

在擊出的同時總給人全壘打的錯覺

最後落在巨大的虛無主義手套裡

並自己大喊一聲：安打。

「作一個假・文藝青年是快樂的。」

——賽後慶功宴上我說。

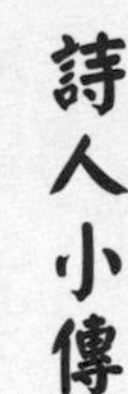

詩人小傳

劉大白（1880-1932），本名金慶棪，浙江紹興人，著有《舊夢》、《郵吻》、《秋之淚》等。

沈尹默（1883-1971），本名沈寶，號秋明，浙江吳興人，著有《秋明集》、《秋明室雜詩》等。

劉半農（1891-1934），原名劉壽彰，後改名復，江蘇江陰人，著有《揚鞭集》等。

胡　適（1891-1962），字適之，安徽績溪人，曾任駐美大使、中央研究院院長等職，著有《嘗試集》等。

郭沫若（1892-1978），本名郭開貞，筆名有郭鼎堂等，四川樂山人，著有《女神》、《星空》、《蜩螗集》等。

賴　和（1894-1943），原名賴河，字懶雲，彰化人，一九〇九年進入台灣總督府醫學校，一九一六年以後在彰化市仔尾開設賴和醫院。曾擔任《台灣民報》文藝欄主編，積極推展台灣新文學運動，出版有新詩〈覺醒下的犧牲〉、〈南國哀歌〉，及漢詩千餘首。

康白情（1896-1958），又名洪章，四川安岳人，著有《草兒》、《草兒在前》、《河上集》。

徐志摩（1897-1931），本名章垿，浙江海寧人，新月社發起人之一，著有《志摩的詩》、《翡冷翠的一夜》、《猛虎集》、《雲遊》。

王統照（1897-1957），字劍三，山東諸城人，文學研究會發起人之一，著有《童心》、《夜行集》、《橫吹集》、《王統照詩選》等。

聞一多（1899-1946），原名亦多，字友三，湖北浠水人，曾與朱湘、陳夢家等編輯《新月》雜誌和詩刊，著有《紅燭》、《死水》等。

穆木天（1900-1971），原名敬熙，吉林伊通人，創造社發起人之一，著有《旅心》、《流亡者之歌》、《新的旅途》。

李金髮（1900-1976），又名淑良、遇安，廣東梅縣人，曾創辦《文壇》雜誌，著有《微雨》、《食客與凶年》、《爲幸福而歌》。

冰　心（1900-1999），本名謝婉瑩，福建長樂人，著有《繁星》、《春水》、《冰心詩選》。

廢　名（1901-1967），本名馮文炳，湖北黃梅人，著有《水邊》。

追　風（1902-1969），本名謝春木，後改名謝南光，出生於台中北斗沙山，今屬彰化。畢業於台北師範學校公學校師範部，後來進入日本東京高等師範學校。一九二三年五月二十二日，以日文寫了〈詩的模仿〉四首系列性的小詩，是台灣新文學史上被發表出來的第一首日文新詩。

朱　湘（1904-1933），字子沅，安徽太湖人，著有《夏天》、《草莽集》、《石門集》。

戴望舒（1905-1950），原名朝宋，別名夢鷗，浙江杭州人，著有《望舒詩稿》、《望舒草》、《我的記憶》、《災難的歲月》、《戴望舒詩選》。

楊守愚（1905-1959），本名楊松茂，生於台灣省彰化縣。彰化第一公學校畢業，在書塾中教授漢文，由於喜好吟詠，曾參加彰化舊詩社應社及彰化新劇社、台灣文藝聯盟等，曾任教於彰化工業職業學校。

馮　至（1905-1993），本名承植，字居培，河北涿縣人，著有《昨日之歌》、《北遊及其他》、《十四行集》、《十年詩抄》、《馮至詩選》。

臧克家（1905-2004），號孝荃，字士光，山東諸城人，著有《烙印》、《罪惡的黑手》、《古樹的花朵》。

楊　華（1906-1936），本名楊顯達，生於台灣屏東縣。一九二七年因違反治安維持法被捕入獄，獄中作《黑潮集》五十三首。一九三二年一月作小詩五十二首，名《心弦》，連載於《南音》半月刊。一九三六年五月三十日因肺病無錢就醫，懸樑自盡。

李廣田（1906-1968），筆名黎地、曦晨等，山東鄒平人，著有《春城集》、《李廣田詩選》。

郭水潭（1906-1995），台南縣人。日據時代高等科學校畢業，曾加入新珠短歌社，並加入南溟藝園、南島文藝、台灣詩人協會、台灣文藝家協會。其作品以短歌及新詩見長，曾獲大阪每日新聞新人創作獎（1935）、南瀛文學獎特別貢獻獎（1993）。

吳新榮（1907-1967），一九二四年自台灣總督府商業專門學校畢業，翌年即赴日本留學，一九三二年七月結束東京醫學專門學校的學業，旋即返台，一面行醫一面參與文學活動。

水蔭萍（1908-1994），本名楊熾昌，台南市人。台南二中畢業，一九三二年赴日本東京文化學院留學，一九三三年與林永修、李張瑞、張良典共同組織風車詩社，一九三九年加入西川滿主編的《華麗

島》詩刊，曾任台南市文獻委員。

高　蘭（1909-1987），本名郭德浩，黑龍江璦琿人，著有《朗誦詩集》。

艾　青（1910-1996），原名蔣正涵，字養源，號海澄，浙江金華人，著有《大堰河》、《向太陽》、《曠野》、《艾青詩選》、《歸來的歌》等。

卞之琳（1910-2000），江蘇海門人，著有《三秋草》、《魚目集》、《十年詩草》、《雕蟲紀歷》等。

陳夢家（1911-1966），筆名陳慢哉，浙江上虞人，著有《夢家詩集》、《不開花的春》、《鐵馬集》、《在前線》、《夢家詩存》。

何其芳（1912-1977），本名何永芳，四川萬縣人，著有《預言》、《夜歌》、《何其芳詩稿》等。

覃子豪（1912-1963），本名覃基，四川廣漢人，曾與鐘鼎文、余光中等籌辦藍星詩社。著有詩集《海洋詩抄》、《向日葵》、《畫廊》等，後人編有《覃子豪全集》。

辛　笛（1912-2003），本名王馨迪，江蘇淮安人，著有《珠貝集》、《手掌集》、《辛笛詩稿》、《印象・花束》等。

巫永福（1913-2008），南投縣埔里鎮人。日本明治大學文藝科畢業，曾參加台灣藝術研究會、台灣文藝聯盟、台灣文學社，與張文環等人創辦《福爾摩沙》雜誌。為笠詩社成員及《台灣文藝》雜誌發行人。

林芳年（1914-1989），本名林精鏐，生於台灣省台南縣佳里鎮。日據時代以新詩創作為主，曾有日文詩三百餘首，光復後因語言隔閡，停止創作。一九六八年重返文壇，以中文創作，作品以小說、散文、評論爲主。

鍾鼎文（1914-2012），筆名番草，安徽舒城人，曾任新詩學會理事長、世界詩人大會榮譽會長，著有《行吟者》、《山河詩抄》等。

吳瀛濤（1916-1971），生於台北市。台北太平公學校、台北商業學校畢業，一九三六年參加台灣文藝聯盟台北支部，爲發起人之一。笠詩社發起人。

田　間（1916-1985），本名童天鑒，安徽無爲人，著有《未明集》、《中國牧歌》、《給戰鬥者》、《田間詩抄》等。

陳敬容（1917-1989），筆名有藍冰、文谷等，四川樂山人，著有《盈盈集》、《交響集》、《老去的是時間》、《遠帆集》。

杜運燮（1918-2002），福建古田人，著有《詩四十首》、《晚稻集》、《你是我愛的第一個》。

周夢蝶（1920-2014），本名周起述，河南淅川人，曾獲國家文藝獎，著有《孤獨國》、《還魂草》、《周夢蝶・世紀詩選》、《約會》、《十三朵白菊花》。

陳秀喜（1921-1991）台灣新竹人，曾任笠詩社社長，著有《斗室》（日文）、《樹的哀樂》、《灶》、《玉蘭花》，後人編有《陳秀喜全集》。

詹　冰（1921-2004），本名詹益川，生於台灣省苗栗縣卓蘭鎭。日據時代台中一中、日本明治藥專畢業。曾任藥師、卓蘭國中理化科教師二十五年，著有詩集《綠血球》、《實驗室》以及兒童詩集《太陽、蝴蝶、花》。

桓　夫（1922-2012），本名陳武雄，另有筆名陳千武，台灣南投人，曾任台灣筆會會長，並為《笠》詩刊創辦人之一，著有《密林詩抄》、《媽祖的纏足》、《陳千武精選詩集》等。

綠　原（1922-2009），本名劉仁甫，筆名劉半九，湖北黃陂人，著有《童話》、《又是一個起點》、《集合》、《人與詩》、《另一只歌》等。

林亨泰（1924-　），台灣彰化人，曾加入現代派、銀鈴會，後為笠詩社發起人及首任主編，著有《靈魂的產聲》（日文）、《林亨泰詩集》、《爪痕集》、《跨不過的歷史》等，另呂興昌編有《林亨泰研究資料彙編》與《林亨泰全集》。

夏　菁（1925-　），本名盛志澄，浙江嘉興人，科羅拉多州立大學科學碩士，曾主編《藍星詩頁》，著有《靜靜的林間》、《山》、《澗水淙淙》等。

向　明（1928-　），本名董平，湖南省長沙市人，中華民國空軍通信電子學校畢業，美國空軍電子研究中心結業。曾任電子工程師、《藍星詩刊》主編、《中華日報》副刊編輯，曾獲中國文藝獎章、中山文藝獎等。為藍星詩社重要成員，著有詩集、散文集、詩話集、童話集與童詩集等多部著作。

余光中（1928-　），福建永春人，美國愛荷華大學藝術碩士，參與創辦藍星詩社，曾獲中山文藝獎、吳三連文藝獎、國家文藝獎等，著有《舟子的悲歌》、《蓮的聯想》、《余光中詩選（1949-1981）》、《余光中詩選第二卷（1982-1998）》等。

洛　夫（1928-　），本名莫洛夫，湖南衡陽人，一九五四年與張默、瘂弦創辦《創世紀》詩刊，曾獲中山文藝獎、吳三連文藝獎、國家文藝獎等，著有《靈河》、《石室之死亡》、《魔歌》、《漂木》等。

蓉　子（1928-　），本名王蓉芷，江蘇吳縣人，曾獲國家文藝獎，著有《青鳥集》、《這一站不到神話》、《只要我們有根》、《黑海上的晨曦》等。

錦　連（1928-2013），本名陳金連，台灣彰化人，爲銀鈴會成員，亦爲笠詩社發起人之一，著有《鄉愁》、《挖掘》。

羅　門（1928-　），本名韓仁存，海南文昌人，曾任藍星詩社社長，獲中山文藝獎，著有《曙光》、《誰能買下這條天地線》、《羅門詩選》、《羅門創作大系》等。

管　管（1929-　），本名管運龍，山東膠縣人，著有《荒蕪之臉》、《管管詩選》、《管管・世紀詩選》。

楊　喚（1930-1954），本名楊森，遼寧興城人，著有《烏拉草》、《風景》，後人編有《楊喚全集》。

商　禽（1930-2010），本名羅顯烆，又名羅燕、羅硯，四川珙縣人，著有《夢或者黎明》、《用腳思想》、《商禽・世紀詩選》。

張　默（1931-　），本名張德中，安徽無爲人，爲創世紀詩社創辦人之一，曾獲中山文藝獎，著有《紫的邊陲》、《無調之歌》、《落葉滿階》、《張默・世紀詩選》等。

瘂　弦（1932-　），本名王慶麟。河南南陽人，威斯康辛大學東亞研究所碩士，爲創世紀詩社創辦人之一，曾任《幼獅文藝》主編、《聯合報》副刊主任、《創世紀》詩雜誌發行人。著有《瘂弦詩

抄》、《深淵》、《瘂弦詩集》。

辛　鬱（1933-2015），本名宓世森，浙江慈谿人，著有《軍曹手記》、《豹》、《在那張冷臉的背後》、《辛鬱．世紀詩選》等。

非　馬（1936-　），本名馬為義，廣東潮陽人，美國威斯康辛大學核工博士，著有《在風城》、《白馬集》、《沒有非結不可的果》等。

梅　新（1937-1997），本名章益新，浙江縉雲人，曾任《中央日報》副刊主編、《現代詩》發行人，著有《再生的樹》、《椅子》、《家鄉的女人》、《履歷表》、《梅新詩選》。

白　萩（1937-），本名何錦榮，台灣台中人，嘗與林亨泰等共組笠詩社，曾獲吳三連文藝獎，著有《蛾之死》、《香頌》、《風吹才感到樹的存在》、《觀測意象》等。

李魁賢（1937-　），台北縣人。台北工專畢業。笠詩社同仁，曾為笠詩社社務委員、台灣筆會理事。出版著作包括詩集《靈骨塔及其他》、《赤裸的薔薇》、《永久的版圖》、《黃昏的意象》，評論集《心靈的側影》、《台灣詩人作品論》，譯詩集《杜英諾悲歌》、《給奧費斯的十四行詩》、《黑人詩選》等。

葉維廉（1937-　），廣東省中山縣人，台灣大學外文系畢業，美國愛荷華大學詩創作班美學碩士，普林斯頓大學比較文學博士。曾任教於加州大學（聖地牙哥校區）。著作有《賦格》、《現象．經驗．表現》和《解讀現代後現代》等近四十多種。

林　泠（1938-　），本名胡雲裳，廣東開平人，美國維吉尼亞大學化學博士，著有《林泠詩集》、《在

植物與幽靈之間》。

楊　牧（1940-），本名王靖獻，早期筆名葉珊，台灣花蓮人，美國柏克萊加州大學比較文學博士，曾獲國家文藝獎，著有《水之湄》、《有人》、《時光命題》及《楊牧詩集Ⅰ（1956-1974）》、《楊牧詩集Ⅱ（1974-1985）》等。

敻　虹（1940-），本名胡梅子，台灣台東人，東海大學哲學研究所博士，曾獲中山文藝獎，著有《金蛹》、《紅珊瑚》、《愛結》、《觀音菩薩摩訶薩》等。

席慕蓉（1943-），蒙古察哈爾盟明安旗人，比利時布魯塞爾皇家藝術學院畢業，曾任教東海大學美術系，著有《七里香》、《無怨的青春》、《邊緣光影》、《迷途詩冊》等。

淡　瑩（1943-），本名劉寶珍，廣東梅縣人，美國威斯康辛大學碩士，曾任教於加州大學、新加坡國立大學華語研究中心。著有《千萬遍陽關》、《太極詩譜》、《髮上歲月》等。

吳　晟（1944-），本名吳勝雄，台灣彰化人，國中教師退休。現爲總統府資政。著有《飄搖裏》、《吾鄉印象》、《吳晟詩選》等。

李敏勇（1947-），高雄縣人。中興大學歷史系畢業。曾任《笠》詩刊主編、《台灣文藝》社長、台灣筆會會長。現任職於企業界。著有詩集《雲的語言》、《鎮魂歌》、《野生思考》、《戒嚴風景》、《暗房》、《傾斜的島》等，另有短篇小說與評論集多部著作出版。

陳芳明（1947-），筆名陳嘉農，高雄左營人。台大歷史研究所碩士，現爲政治大學台文所教授。曾任美國《台灣文化》月刊總編輯。曾爲龍族詩社、笠詩社同仁。著有詩集《含憂草》，散文集《受

傷的蘆葦》、《掌中地圖》，文學評論集《典範的追求》、《危樓夜讀》，學術論著《後殖民台灣——文學史論及其周邊》等多部著作。

沙　穗（1948-　），本名黃志廣，廣東東莞人，著有《風砂》、《燕姬》、《護城河》等。

羅　青（1948-　），本名羅青哲，湖南湘潭人，美國西雅圖華盛頓大學比較文學碩士，台師大英語系教授退休。曾創辦《草根》詩刊，著有《吃西瓜的方法》、《捉賊記》、《錄影詩學》、《少年阿田恩仇錄》等。

江自得（1948-　），大學時曾加入高醫大阿米巴詩社，曾任台中榮民總醫院胸腔內科主任，現已退休。曾爲笠詩社社長。著有《那天，我輕輕觸著了妳的傷口》、《故鄉的太陽》、《從聽診器的那端》、《那一支受傷的歌》、《月亮緩緩下降》、《Ilha Formosa》等書，獲有陳秀喜詩獎、吳濁流文學獎。

蘇紹連（1949-　），台灣台中人。1965年開始寫詩，參與創立後浪詩社、龍族詩社、臺灣詩學季刊社，設立吹鼓吹詩論壇網站，並主編《臺灣詩學吹鼓吹論壇》。著有《驚心散文詩》、《少年詩人夢》等書。

杜十三（1950-2010），本名黃人和，台灣南投縣竹山鎮人。爲詩人、散文家、藝術家。著作有《人間筆記》、《地球筆記》、《行動筆記》、《嘆息筆記》、《愛情筆記》、《火的語言》、《新世界的零件》等。

馮　青（1950-　），本名馮靖魯，江蘇武進人，中國文化大學歷史系畢業，台灣筆會會員。著有詩集

《天河的水聲》、《雪原奔火》、《快樂或不快樂的魚》、《給微雨的歌》，及小說集《藍裙子》，散文集《祕密》。

簡政珍（1950- ），台北縣人。美國奧斯汀德州大學英美比較文學博士。曾任中興大學外文系主任、《創世紀》詩刊主編，現任教於亞洲大學。主編出版多種書籍，著有詩集《紙上風雲》、《浮生紀事》、《失樂園》等多部，並有《放逐詩學》、《音樂美學風景》、《台灣現代詩美學》等多種論著出版。

白　靈（1951- ），本名莊祖煌，原籍福建惠安，生於台北萬華。美國紐澤西史蒂文斯理工學院化工碩士，曾任《草根詩刊》主編、《台灣詩學》季刊主編、《中華現代文學大系》詩卷編委、《詩的聲光》創始人。出版有詩集《後裔》、《大黃河》、《沒有一朵雲需要國界》、童詩集《妖怪的本事》，詩論集《一首詩的誕生》、《煙火與噴泉》，散文集《給夢一把梯子》等。

羊子喬（1951- ），本名楊順明，台灣台南人，曾參與創辦主流詩社，現任職於國立台灣文學館。著有《月浴》、《收成》。

利玉芳（1952- ），屏東縣人。高雄高商畢業。從事農場經營。現爲笠詩社同仁及台灣筆會會員。曾以筆名綠莎發表散文小品。著有詩集《淡飲洛神花茶的早晨》、《活的滋味》、《貓》、《向日葵》，童詩集《小園丁》，散文集《心香瓣瓣》等。曾獲吳濁流新詩首獎、陳秀喜詩獎。

李　男（1952- ），本名李志剛，江蘇吳縣人，著有《紀念母親》、《劍的握手》。

零　雨（1952- ），台灣台北縣人，畢業於台灣大學中文系、美國威斯康辛大學東亞語文研究所。

一九九一年哈佛大學訪問學者。一九九二年開始於宜蘭大學任教。曾任《國文天地》副總編輯、《現代詩》主編，並爲《現在詩》創社發起人之一。獲有一九九三年年度詩獎、吳濁流文學獎新詩類佳作獎。著有詩集《田園/下午五點四十九分》等七種、詩選集《種在夏天的一棵樹》等二種，以及翻譯《無形之眼》。

陳育虹（1952-　），文藻外語學院英文系畢業。生於台灣高雄，祖籍廣東南海。曾旅居加拿大溫哥華十數年，現定居台北。作品發表於各報副刊，並入選各種選集，曾獲二〇〇四年度詩獎，著有詩集《關於詩》、《其實，海》及《河流進你深層靜脈》。

陳義芝（1953-　），生於花蓮，祖籍四川。香港新亞研究所碩士，高師大國文所博士。歷任《詩人季刊》主編、台灣文學協會常務理事、《聯合報副刊》主任，現爲台灣師範大學國文系副教授。著有詩集《新婚別》、《不能遺忘的遠方》、《我年輕的戀人》等多部，另有多種散文集及評論集出版。

渡　也（1953-　）本名陳啓佑，台灣嘉義人，文化大學中國文學博士，曾任彰化師範大學國文系教授。著有《手套與愛》、《憤怒的葡萄》、《不准破裂》、《流浪玫瑰》等。

王添源（1954-2009），生於嘉義市。輔仁大學英文系畢業，淡江大學西洋語文研究所碩士。曾任台明文化社長兼總編輯、東吳大學英文系兼任講師、中國青年寫作協會理事長。著有詩集《如果愛情像口香糖》、《我用贗幣買了一本假護照——王添源的十四行詩》。

陳家帶（1954-　），祖籍廣東豐順人，政治大學新聞系畢業，政大長廊詩社發起人。曾任《聯合報》編輯、社區大學講師。獲有台北文學獎現代詩首獎、《中國時報》敘事詩獎。著有詩集《城市的靈魂》、《聖稜線》等詩集。

陳　黎（1954-　），本名陳膺文，台灣花蓮人，曾獲國家文藝獎，入選「台灣十大詩人」。著有《廟前》、《小丑畢費的戀歌》、《島嶼邊緣》、《陳黎詩選：1974-2000》等。

楊　澤（1954-　），本名楊憲卿，台灣嘉義人，美國普林斯頓大學東亞研究所博士，曾任《中國時報人間副刊》主任。著有《薔薇學派的誕生》、《彷彿在君父的城邦》、《人生不值得活的》等。

詹　澈（1954-　），長年從事農權運動，曾任台灣農民聯盟副主席、農漁會自救會辦公室主任。曾為《草根》、《春風》等詩刊同仁，並曾任《夏潮》雜誌主編、《春風》雜誌發行人，以及臺灣藝文作家協會理事長。著有詩集《西瓜寮詩輯》、《海浪和河流的隊伍》及報導文學作品《天黑黑嘜落雨：十二萬農漁民大遊行傳眞》等書。

向　陽（1955-　），本名林淇瀁，台灣南投人，國立政治大學新聞研究所博士，現為國立台北教育大學台文所教授兼圖書館館長；曾獲國家文藝獎。著有《銀杏的仰望》、《十行集》、《土地的歌》、《向陽詩選》、《向陽台語詩選》等。

沈志方（1955-　），祖籍浙江省餘姚縣人。東海大學中文系畢業，中文研究所碩士。曾任建設公司企劃、《遠太人》月刊總編輯、創世紀詩社同仁。現任教於東海大學中文系、僑光技術學院。著有詩集《書房夜戲》等。

羅智成（1955-　），祖籍湖南安鄉人，美國威斯康辛大學東亞文學研究所碩士，曾任《中時晚報》副刊

主任，台北市政府新聞局長，現為出版社負責人。著有《畫冊》、《光之書》、《傾斜之書》、《寶寶之書》、《黑色鑲金》等。

黃智溶（1956-　），宜蘭人。中國文化大學美術系畢業。曾為草根、象群詩社同仁，與孟樊、林燿德主編過《台北評論》，現為國中教師。曾獲優秀青年詩人獎、時報文學獎。美術作品多幅，出版有詩集《海棠研究報告》、《今夜，妳莫要踏入我的夢境》等。

劉克襄（1957-　），本名劉資魁，台灣台中人。中國文化大學新聞系畢業。曾主編《自立早報副刊》、任《中國時報人間副刊》副主任，現為專業作家。出版有詩集《河下游》、《小鼯鼠的看法》、《在測天島》、《漂鳥的故鄉》、《松鼠班比曹》、《最美麗的時候》；另有散文、小說、自然寫作、旅遊指南、繪本等類書藉出版。

路寒袖（1958-　），本名王志誠，台灣臺中市人，漢廣詩社社長；曾任《中國時報‧人間副刊》撰述委員、高雄市政府文化局局長。獲有賴和文學獎、中國文藝獎章。著有《我的父親是火車司機》、《路寒袖台語詩選》等書。二〇一四年擔任臺中市政府文化局局長。

孫維民（1959-　），祖籍山東省煙台市人。政治大學西洋語文系學士，輔仁大學英語研究所碩士。曾任國立中興大學兼任講師，現任台南遠東技術學院專任講師。著有詩集《拜波之塔》、《異形》、《麒麟》，散文集《所羅門與百合花》，另有論文集《艾略特四首四重奏之主題交織》。

遲　鈍（1960-　），本名林康民，中興大學園藝系畢業，英國諾丁漢大學國際關係碩士，一九九一年返國後任職於行政院研考會迄今。

江文瑜（1961-　），生於台灣省台中市。國立台灣大學外文系學士，美國德州大學奧斯汀分校碩士，美國德拉瓦大學語言博士。現任台大語言學研究所暨外文系教授、台北市女性權益促進會理事長，加入女鯨詩社。編有《阿媽的故事》，著有《阿媽的料理》等書。

陳克華（1961-　），生於花蓮，祖籍山東。台北醫學院醫學系畢業、美國哈佛醫學院博士後研究。現爲台北榮民總醫院眼科主治醫師。著有詩集《騎鯨少年》、《星球紀事》、《我在生命轉彎的地方》、《欠砍頭詩》，散文集《夢中稿》等多部。

林燿德（1962-1996），祖籍福建人，生於台北。輔仁大學法律系畢業。曾獲時報文學獎、梁實秋文學獎、中興文藝獎章文學評論獎等三十餘項。生前曾任中國青年寫作協會祕書長。著有詩集《銀碗盛雪》、《都市終端機》、《一九九〇》等及散文集、評論集數十本著作。

羅任玲（1963-　），祖籍廣東省大埔縣人。國立台灣師範大學國文系畢業，曾任國中教師、《中央日報》「文心藝坊」版主編、《中央日報》編輯。著有詩集《密碼》、散文集《光之留顏》。

楊小濱（1963-　），生於上海；耶魯大學博士。現爲中央研究院中國文哲研究所研究員、政大台灣文學研究所兼任教授。著有詩集《穿越陽光地帶》、《到海巢去》等以及論述《否定的美學》、《語言的放逐》等多部。

鴻　鴻（1964-　），台南人，任教於國立台北藝術大學電影系，現爲黑眼睛文化及黑眼睛跨劇團總監、《衛生紙+》詩刊主編，並爲台北詩歌節策展人。曾獲吳三連文學獎。有詩集《土製炸彈》、《暴民之歌》等七種及散文、評論、電影與劇場作品。

李長青（1965-），曾任台灣現代詩人協會理事，《笠》詩刊編輯委員，《中市青年》主編。現為《台文戰線》同仁、台中市文化推廣協會理事、靜宜大學台灣文學系兼任講師。著有詩集《落葉集》、《陪你回高雄》、《江湖》、《人生是電動玩具》、《海少年》、《給世界的筆記》、《風聲》等。

李進文（1965-），臺灣高雄市人，現任聯合文學出版社總編輯、創世紀詩社主編，曾多次獲時報文學獎、聯合報文學獎、臺北文學獎、林榮三文學獎、文化部數位金鼎獎等。著有詩集《一枚西班牙錢幣的自助旅行》、《長得像夏卡爾的光》、《雨天脫隊的點點滴滴》等多部詩集；另著有散文集《微意思》、《如果MSN是詩，E-mail是散文》、美術詩集《詩與藝的邂逅》、動畫童詩繪本《字然課》等。

許悔之（1966-），本名許有吉，台灣省桃園縣人。國立台北工專化工科畢業。曾任地平線詩社社長、《聯合文學》編輯、中國青年寫作協會理事、《中時晚報副刊》編輯、《自由時報副刊》主編、《聯合文學》總編輯；現為有鹿文化總經理兼總編輯。著有《亮的天》等詩集。

李宗榮（1968-），生於台灣台北。東吳大學社會學系、東海大學社會學研究所畢業，芝加哥大學社會學研究所博士。曾任民進黨立法院助理，《自由時報》藝文組記者、編輯。

紀小樣（1968-），本名紀明宗，台灣省彰化縣人。國立台北商專附設空中商專企管科畢業，曾為人像攝影師，現為自由創作者。出版有詩集《十年小樣》、《實驗樂團》、《想像王國》。

唐　捐（1968-），本名劉正忠，生於台灣嘉義。高雄師大國文系碩士，台灣大學中文系博士，現任台灣大學中國文學系副教授。著有詩集《意氣草》、《暗中》，散文集《大規模的沉默》等。

顏艾琳（1968-　），台灣台南縣人，輔仁大學歷史系畢業、國立台北大學語文與創作系碩士班肄業。自國中開始發表新詩、散文；著有生活札記《顏艾琳的祕密口袋》，詩集《抽象的地圖》、《骨皮肉》，散文《已經》，漫畫評論《漫畫鼻子》。

林群盛（1969-　），台灣台北市人。光武工專機械科畢業，後赴美日留學。曾爲地平線詩社同仁。著有詩集《超時空時計資料節錄集Ⅰ》、《聖紀豎琴座奧義傳說》、《超時空時計資料節錄Ⅱ》、《星舞絃獨角獸神話憶》等；獲有創世紀卅週年詩獎等獎項。

陳大為（1969-　），祖籍廣西桂林人，生於馬來西亞怡保市。台灣大學中文系畢業、東吳大學中文所碩士、台灣師範大學國文所博士。現任台北大學中文系教授。著有詩集《治洪前書》、《再鴻門》、《盡是魅影的城國》，以及散文集、論文集等，並主編多種文選。

凌性傑（1974-　），台灣高雄市人，高雄師大國文系、中正大學中文所碩士班畢業，現就讀東華大學中文博士班。目前任教於建國中學。曾獲《中國時報》文學獎、林榮三文學獎、教育部文藝獎、梁實秋文學獎。著有《解釋學的春天》、《關起來的時間》等書。

廖偉棠（1975-　），生於廣東，一九九七年移居香港。曾任書店店長及雜誌編輯。曾獲香港青年文學獎、香港中文文學獎、《中國時報》文學獎、《聯合報》文學獎、《創世紀詩刊》五十周年詩歌獎、《聯合文學》小說新人獎、馬來西亞花蹤世界華文小說獎等獎項。曾出版詩集有《永夜》、《隨著魚們下沈》、《花園的角落，或角落的花園》、《手風琴裏的浪遊》等。

林婉瑜（1977-），畢業於國立台北藝術大學戲劇系，作品入選《中華現代文學大系Ⅱ》、年度詩選、《譯叢》（*Renditions*）等中外刊物。著有詩集《索愛練習》、《那些閃電指向你》等。

林德俊（1977-），熊與貓咖啡書房主人。台灣藝術大學散文及新詩課程講師，靜宜大學寫作工坊指導老師。曾任職《聯合報》副刊組，主編繽紛版。獲五四文藝獎、林榮三文學獎、帝門藝評獎等。著有《成人童詩》、《樂善好詩》、《刪除的郵件》、《遊戲把詩搞大了》等書。

楊佳嫻（1978-），台灣高雄人。台灣大學中文系博士，目前為清華大學中文系助理教授，曾擔任政大貓空行館BBS站詩板板主。曾獲梁實秋文學獎等，著有詩集《屏息的文明》、《金烏》及散文集《小火山群》等。

林達陽（1982-），台灣高雄人，輔仁大學法律系學士、東華大學藝術碩士。曾獲三大報文學獎、台北文學獎、香港文學獎、教育部文藝創作獎等。著有《誤點的紙飛機》、《再說一個秘密》等書。

林餘佐（1983-），台灣嘉義人。東海大學中文系、東華大學中文碩士班畢業，現就讀清華大學中文博士班。獲有林榮三文學獎（新詩獎）。

揚智讀本系列 03

現代新詩讀本

主　　編／方群、孟樊、須文蔚
出 版 者／揚智文化事業股份有限公司
發 行 人／葉忠賢
總 編 輯／閻富萍
執行編輯／謝依均
地　　址／新北市深坑區北深路三段 258 號 8 樓
電　　話／(02)8662-6826
傳　　真／(02)2664-7633
網　　址／http://www.ycrc.com.tw
E-mail／service@ycrc.com.tw
ISBN／978-986-298-254-9
初版一刷／2004 年 8 月
二版一刷／2017 年 5 月
二版二刷／2022 年 3 月
定　　價／新台幣 420 元

國家圖書館出版品預行編目資料

現代新詩讀本 / 方群, 孟樊, 須文蔚主編.
-- 二版. -- 新北市 : 揚智文化, 2017.05
面 ; 公分. -- (揚智讀本系列 ; 3)

ISBN 978-986-298-254-9（平裝）

831.86 106004203